書下ろし

信長の軍師外伝

家康の黄金

岩室 忍

祥伝社文庫

目次

第一章　黒川金山

第二章　天下の総代官

第三章　アマルガム

第四章　大謀略

第一章　黒川金山

一、四分六の攻防

浜松城の徳川家康に成瀬吉右衛門正一と大久保十兵衛長安が呼び出された。

長安は家康に願い出たお墨付きのことだとすぐ分かった。

「殿から直々のお呼び出しだ。しくじるなや……」

成瀬は歩きながら心配そうに長安を見る。

「心配などござらぬ！」

「そう言うが、お主は少々横柄でいかんわ……」

「今更、直せと言うのか？」

「そうは言わぬが、なんとかならぬものか？」

「ならんな！」

「三河武士は武骨者が多い。お主のような横柄な奴はたちまち斬られるぞ……」

「斬れるものなら斬ってみればいい、そう易々と斬られるものか！」

「そこがいかん、その横柄な口の利きようがいかん。なんとかならぬか、三河者は気に入らぬと殿の面前でも刀を抜くような武骨者揃いだ。本当に斬られるぞ！」

「ふん……」

長安が鼻で笑った。

武田信玄に認められた頭脳だとの自負心がある。

長安は若くして信玄から甲斐の年貢の徴収や、甲斐で産出する金と金山の差配を任されてきた。

武田家に仕官していたことのある成瀬は、そんな長安を以前から知っていて家康に推挙したのだ。

大手門から城の大広間まで成瀬と長安は小走りに走った。大玄関に飛び込むと家康の近習が二人を広間に案内した。

高床主座には小太りの家康が座り、一段低い畳に徳川家の重臣で一騎当千の名将たちが座っていた。広間の入り口で二人は平伏した。

「成瀬ッ、そこでは遠い、殿の前まで……」

本多正信(ほんだまさのぶ)が前に出ろと命じた。二人は家康の前まで進んで再び平伏した。

「吉右衛門、余が十兵衛と会うのは二度目だな？」

「御意！」

長安は信玄亡き後、勝頼(かつより)に疎(うと)んじられ、三河に流れて来て成瀬の世話になっていた。

その直後、織田信長(おだのぶなが)の武田征伐があり、家康が浜松城から出陣した。

徳川軍は甲斐に向かったが、その家康が先々で宿泊する陣屋の設営を受け持ったのが長安だった。

その仕事の手際の良さに家康は感服して長安を褒(ほ)めたことがある。その時が家康と長安の初対面だった。

「十兵衛、面(おもて)をあげいッ……」

「はッ！」

顔を上げた長安が家康を仰ぎ見て大胆にもニッと笑った。

「一別以来だな」

「はッ、甲斐へのご出陣以来にございます」

「うむ、そうであったな。吉右衛門からそなたは多芸だと聞いたが何が得意だ？」

「猿楽にございまする」

「ほう、猿楽をな……」

何か不快なことがあるのか家康は仏頂面だ。元々、家康は愛想のいい男ではない。ケチで狡く不愛想な男だ。

信長の前でもほとんど笑ったことがなかった。

「乱世なれば、猿楽の一つも踊れぬようでは、民の心を安んじることはできぬかと存じまする」

長安の高慢さが出た。傍にいる成瀬はハラハラしている。家康は猿楽などしないのだ。

「なるほどな、万千代、そなた踊れるか？」

「軟弱な！」

問われた井伊直政が小さな声で吐き捨てた。家康の若き荒武者だ。四天王と呼ばれている。

「軟弱とは笑止千万……」

長安がつぶやいた。そのつぶやきが家康にも直政にも聞こえた。

「何ッ、不埒者がッ！」

血気盛んな井伊直政がサッと太刀を握って立ち上がった。

「御免！」

長安は家康に一礼して片膝を立てると、直政を睨んで向き合い、腰の扇子を抜いて身構えた。名門井伊家の御曹司は「下郎、叩き斬ってくれる！」と太刀を抜き放った。

長安は脇差も差さずに無腰で家康の御前に出ていた。

突然の出来事に家康は身を引いて見ている。

猛将本多平八郎忠勝はニヤニヤしながら、若い井伊直政が本気で斬るつもりだと眺めている。

酒井忠次、榊原康政、大久保忠佐、鳥居元忠、大久保忠世、本多正信、平岩親吉、大久保忠隣、服部正成、日下部定好、近習の大久保忠教、本多正純など家康の家臣団が居並んでいた。

長安の見知った僧が座っている。

「十兵衛ッ！」

長安の寄り親大久保忠隣が脇差を鞘ごと抜いて投げた。

「南無八幡！」

長安は太刀を受け取ると抜かずに鞘ごと構え、家康の前で刀を抜くことを嫌った。

「小癪なッ！」

興奮した井伊直政が家臣団の列から出て上段に構えた。

袈裟懸けに一刀のもとに斬り捨てようと言うのだ。

「ウリヤーッ！」

突然、広間を揺るがす気合いもろとも、直政が上段から斬り下げた。それを長安が忠隣の脇差で払った。

その瞬間、鞘が割れて吹き飛び、破片が直政の肩に当たった。

この場の誰も知らないが、長安は小太刀の名手なのだ。

甲斐の山々の荒くれ金掘人足たちと、何度となく、喧嘩の大立ち回りをして場馴れしている。

「おのれッ！」

直政が踏み込もうとした時、成瀬が長安の前に飛び出した。

「井伊さまッ、暫(しばら)くッ！」

「どけッ、どかねばうぬも斬るッ！」

四天王の誇り高い直政は、長安に侮辱(ぶじょく)されたと怒り狂っている。

「吉右衛門殿ッ、どいてくだされッ、井伊殿とそれがしの喧嘩でござるッ！」

「馬鹿者ッ、さっき言ったばかりではないか、このぉッ！」

いきなり傍の成瀬が長安の頭をポカリとやった。

「何をするかッ！」

不意を突かれて長安が怒った。不覚だ。

本多忠勝がゲラゲラ下品に笑う。

「黙れッ、十兵衛ッ。井伊さま、殿の御前でござるぞ。十兵衛の不始末は殿に推挙したそれがしの責任でござればこの首をッ！」

「万千代、そこまでにしておけ、一太刀で仕留められぬそなたの負けじゃ！」

ゲラゲラ笑った忠勝が直政の負けを宣言した。

「くそッ、次は許さぬ！」

忠勝に仲裁されては、さすがの井伊直政も引き下がるしかない。蜻蛉切(とんぼきり)の大槍(やり)

を振り回す本多平八郎忠勝は徳川家一の荒武者なのだ。

家臣団は醜男の平八郎に一睨みされると震え上がってしまう。女子どもは見ただけで引き付けを起こすと恐れられている。

「十兵衛、万千代の太刀を跳ね返すとは良い胆力だな」

家康はニコニコと急に機嫌がいい。

「恐れ入りまする」

「一指し舞って、万千代に見せてやれ……」

「はッ、畏まって候！」

長安は立ち上がると摺り足で座を離れ、家康から十歩ほど離れて座ると、腰から扇子を抜き、前において平伏した。

「信長公の幸若舞、敦盛を仕りまする」

扇子を握って立った姿はまさに猿楽師だ。

長安は猿楽大蔵流の名手である。

大蔵流は長安の父信安が播磨の大蔵で創設した流派なのだ。

「思へば　この世は　常の住み家にあらず　草葉に置く　白露　水に宿る月よりなほあやし……」

信長が好きだった敦盛を舞い始めた。

既に信長は本能寺で倒れ、この世にはいない。

その本能寺の変の時、家康は三十四人の家臣と堺にいた。

家康は京に戻って知恩院で切腹して、信長を追おうとしたが、本多忠勝がそれを引き留めて三河に逃げることになった。

落ち武者狩りと一揆勢に追われる決死の逃亡だった。

「金谷に花を詠じ　栄花は先立つて　無常の風に誘はるる　南楼の月を　弄ぶ輩も　月に先立つて　有為の雲にかくれり……」

家康は長安の舞を見ながら、必死で伊賀の山を三十四人の家臣と逃げたことを思い出していた。

後に、九死に一生の伊賀越えと言われた。

「人間五十年　化天のうちをくらぶれば　夢幻のごとくなり　一度　生を享け滅せぬもののあるべきか……」

滅多に感情を表さない家康の眼にうっすらと涙が浮かんでいた。

幼い日に尾張の織田家に人質となり、信長の前で相撲を取った日を思い出す。

信長と川干しをした思い出が過る。

広間は深山幽谷（しんざんゆうこく）にでも来たかのように静まり返った。

長安が舞い終わって家康の前に平伏した。

「十兵衛、その舞、万石（まんごく）に値する。見事であった」

吝嗇家（りんしょくか）でケチな家康が舞に万石の値を付け、人を滅多に褒めない家康が褒めた。

大久保長安を使える男と見たのだ。

「そちが正信に願い出た件だが、甲斐の金山はどこも、信玄公と山師の取り分を、四分六（しぶろく）にしていたそうだな？」

「御意（ぎょい）！」

家康は三方ケ原（みかたがはら）で信玄と戦い、完膚なきまでに叩きのめされ、九死に一生、恐怖に脱糞（だっぷん）しながら逃げて以来、信玄を尊敬している。

常日頃から最高の敬称で信玄公と呼んだ。

その信玄に育てられた長安は家康のその言葉で、武田家旧臣を大切にする家康の考えが分かった。

家康は滅んだ武田家の優秀な旧臣を、信長が生きている頃から内緒で集め丸呑（の）みにした。

「甲斐には金山が多いそうだな？」

「御意、黒川(くろかわ)金山、竜喰(りゅうばみ)金山、湯之奥(ゆのおく)金山などがございます。湯之奥金山は中山(なかやま)金山、内山(うちやま)金山、茅小屋(かやごや)金山を合わせてそのように呼びまする」

「どれほどの金を産するか？」

「このところの混乱で確かなところは申し上げられませんが、殿に五、六十貫(かん)は差し出せるかと存じます。間歩(まぶ)を増やし人足を増やせば百貫にもなりましょうか？」

「間歩とは穴だな？」

「はい、金山の坑道にございます」

「金を掘る穴か？」

「御意！」

「いつ頃、百貫になるか？」

「金の出る間歩を増やして十年、良い鉱脈に当たりますれば五年ほどかと思いまする」

長安は五年や十年では無理だと分かっていた。

それでも家康に百貫の期待を持たせてそう言った。

「相分かった、金山は四分六でそなたに任せた。だが、甲斐は金山だけではないぞ、年貢を集めて一日も早く甲斐を立て直さなければならぬ……」

「御意、甲斐の石高は十八、九万石ほど、釜無川、笛吹川などを改修すれば、二十四、五万石ほどにはなるかと存じまする」

「そうか……」

家康は甲斐の再建を急ぐよう本多正信と伊奈忠次に命じた。

その正信は伊奈と成瀬に相談して、甲斐の全てを知っている大久保長安に白羽の矢を立てたのだ。

その時、長安は本多正信に金山の金の取り分を四分六分とし、年貢の取り分も四分六分と願い出た。

金山の四分六分は仕方ないが、年貢だけはせめて、五分五分にならないかと正信は考えていた。

「長安、年貢は五分にせい！」

何も言わない家康の意を酌んで正信が命じた。

「本多さま、五分では大百姓は宜しいが、水飲み百姓は死んでしまいます。甲斐は三河、遠江と違い山国にて気候が厳しく、本来、稲には不向きな土地柄にございます」

「分かっておる！」

「確かに四分では殿の取り分は七万二千石、五分であれば九万石、しかしながら、この差が百姓の生死を分けます。なにとぞ、甲斐の百姓にお慈悲を賜りたく、差し出た振る舞いながら願い上げ奉りまする」

　長安が家康に平伏した。甲斐は厳しい土地柄の上、百姓は武田勝頼の失政で痩せ衰えていた。

「ならぬッ！」

　正信が怒った顔になった。

　この米の問題で武田信玄も悩んだのだ。

　そのため、より多くの米を求めて信濃、上野と信玄は領土を拡大した。そのことを長安は知っている。

「本多さま、甲斐には他国にはない金が出ます。長安が責任を持って、その金を一貫目でも多く殿さまにお納めいたします。なにとぞ、四分のお慈悲を賜りたく、お慈悲を……」

　正信が家康を見た。

正信に叱られてもここまで強情に言い張る男は珍しい。

家康は長安をじっと睨んでいた。

甲斐は信玄亡き後、勝頼が新府城を築城しようと、年貢を多くしたため民心が離れ、武田家滅亡の原因にもなった。

武田家を滅ぼした信長が甲斐や信濃を支配して、その家臣河尻秀隆が甲斐を治めようとした。

ところが信長が本能寺で急に亡くなり、河尻秀隆が一揆勢に追い詰められて殺され、甲斐の支配者がいなくなった。

その空白地に家康が手を入れるのだ。

家康は長安を賢い男だと見た。

この男なら甲斐の民心をつかめると感じ取っていた。

「正信、十兵衛の申し分にも一理ある。甲斐の百姓衆は相当に傷んでいると余も思うぞ……」

「殿、初めに温くしては後々厄介なことになります！」

「温いか。ご坊、そなた比叡山が焼かれた時、座主さまと甲斐に逃げたな？」

「はい、信玄さまにお世話になりましてございます。十兵衛殿、久しぶりじゃのう、達者でいたか……」

「はい、ご無沙汰にございまする」

「無沙汰はお互いさまじゃ、久しぶりに浜松に立ち寄って、面白いものを見せてもらいました。徳川さまから甲斐を任されるとは大仕事じゃ。だが、そなたならやれる。拙僧が口添えしてやろうほどにしくじらぬようにな……」

「有り難き幸せに存じまする」

天台僧がニコニコと家康を見た。

「三河守さま、この十兵衛長安と言う男とは、臨済宗の二大徳の一人で、信長に焼き殺された恵林寺の快川紹喜さまのところで初めて会いまして、甲斐で一番賢い男と紹介されましたのじゃ。信玄入道がそう言ったそうで、入道自ら育てられたとか、ただ一つ、とんでもない欠点がござるとのことであった」

「ほう、それは面白い話だ……」

家康だけでなく、家臣団まで天台僧の話に身を乗り出した。

「十兵衛殿、こうなったら拙僧はお喋りゆえ、全部話しますぞ」

「ご坊、ご勘弁を……」

「ならぬ、新参者がご家中に知っていただくまたとない機会じゃ。この男、無類の女好き、大酒飲み、喧嘩好きでしてな、荒くれ金掘を何人斬ったことか、ただし、ここだけは、三河守さまのご家中でもおそらく叶う者はおりますまいて……」

そう言って坊主が自分の青頭をつついた。長安が賢いと言ったのだ。

「算術の天才、小太刀と槍の名手でしてな、最も得意なのは先ほどの舞かのう、十兵衛殿……」

そう言って坊主がニコニコと長安を見た。

「本多さま、どうであろう、信玄入道の折り紙付きの男じゃ、任せてくださらぬかのう。拙僧の口添えでは駄目でござるか？」

「いや、ご坊がそこまで申されるのであれば……」

正信が渋い顔で家康を見た。

明らかに不満な顔だが家康は納得した。

「十兵衛、随風(ずいふう)の口添え、しかと聞いたか？」

「はッ！」

この頃、怪僧天海(てんかい)はまだ随風と名乗っていた。

家康は金山も年貢も四分六分でいいと認め、長安に甲斐一国を任せることにした。

　徳川家では考えられない破格の待遇である。

　家康の家臣に甲斐一国を任せられるような、金山に明るく、文治の才能に恵まれた人材がいなかったのだ。

　みな武骨で三河以来の武将だけだ。

　信長の死で領地が急拡大した徳川家はひどい人材難で困っていた。

　それを家康は信玄の育てた旧武田の家臣に求めようとしている。

　後に、幕府を開いた徳川家の奉行を、全て武田の旧臣が担（にな）うことになる。それほど、徳川家には人材がおらず、信玄は優秀な人材を育てていたのだ。

「明日、甲斐のお墨付きを渡そう、取りにまいれ！」

「畏（かしこ）まりました！」

　長安が正信に頭を下げて落着した。

「彦左（ひこざ）、酒の支度だ、大盃（たいはい）を持ってまいれ……」

　家康が近習の大久保彦左衛門忠教に酒と盃（さかずき）を持ってくるよう命じた。

　長安は一難去ってまた一難である。

　家康が榊原康政と長安に酒の飲み比べを命じたのだ。

信長が亡くなると、甲斐、信濃、上野の武田領は、突然にぽっかりと巨大な空白地帯になった。

そこに越後の上杉、相模の北条、三河の徳川が一斉に侵入して大混乱になった。

五カ月続いた混乱は上杉と北条が和睦、北条と徳川が和睦して決着、大きな争いにならなかった。

上杉景勝は信濃の一部を領土にし、北条氏政は上野を領土にし、徳川家康は甲斐と信濃の一部を領土にした。

家康はこの数カ月で三河、遠江、駿河、甲斐、信濃と五カ国の領主になり、それで上機嫌なのだ。

その上、人材が足りずに困っているところに、武田信玄が手塩にかけて育てた優秀な長安が現れた。大きな収穫だ。

家康は武芸だけでなく、文治に明るい人材の重要さを知っている。

「まず、小平太からやれ……」

家康は康政の大盃になみなみと酒を注がせた。

「頂戴致す……」

榊原康政が一升はあるかと思える大盃を、ゴクゴクと一気に飲み干した。その大盃が長安に回って来た。

家康の近習が両側からなみなみと酒を注ぐ。

「これは、これは、なんとも結構な匂いでござる……」

そう言うと長安も大盃をゴクゴクと喉を鳴らして飲み干した。

大盃が康政に行き再び長安に戻って来る。

四升目を飲み干した康政と長安が、しばらく互いに見合っていたが、しゃっくりをするとニヤリと笑い、二人ともそのまま卒倒して小便を垂れ流した。

「二人を運び出せッ！」

正信の大声で近習が二人に群がり広間の廊下に運び出した。

酒と小便の匂いが、部屋中に充満すると逸早く家康が姿を消した。

二、間歩の黄金

甲斐、信濃の騒ぎがおさまった天正十年（一五八二）十一月、長安は二人の妾小八尋とお染を連れて浜松を出立した。

従者は寄り親大久保忠隣の家臣吉岡長三郎、成瀬正一の家臣室戸金太夫、本多正信の家臣尾花九郎右衛門、みな軽輩だが長安の監視役だ。

槍持ちが長安のただ一人の家来小兵衛、挟み箱持ちが成瀬家の小者伝八、総勢八人での甲斐への旅だ。

「いい旅でござんすね、お前さん……」

茶屋女だった美人の小八尋を、長安はさらうように自分の女にして連れてきた。

粗雑な女だが気性はさっぱりしている。

「あら、小八尋さま、お前さんなどと、そのような言い方は良くありませんよ。十兵衛さまはれっきとした徳川さまのご家臣でございます。いつまでも猿楽師だと思っていては困ります、改めていただきませんと、そうでしょう殿さま……」

お染は小八尋の馴れ馴れしい口ぶりが嫌いなのだ。

長安が猿楽師として世話になった浜松の商家の娘がお染だった。

茶屋女とは違うと思っている。

その小八尋は口にしないが武家の出なのだ。

父親は今川家の家臣だったが桶狭間で討死、生まれて間もなかった小八尋は母親に育てられたが、親兄弟を次々と亡くして、十四の頃には天涯孤独の身になっていた。

茶屋の夫婦に拾われて、働いているところを長安に見初められたのだ。

長安はどっちの味方もしない。

「お染さま、小八尋さまに悪気はねえんでして……」

仲裁するのは元金掘だった小兵衛だ。

小兵衛はほとんど小八尋と似たような運命で金掘になった。そんなことで小八尋に同情的なのだ。

「小兵衛殿はいつも小八尋さまの肩を持たれますが、何か？」

「何かとは何か？」

「何かとは何かです……」

「このぉ……」

口より手が早い小兵衛が拳を振り上げる。

「旦那さま、小兵衛殿が殴ります……」

そう言ってお染が長安の胸に飛び込む。小八尋もそっと長安の手を握る。

「小兵衛、いい加減にせい！」

小兵衛が叱られるとお染が舌を出して笑う。三人は年が近いこともあって、いつもこんな調子で孤独をまぎらしていた。

三人の武士は長安たちから少し離れてのんびり歩いている。伝八は挟み箱を担いで同じ成瀬家の室戸金太夫と歩いてくる。

「殿さま、小僧がまだついてきますが？」

「見るな！」

長安が叱った。

身延山を過ぎた辺りで小兵衛が気付いたのだが、顔に白粉を塗った十五、六の小僧が芒を振り回しながら付かず離れずついてくる。

長安が身延山の茶店で吉岡長三郎が小僧と口を利いたのを見た。

それで長三郎を気に入り、腰を振り振りついてきたのだ。

長三郎が小僧の腰に手を出したとは思えないが、そう言う癖が長三郎にあってもおかしくはない。

長安は長三郎が大久保忠隣の衆道の相手ではないかと疑った。

その匂いに小僧が引き付けられたのではと思う。

類は友を呼ぶだ。

戦場に出る武将が衆道相手の小姓を連れて行くのはごく当たり前だ。

戦いで敵を斬り、血に酔った武将は猛烈に女が欲しくなる。

そんな時、女がいれば誰かれなく犯すが、長陣で膠着した戦なら戦場に金を欲しがる女が集まってくる。

そんな戦は滅多にない。

もしあっても、身分の高い武将は敵の暗殺を恐れて、そういう怪しげな女の小屋には出入りしない。

当然、小姓を連れて歩くことになる。

優男の長三郎からはそんな小姓の匂いがした。

小八尋とお染がニヤニヤしながら後ろを振り返る。

「見るな！」

長安が叱る。それでも若い二人は興味津々で何度も後ろを振り返った。

「見るな、見るな、ああいう男は見られることが快感なのだ」

「だって、気になるんですもの、ねぇ……」

お染が小八尋に同意を求める。

うなずいた小八尋はお染と手をつないでいる。女のこういうところが長安にも小兵衛にも理解できない。

　喧嘩したかと思うとそうでもないのだ。

　乱世で女たちは、みなそれなりの苦労をしているのだ。そのため互いに被害者意識があるのだ。

　乱世の女は強くたくましい。

「小八尋さま、あのなよなよした腰、嫌です……」

「ええ、長三郎さまはあのような男を本当に好きなのでしょうか？」

　衆道というのは、女には理解できない男の色ごとの世界なのだ。

「お染、長三郎に好きか嫌いか聞いてまいれ……」

「まあ、旦那さま、そのような恥ずかしいこと聞けません！」

「ならば、そのような卑しい噂はやめることだ」

「はーい……」

　お染が長安に叱られた。お染が小八尋にニッと笑ってうなずいた。

「殿さま、山々が随分と美しゅうござんすねぇ……」

　小八尋がまた伝法な口を利いた。

　今度はお染がとがめない。小八尋はわざと伝法な喋り方をしていた。その方が小八尋はすっきりするのだ。

「うむ、山が色づくと甲斐は間もなく冬だ。三河や遠江のような温かい冬ではない。家の外に半刻(はんとき)（約一時間）も立っていれば凍え死ぬぞ……」

「まあ、恐ろしい……」

寒がりのお染が胸を抱いた。

「金山は山の中だ。平地の何倍か寒い、滝も川も凍り付くぞ……」

「まあ、滝が凍るなんて、小八尋さま、浜松に帰りましょう」

「ええ、そうしましょうか？」

「薄情者め、帰れ、帰れ、ここから勝手に帰れ。冬ごもり前の熊に食われてしまえ……」

「熊？」

「ほら、そこにいる！」

「キャーッ、どこ、どこ！」

元気のいいお染が小八尋と抱き合っておびえた。

長安が速足でその場を去ると、二人が小走りに走って追いかける。なんともにぎやかで騒々しい旅だ。

駿州道を北上して釜無川と笛吹川の分岐まで来て、長安は笛吹川沿いになお北上して甲府に入ることにした。

釜無川をさかのぼると、武田勝頼が新府城を築城しようとした七里岩に出る。巨大な岸壁の上に勝頼は巨城を築こうとした。

そのため、年貢を上げ武家や百姓に労役を強いたのである。苦しくなった甲斐や信濃の武田領の人々は、一気に勝頼から離れ武田家を滅亡に追いやった。

長安は笛吹川の改修工事を考えながら川沿いに上り、笛吹川を離れて甲府に入った。長安の家があった城下だ。城下と言っても城はない。躑躅ケ崎館という武田信玄の居館があっただけだ。

甲斐の龍と言われた信玄は「どこからでも攻めてまいれ、ことごとく返り討ちにしてくれる！」と気迫に満ちた名将だった。

その信玄に長安は育てられた。

金山や年貢徴収などを任され、これからお館さまにご恩返しだと思っている矢先に、上洛に出た旅先で信玄は病に倒れたのだ。

上洛に執念を燃やした信玄は生きて甲斐には戻らなかった。

躑躅ケ崎の濠に立った。

優しく慈悲深かった信玄の姿を思い出すと涙が浮かんでくる。

それをお染が覗き込んだ。

「十兵衛、百姓を苦しめてはならぬ。武家が偉いのではない、物言わぬ百姓が偉いのだ。分かるな！」

信玄の声が聞こえてくる。躑躅ケ崎を見ていると信玄の魂魄がここに留まっているように思う。

「お館さま、甲斐を必ず良い国にいたします。お力を貸してくださるよう……」

長安は躑躅ケ崎に合掌した。

そこへ馬に乗った伊奈忠次が通りかかった。

「十兵衛殿ではないか！」

「おう、伊奈殿……」

「待っておった。陣屋に参られい、奥方さまもどうぞ……」

奥方と言われた小八尋とお染が目を丸くして、どっちが奥方さまなのだという顔で見合った。

躑躅ケ崎の館は全て焼き払われ、片付けられた広場に仮の陣屋と、家臣や兵たちが生活する長屋が二十棟ほど建っていた。

　馬を下りた伊奈と長安が陣屋の大玄関に向かった。後ろから小兵衛、小八尋、お染がキョロキョロしながらついてくる。

「伊奈殿、混乱は落ち着きましたか？」

「うむ、北条と和睦してからは静かなものだ」

「一揆も？」

「まだ、少しくすぶっているが、大ごとにはなるまい。本願寺門徒の勢いも信長さまの頃とは全く違う」

「金山の方はいかがか？」

「塩山に金山を差配する陣屋を立てて来た。お主、山師の善兵衛を知っているそうだな？」

「信玄さまが健在だった頃、金山の差配をしておりましたから……」

「それは好都合だ。あの善兵衛という男、煮ても焼いても食えぬわ、あれはとんでもない悪兵衛だぞ！」

「何か？」

「金の取り分を三分七分だと言いおった。戦で金の産出が落ちたとぬかしおった！」

「三分七分とは吹っかけて来ましたな……」

「あの男は質が悪い。こっちが素人だと思ってあれこれ言いおる。叩き斬ろうと思ったが、それでは金が掘れなくなるからな！」

山師の善兵衛は以前、金掘だった小兵衛を、山から逃げようとしたと言って殺そうとしたことがある。

そこを長安が助けて、善兵衛に小兵衛を譲らせ、家来にした経緯がある。悪徳山師の権化のような男だ。

伊奈と長安は広間で改めて挨拶した。

長安の後ろに室戸金太夫、吉岡長三郎、尾花九郎右衛門が並んだ。

「十兵衛殿、三人がお目付とは厳しいな……」

「さよう、だが、三人とも気のいい者たちでござる」

「九郎右衛門殿、拙者は年内には浜松に戻るが、本多さまにお伝えすることはあるかな？」

「格別にはござらぬ……」

九郎右衛門は仏頂面で、何か不満を抱えているようだ。それは寒くて辺鄙な山に流されたという不満なのだ。

それは他の二人も同じだ。ものは考えようで、のんびり楽しくやれると思えばいいようなものだが、そこがそう上手くいかない。

大概の者は、山に流されたと少々捻くれるものだ。

早速、各人に長屋が割り当てられた。伊奈忠次は二人の女を見て、長安が正室と側室を連れて来たと勘違いした。

即刻、陣屋を引き払って長安に譲り、家臣二人と「あとひと月でござる」と言って長屋に移っていった。

長安は恐縮したが、小八尋とお染は暢気なもので、ウキウキと陣屋を見て回った。

陣屋には入れずに、二人の住まいをどこかの百姓家にしようと、考えていた長安は当てが外れた。

躑躅ケ崎館跡に信玄の生前を示すものは何も残っていなかったが、館とは言うが本格的な城郭造りだった。

北曲輪、東曲輪、中曲輪、西曲輪、梅翁曲輪、隠居曲輪、味噌曲輪などが整い天守まであった。

それらは全て失われ、戦いが終わったばかりで、新しい領主徳川家康の陣屋と長屋が立っている。

その夜、長安は小兵衛に以前の知り合いと会って来ると言って陣屋を出た。

勝手知ったる城下を西に歩き釜無川に近い百姓家に入った。

「御免ッ！」

「あッ、土屋さまッ！」

炉端にいた娘が土間に立った長安に驚いて叫んだ。

娘が土屋さまと言ったのは、長安が甲斐にいた頃、信玄の重臣土屋昌続の与力になり、大蔵十兵衛から名を変え、土屋十兵衛と名乗っていたからだ。

「なんだと？」

炉に背を向けて温まっていた父親がゴロッと寝返った。

「権太、瀬女、生きておったか？」

「おう、土屋さま、どうしてこんなところに？」

「話せば長くなる。上がるぞ……」

長安が草鞋を脱ぎ、埃をはたいて炉端に座った。

「夜は寒いな？」

「はい、間もなく、雪が降ります。いつ、甲府へお越しで……」

「一刻半（約三時間）ほど前に躑躅ケ崎に着いて、すぐここへ来た。乙女（おとめ）と金吾（きんご）はどうした？」

「女房と倅（せがれ）はすぐ帰って来ます」

「みな達者だったか？」

「お館さまが亡くなってから武田家が滅ぶまで、アッと言う間でした。お家が栄えるまでは大変ですが、滅ぶ時はたちまちです……」

「そうだな、瀬女、綺麗（きれい）になったな、幾つだ？」

「十六になりました……」

「うむ、権太、仕事をしてみないか？」

「土屋さまのために？」

「そうだ、今は土屋ではない。大久保だ。徳川さまに仕えておる」

「三河の徳川家康さま……」

「この度、甲斐一国の差配を任された。そなたの力を借りたいのだ」

「やはり、徳川さまが新しいご領主さまで？」

「そうだ。その徳川さまから差配を任された。手伝ってくれ……」

権太は別の名を鬼面丸と言い、武田信玄の間者三ツ者の小頭だった。頭は長篠の設楽が原の合戦で討死し、小頭の鬼面丸が頭同然で配下をまとめてきた。

「三ツ者はみなバラバラになりました……」

「主人が亡くなれば忍びは主を変える。生きるためにしかたのないことだ。お主がいればそれでいい。力を貸してくれ！」

瀬女が心配そうに話を聞いていた。

そこに乙女と金吾が帰って来て話が中断した。炉端に座っている長安を見て土間に立ったまま驚いている。

「乙女、金吾、十兵衛だぞ！」

「土屋さま、生きておられたのか？」

「乙女、人は簡単には死なぬ！」

「そうは言うけど、お館さまが亡くなってから次々と死んでしまって、みんないなくなってしまった……」

そう言いながら炉端に来て長安に平伏した。

「十兵衛さま、旅の途中ですか？」

金吾が怪訝そうに聞いた。

「いや、仕事だ、親父（おやじ）殿に話しておったところだ」

「瀬女、酒の支度だ」

権太が命ずると乙女と瀬女が立って行った。

「大久保さま、二、三日中にお返事いたします……」

「分かった、明日から十日ばかり黒川（くろかわ）金山に行ってくる」

長安の話はここまでで二人の酒盛りになった。

長安は翌日のことを考え長くは過ごさず金吾と百姓家を出た。

金吾が陣屋まで送ってきた。

その道すがら長安は勝頼に疎（うと）んじられ、甲斐を退散してからのことを全て話した。

翌早朝、長安が伊奈、室戸、吉岡、尾花たちと、馬に乗って大手門から出ると、権太、金吾、瀬女の三人が馬を引いて立っていた。

「お供いたします」

「おう、そうか、行くぞ！」

八騎が夜明けの甲州路を東に走った。

三里（り）半（約一四キロ）ほど走って甲州路を離れ、一里半（約六キロ）ほど北上して塩山に入った。

大菩薩の山麓をなお三里ほど北上して、山奥のその奥、黒川山に入るとその山腹に金山がある。

黒川千軒と呼ばれ、金掘から遊女までが生活する集落が広がる。

集落の中心には代官屋敷があり、既に、伊奈忠次が率いて来た、徳川の兵たちが百人ほど駐屯していた。

八人が代官屋敷に飛び込んだ時、兵たちは黒川渓谷から金山に入り、各間歩の警戒に当たっていた。

「十兵衛殿、山を見ますか？」

「是非……」

長安は金山の全てを知っていたが、伊奈に案内されて八人で山に入った。

山にも兵の詰め所があって昼夜の警戒が厳重だ。

詰め所の隣には山師善兵衛の仕事場がある。仕事場と言っても善兵衛のごろつき配下がうろうろしているだけだ。

八人が金山の広場に入ると善兵衛の仕事場から、いち早くごろつきが飛び出して来て、慌てて伊奈と長安に頭を下げた。

詰め所からは暢気そうな兵が五人ほど顔を出した。

「善兵衛ッ、戻って来たぞッ！」

長安の大声に善兵衛が仕事場から飛び出した。

「土屋さまッ！」

「名を変えた。大久保だ！」

「へい、やはり徳川さまの……」

「そうだ。甲斐一国の差配を任せると言う三河守さまのお墨付きを持っておる。これから先、余の言うことを聞かぬ時は、兵力で金山を取り上げる。お館さまの家臣だった土屋十兵衛ではないぞ、徳川さまの家臣だからな！」

「へへッ！」

頭を下げた善兵衛はまずい男が出て来たという顔で長安を見た。

「他の山師たちにもそう伝えておけ！」

「へい……」

「吉三（きちざ）、生きておったか、今、善兵衛に言った通りだ。騒ぎを起こせば、いの一番にうぬの首を落とす、分かったな！」

「ヘッ……」

赤牛（あかうし）の吉三という二つ名の暴れ者で、腕っぷしが強い。

金掘を殴り殺すぐらいは平気な男だ。

「善兵衛、今一番、金の出ている間歩を見たい、案内しろ！」

長安は善兵衛と吉三を押さえておけば山は安心だと思った。

善兵衛は松明（たいまつ）を持って二十間（けん）（約三六メートル）ほどの深さの間歩に長安たち八人を案内した。

間歩の中の岩盤に、親指の頭ほどの幅で、うねうねと黄金の鉱脈が奥に続いている。奥に入ると幅が親指二本分にもなった。

「この鉱脈はどこまで続いている？」

「あと、十五間（約二七メートル）ほどで消えると見ております」

「百貫（かん）は掘れぬか？」

「お館さまが生きておられた頃は、ご存じのように百貫を越えておりましたが、このところ鉱脈が細くなっております。五、六十貫も掘れれば上々かと……」

「善兵衛、弱気だな。明日から全部の間歩を見る。案内せい！」

「承知しました」

「間歩を増やす算段をしろ！」

「へい……」

そうは言うが山師の善兵衛は、長年の勘で黒川金山の鉱脈が、細ってきていると感じていた。

鉱脈は太ったり細ったりはするが、無限に産出するものではない。掘りつくせば山は閉山になる。

そんな山を善兵衛は幾つか見てきた。

黒川金山は古く、初めは川から砂金が採れたのだ。

甲斐の黒川は深山の霊場で、修験者たちが砂金を取ったりしていたのが初めだ。

三、百金のお香（こう）

翌日から長安の間歩検査が始まった。

長年の経験で間歩を見ると、どれぐらいの金を産出するか長安には分かる。

誤魔化（ごまか）そうとしても、長安は隠し間歩を発見してしまう。それを知っている善兵衛には長安ほど具合の悪い役人はいないのだ。

長安は黒川千軒の遊女屋に見向きもせず、酒も口にしないで間歩の検査をし、善兵衛から提出された書類に眼を通した。

不審なことがあればすぐ善兵衛を呼んで説明させる。

「善兵衛、金山の資材、金掘への支払い、金の産出量、松明の数などを付け合わせると、間歩が二つほど足りない。新しくできた間歩だ。明日、案内せい！」

「旦那……」

「善兵衛、余はそなたをどうこうしようとは考えていない。そなたが正直な男だとも思っていない。余の眼に留まったのだから仕方ないだろう。少々のことならお目こぼしするが、間歩二つは大きい。首が飛んでも仕方ないのだぞ」

「旦那にはかなわねえや……」

とても長安の頭脳に粗末な善兵衛の頭では太刀打ちできないのだ。諭すように言う長安に善兵衛は降参した。

「善兵衛、金一貫目に付き取り分は四分六で徳川さまに承知していただいた。それとは別に一貫目に付き五十匁（一匁は一貫目の千分の一）を甲府陣屋に納めろ……」

「旦那、それは殺生な話だ……」

「嫌か、ならば金山は取り上げる。余が山師になれば済むことだ」

「そんな、殺生な……」

「善兵衛、四、五十人ものごろつきを食わせ、遊ばせる銭があるならその分、甲府陣屋に納めろと言っているのだ」

「旦那、あの者たちがいないと山の金掘たちが暴れますが?」

「それを抑えるために役人がいるのだ。ごろつきが口を出すから役人が腑抜けになる。そなたの配下は五人まで、小者、女中も五人までだ……」

「旦那、殺生な……」

「山はいつ枯れるか分からぬ。贅沢は許さん、閉山になると思えば、これしきのことできぬことではあるまいよ?」

「それはそうですが……」

「五郎平、金太郎ら七、八人は余の小者として引き取る。赤牛はそなたが押さえておけ、いいな?」

「旦那には敵わねえや、今日は仏滅だべ、分かりやした。すべて旦那の言うとおりにいたしやす」

「うむ、長い付き合いになる、その方がそなたも楽であろう」

長安は強気の善兵衛が、多くのごろつきを抱え過ぎて、困っていることにいち早く気付いたのだ。

「余はこれから徳川さまの金山銀山を全て支配して見せる。善兵衛、悪兵衛などと陰口を叩かれぬようにすれば、そなたとは知らぬ仲じゃない。それなりに取り立ててやる。分かるな？」

「へい……」

「黙って、余に力を貸せ、権太と金吾を見たであろう」

「へい、鬼面丸が一緒で驚きやした……」

「権太は一家で余に力を貸す、そなたもそうせい！」

「分かりやした。こうなったらお館さまに恩返しするつもりで、旦那の言いなりになりやしょう。山師の意地もある……」

「うむ、善兵衛、面白い一生を生きてみようじゃないか？」

「旦那と一緒ならそうなりそうでござんす……」

「よし、決まった、行こう、いい女はいるか？」

「へい、武蔵恩方（むさしおんがた）から来た女で、海老屋（えびや）のお香（こう）と言うのが飛び切りの上玉でして……」

「……」

「そうか、海老屋のお香だな。余は先に行っておる。そなた、丁重に伊奈殿を誘ってまいれ！」

「へい！」

　話が決まると長安は代官屋敷を飛び出して遊女屋の海老屋に急いだ。以前から遊び慣れた遊女屋である。

「おい、女将、お香はいるか？」

「あらまあ、土屋さま、いや大久保さま、お出でとは聞いておりました。お久しぶりでございますねえ……」

「挨拶は後だ、お香を見たい！」

「畏まりました、二階の奥へどうぞ……」

「善兵衛が来る！」

「はい、早速、お香を連れてまいりますので、お部屋へ……」

　女将は長安の遊びを心得ていて、海老屋で一番大きな二階奥の部屋に案内した。

　長安が座に着くとすぐお香が現れた。

　華奢な体つきだがドキッとするような美形だ。歳の頃は十六、七かと見た。山奥の金山の遊女屋には勿体ない女だ。

「お香、ここへまいれ！」

「はい……」

お香が座ると酒肴が運ばれてきた。

そこに善兵衛と伊奈忠次が顔を出し、室戸、吉岡、尾花、権太、金吾がぞろぞろ現れた。瀬女はさすがに遊女屋を遠慮した。

「おう、座れ、座れ、善兵衛、女たちを総上げにしろ！」

「旦那、総上げでは金掘たちが困りやす……」

「ほかの店があるだろうが？」

「それだけでは女が足りませんので……」

「そうか、仕方ないな……」

長安が苦笑してお香を見た。

お香の笑顔はとろけるようないい笑顔だ。

山の遊女屋は女の器量もバラバラで、お香のような飛び切りの上玉もいるが、ほとんどは田んぼから拾ってきたような醜女だ。

鳴り物が入って座敷が急に賑やかになった。

ドンチャカ、ドンチャカただ煩いだけなのだが、長安はそんな騒然とした座敷が大好きだ。

「おい、女将、旦那に大盃だ！」

「はい、はい……」

「伊奈殿、遠慮なくやってくだされ、これは全部、大金持ちの善兵衛さま持ちじゃ、遠慮すると損でござるぞ……」

「頂戴しておる……」

伊奈忠次は酒より女なのだ。

大盃が運ばれてくると長安の前にデーンと据えられ、両側からなみなみと一升の酒が注がれた。

お香が心配そうな顔で見ている。

以前、この遊女屋で長安は赤牛と飲み比べをして五升飲んで卒倒した。

大盃を持つと長安がゴクゴクと喉を鳴らして一気に飲み干した。やんや、やんやの喝采で座敷は大騒ぎだ。

「一指し舞うぞ！」

長安が酔った腰つきでフラッと立った。

腰から扇子を抜いて構えるとシャキッとする。大蔵流の名手は猿楽を舞って、また喝采をもらった。

長安は陽気な酒飲みなのだ。

そんなところが誰にも好かれる。

何が面白くないのか、吉岡長三郎は終始仏頂面でニヤリともしない。傍に付いた遊女が気の毒なほどでそこだけが沈んでいる。

一刻（約二時間）ほど騒いで、吉岡長三郎と権太、金吾の三人が代官屋敷に戻り、長安ら五人が海老屋に泊まった。

「お香、久しぶりに美味（うま）い酒であった……」

「それは、ようござんした……」

「そなた、恩方だそうだな？」

「はい、八王子（はちおうじ）の山の麓（ふもと）に生まれました」

「親は？」

「身内は誰もおりません……」

「そうか、それは寂しいな、まいれ、抱いてやろう」

「はい、殿さまはいつ甲府にお帰りで？」

「明日、帰る……」

そう言いながら長安がお香を抱いた。

お香は長安が優しい殿さまだと見抜いたのだ。雪が降り出しそうな山奥の遊女屋は寝静まった。

「お香、一緒に甲府へ行くか？」

「殿さま……」

灯心がじりじりと消えそうになる。

「嫌か？」

長安に見詰められ、お香は恥ずかしそうに首を振った。

「いいのだな？」

「はい……」

「よし、女将を呼んでまいれ……」

お香が寝衣を紐で結びながら部屋を出て行った。寝入り端を起こされた女将は何事かと二階に上がって来た。

「御免なさいよ……」

寝衣に着物をひっかけた女将が長安の前で平伏した。

「女将、お香を気に入った。いい女だ。甲府に連れて帰る」

「殿さま！」

女将が仰天(ぎょうてん)した顔で長安を睨んだ。

「善兵衛を呼んでまいれ……」

「殿さま……」

「いいから、呼んでまいれ！」

長安が強引なのは女将も知っている。遊女と寝ころんでいた善兵衛が女将に呼ばれて飛び起きた。

「女将、何事！」

廊下に善兵衛がヌッと顔を出した。

「親方、十兵衛さまがお香を甲府に連れて帰るそうで……」

「何だと、お香を身請(みう)けすると言うのか？」

「そうなんです……」

「入れ！」

善兵衛が女将を部屋に引きずり込んだ。善兵衛は強引にお香を買い取ることにした。

「幾らだ?」

「親方……」

「女将、あの旦那は言い出したらもう駄目だ。二人で尻を拭うしかない。わかっているだろうが!」

「そんな……」

「お香を幾らで買った?」

「五十金……」

「馬鹿を言え、この耳に入っているのは十五金だ。違うか?」

女将は善兵衛を睨んだまま、うなずかない。

「倍の三十金で譲れ!」

「親方、あんないい女は二度と手に入りませんよ、三十金とは安過ぎやしませんか?」

「なら、その倍の六十金でどうだ?」

それでも女将は首を振らない。

「女将、欲張るんじゃねぇぜ、山の中では相身互い(あいみたが)だ。七十金で手を打て、あまり強欲だと金掘を引き上げるぜ……」

善兵衛が金掘を海老屋で遊ばせないと脅した。

「親方、そりゃないですよ、親方の手口も知っているんですよ、百金で譲りましよう……」

「この糞婆(くそばば)が足元を見やがって、仕方ない。誰にも喋るな！」

「へい、ようござんす」

善兵衛と女将が長安の部屋に顔を出すと、長安がお香を抱いている最中だった。お香が慌てて寝衣で顔を隠した。

「おう、善兵衛、話はついたか？」

「へい、女将が旦那に譲ってくれるそうで……」

「女将、今夜、もらっていくぞ」

「こ、今夜？」

「ああ、明日、甲府に連れて帰る」

「承知しました、すぐ、支度(したく)させます……」

そうは言ったがお香は長安の下なのだ。

お香はその夜のうちにわずかな荷をまとめて、長安と代官屋敷に移った。善兵衛と女将は長安のあまりの早業(はやわざ)にあきれ返るしかない。

夜が明けて慌てたのは瀬女だ。

瀬女もこの数日で長安を好きになっていたのだ。

代官屋敷の前に甲府に戻る八騎が揃い、長安が鞍前にお香を乗せた。朝早くから海老屋の女たちが見送りに出て来た。

「善兵衛、正月には甲府に出てまいれ！」

「畏まりました……」

「女将、達者でな！」

「殿さまも……」

「赤牛、悪さをするな！」

赤牛の吉三がふんと言う顔でニッと笑った。

黒川金山に長安が戻って来たことで、以前の緊張感が戻って来た。

四、百二十金

長安一行が黒川金山から戻ると、留守の間に身延山からついてきた例の白粉小僧が、吉岡長三郎の長屋に入り込んでいた。

それを長三郎は咎めることもなく、二人が暮らし始めたのには誰もが驚いた。

長安は放置することもできず、二人を呼んで事情を聴いた。

事情と言っても、白粉小僧が長三郎を好きになってついてきたというだけの話だ。

「そなた名は何と言う」

「万太郎……」

「親は身延山か？」

「そうだよ……」

「黙って出て来たのか？」

「ちょっと行って来るって、おっかあに……」

長安は白粉小僧がどこか抜けているとしか思えなかった。

「長三郎殿、そなたの小者ということでいいのだな？」

長安に聞かれ長三郎がうなずいた。

「ならば二人に申し渡すことがある。ここは徳川さまの甲府陣屋だ。万太郎にその恰好で出歩かれては困る。白粉は禁ずる。そのざんばら髪も困る。小者なら小者らしい恰好があるだろう、そうできないのなら長屋から出て百姓家に住んでもらう。そう心得てもらいたい、宜しいな？」

「畏まりました」

「万太郎、分かったな？」

「うん、分かった……」

よく見ると万太郎はのっぺりした顔だが、どこか愛嬌のある憎めない顔をしている。

二人は長安の言い分を受け入れた。

翌日から万太郎は白粉を塗らず、髪を紐で結んで、どこから見ても白粉小僧とは思えない男の子らしさだ。

色白の美男子なのだ。その万太郎が数日後、問題を起こした。

「殿さまッ、たいへんだッ！」

書見していた長安の部屋の庭に小兵衛が飛び込んで来た。

「どうした？」

「長三郎殿と九郎右衛門殿が北曲輪で斬り合いだッ！」

「何ッ！」

長安は草履をひっかけて庭から飛び出して北曲輪に走った。建物はなく北曲輪という場所だ。途中で伊奈忠次と出会った。

「九郎右衛門が万太郎に手を出したらしい……」

「なんですと！」

衆道の取り合いで喧嘩になることはよくあることなのだ。

長安と伊奈が北曲輪の広場に飛び込むと、長三郎と九郎右衛門が太刀を抜いて構えていた。

その傍で万太郎が地べたに座って泣いている。

「待てッ！」

「二人とも引けッ！」

二人の間に長安と伊奈が割って入った。

二人はのぼせ上がってなかなか太刀を収めようとしない。

「愚か者ッ、刀を鞘に戻せッ！」

長安の大声で睨み合っていた二人がため息をついた。

「愚か者がッ、仕事を忘れおって、刀を納めろ。聞けぬならそれがしが相手だッ！」

二人は長安と井伊直政の一件を聞き知っている。

長安に凄まれては手を引くしかない。

渋々、刀を鞘に納めた。

「伊奈殿、長三郎殿を頼む、九郎右衛門殿、ついてまいれ！」

二人は離されてそれぞれ尋問されることになった。長安は陣屋の広間で九郎右衛門を尋問した。

「九郎右衛門殿、言葉を改めるぞ。包み隠さず話してもらいたい。万太郎と寝たのか？」

九郎右衛門がギクッと驚いて長安を睨んだ。あまりに露骨な聞きようだ。

「寝たのかと聞いておるッ！」

九郎右衛門が黙ってうなずいた。

「良かったか？」

そう言って長安がニヤリと笑った。

「九郎右衛門殿、そなた浜松に女がいるな？」

長安は九郎右衛門が浜松に帰りたいのだと直感した。それには、問題を起こすのに万太郎は恰好の材料なのだ。

「そなた、誘っただけで万太郎を抱いていないだろう？」

長安の鋭い問いに九郎右衛門は全て見抜かれたことを悟った。

「言いたくなければ何も言うな。ただ一つだけ、浜松に女がいるのだな？」

「おります……」

「妻にするのか？」

「許嫁（いいなずけ）です……」

「そうか、相分かった。本多さまにはお主が叱られぬよう、書状を書こう、それを持って伊奈殿と一緒に浜松に帰れ。そのかわり、許嫁を妻に迎えたら、半年後でも一年後でもいい、甲斐に戻って来てくれ、それがしを手伝ってもらいたい。頼む……」

長安に頭を下げられた九郎右衛門は、驚いて長安を見つめていたが、見る間にその眼に涙がにじんできた。

「大久保殿、かたじけない。必ず、戻ってまいる。殿に願い出て必ず……」

「うむ、頼む！」

その夜、長安と伊奈が相談して、九郎右衛門を伊奈が連れ帰ることになった。長安は九郎右衛門の許嫁のことを伊奈には話さなかった。

「伊奈殿、浜松に戻られるまで日にちがない。釜無川と笛吹川の改修場所を検分（けんぶん）

してもらいたい。正式には百姓たちの話を聞いて決めたいと考えている」

「うむ、承知した。見て行けば本多さまにも話がしやすい」

「本多さまには年が明けたら取り掛かると伝えてもらいたい！」

「分かった。難儀な仕事だが……」

「甲斐の百姓のためでござる。お館さまへの恩返しでもある」

「承知、手伝えることがあれば言ってくれ、本多さまに願い出てなんとかするから……」

「かたじけない！」

「では、明日から川の検分だな？」

「お願い申す」

伊奈忠次が長屋に引き取ると、長安は誰のところに行くか考えた。

小八尋、お染、お香と三人になって、小八尋とお染だけの時とは違う緊張が生まれていた。

小八尋とお染は気心が合う反面、どうしても新参のお香が一人になる。

長安の足はそんな可哀相(かわいそう)なお香に向くのだ。

「お香！」

「殿さま……」

甲府陣屋に来て心細いお香は長安の胸に飛び込んで来る。

長安はお香の魔性の笑顔に捕らえられていた。男なら誰でもとろけてしまいそうな笑顔なのだ。

翌朝、長安は伊奈、室戸、吉岡、尾花と馬を飛ばして釜無川に向かった。

権太の百姓家で朝餉（あさげ）の粥（かゆ）を馳走（ちそう）になり、権太の案内で近くの釜無川に行った。

冬枯れの川は水位が低く暴れ川とは思えない。

古来、甲府の低地は人の住まない土地だった。

そこは切り開かれた時から洪水との戦いをしてきた。

信玄も釜無川の治水には苦慮し、釜無川と御勅使川（みだいがわ）の合流部、竜王（りゅうおう）の鼻（はな）に堤（つつみ）を築いて川の流れを調整した。

長安はその大掛かりな治水工事を知っている。

川の流れを変えるとはさすがお館さまと驚愕（きょうがく）した。

それを、今度は自分がやらなければならなくなった。五体に沸々（ふつふつ）とたぎって来る感動を覚えた。

お館さまのようなことはできないだろうと、自信家の長安にしては気合がない。それほど治水は難しいのだ。

その日は権太の案内で釜無川流域を見て回った。

信玄が築いた竜王の鼻にも行ってみた。

それは見事と言うしかない治水工事だ。人、物、銭、どれを考えても長安はお館さまの真似(まね)は無理だと思う。

一歩でもお館さまに近付きたいと考えた。

夕刻、甲府陣屋への帰り道、権太が長安の馬に轡(くつわ)を並べて来た。

「猿橋(さるはし)が戻って来ております、お会いになりますか？」

「生きていたのか？」

「はい、武田家が滅んだあとは、京に出ておったようです」

「新しい主を持っていないのか？」

「甲斐の様子を見に戻って来たようです」

「そうか、よし、会おう、今夜、連れてまいれ！」

「承知致しました」

権太が馬を下げて長安から離れた。

猿橋は権太の配下で年齢は不詳、若くも見えるが年寄りのようでもある。誰もその年を知らない。

腕は確かで、甲斐の三ツ者二百人の中で五本の指に入る腕利きだった。

越後の軒猿(のきざる)や相模の風魔(ふうま)と何度も戦ったが一度も負けたことがない。伊賀者とも甲賀者(こうか)とも言われる得体(えたい)の知れない男だ。

長安は猿橋とは若い頃からの知り合いでよく一緒に酒を飲んだ。猿橋は結構な酒飲みだった。

その夜、長安とお香が重なっていると廊下に権太と猿橋が現れた。

「殿さま……」

かすかな声だが長安には権太の声だと分かった。

「入れ……」

お香が激しく首を振ったが既に遅く、スーッと板戸が開いて権太と猿橋が入って来た。お香は慌てて寝衣で顔を隠した。

間が悪い時はこんなもので、善兵衛と海老屋の女将に見られ、権太と猿橋にも見られてしまった。

お香は涙を浮かべてもがいたが、長安の体は重く自由にならない。

「暫(しば)し待て……」

長安は二人を待たせておいて、ことが終わると寝衣の帯を引きずりながら座敷に出て来た。

「猿橋、懐かしいのう、生きておったとは信じられぬ」

「殿さまが浜松にいることは知っておりました」

「そうか、顔を出せばよかったのに」

「少々、敷居が高うござんして、なかなかに……」

「うむ、余とそなたの仲だ、高いも低いもなかろう」

「へい……」

猿橋が気になるらしくチラッと奥のお香を見た。お香は裸に寝衣を引っ掛けてうずくまっている。

「見たいか、黒川から連れて来た。お香、出て来て猿橋に顔を見せてやれ、京にもお前ほどの女はいない！」

長安が呼ぶとお香は慌てて寝衣の紐を結んで、長安の傍に来て座った。

「どうだ猿橋、滅多に見られない美形だろう？」

「へい、たいへんな眼の保養でござんす……」

「そなた、まだ、主人を持っていないそうだが、権太に聞いたであろう、余の家臣にならぬか、ここから三十年、豪快に面白く生きてみないか？」

「へい……」

「もう、どこを探してもお館さまはいないのだ。天下のどこを探しても、あのようなお方にお仕えすることはもうできぬ。ならば、面白く生きてみないか？」

「へい、一つだけ、お願いがござんす」

「何だ、何でも聞いてやるぞ」

「京に女房を置いてきましたので……」

「そうか、女房か？」

「へい、貧乏公家の醜女でござんす……」

「うむ、連れて来い、ただ、京の姫さまがこんな山奥で暮らせるか？」

「それは、心配ござんせん、眼が見えないので……」

「眼の病か？」

「ヘッ、子どもの頃、はやり病で高熱を発したと本人から聞きやした」

「そうか、甲斐にはいい湯がたくさんある、お館さまの隠し湯など養生にもなろう、すぐ連れてまいれ、権太、猿橋に金吾を付けてやれ、京から女連れの長旅になる」

「承知致しました」

間者の猿橋が長安の家来になると決まった。

「お香、小兵衛が台所で寝ているはずだ、起こして、陣屋の酒を集めて持って来るように言え！」

「はい！」

お香が立って行くと暫くして不機嫌そうな小兵衛とお香が膳を運んで来た。

「殿さま、肴は塩と味噌しかありませんが……」

「おう、それで結構、酒、酒を全部持ってまいれ！」

長安と猿橋の深夜の酒盛りが始まった。権太とお香が呆れ返って見ている。

二人で三升の酒を飲み干すと、権太と猿橋が帰り、長安はお香と褥に転がった。寒い夜で、お香は震えながら長安の胸に丸まった。

翌日、長安と伊奈は笛吹川を検分して回った。

伊奈忠次は若い頃、父親と三河一向一揆に加わり、本多正信らと一緒になって家康に反抗した。

その一揆はうまく行かずに逃亡、長篠設楽が原の戦いでなんとか陣借りをして徳川軍に参加でき、武功を上げ家康に詫びて帰参できた苦労人なのだ。

そんなことから、武田家を退散してからの長安の苦労に理解がある。

天正十年六月の本能寺の変で、堺から逃亡した家康の伊賀越えの時は、家康の傍にいて九死に一生の家康を守り抜いた。

そんな功績を家康は認めて、本多正信と伊奈忠次に甲斐の再建を任せたのだ。

いかんせん、本多と伊奈は甲斐のことを全く知らなかった。信長の武田征伐で初めて甲斐に入ったのだ。

困った二人は家康の家臣でありながら、若い頃、信玄に仕え、甲斐を知る成瀬正一に相談した。その成瀬が推挙したのが長安だった。

信玄に育てられた長安の能力を家康が、自分の目で確かめ見抜き、甲斐一国の再建をその長安に託したのだ。

この人選は見事に的中する。

わずか数年で長安は困難な甲斐再建に成功する。

その功績は万軍の大将でも、足元にも及ばない大功績になる。だが、その道のりは決して楽なものではなかった。

天正十年が明ける三日前、伊奈忠次は尾花九郎右衛門を連れ、兵を全て残して、わずかな家臣だけを連れて浜松に戻って行った。

それと入れ替わりに、長安は五十人余の小者や女中を雇い入れた。それらは武田家の下級武士が多かった。

長安はさほどの待遇ができないと分かっていたが、できるだけ多くの武田旧臣を陣屋に入れた。

家臣を望む者には家臣として、厩（うまや）を望む者には厩番を、台所を望む者には台所番を、権太が集めて来る生き残りの間者たちも快く引き受けた。

甲府陣屋は正月を前に急に賑やかになり活気が出てきた。

正月には黒川金山から善兵衛が訪ねて来た。

すっかり毒気が抜けてしまった善兵衛は、赤牛と二人、代官屋敷で働く十人を連れて新年の挨拶に出て来たのだ。

「善兵衛、二貫目ほど痩せたようだな？」

「ヘッ、お陰さまで、身ぎれいになりましてございます」

「うむ、それでいい、人は死ぬとき、何一つあの世には持って行けぬ、生まれた時と同じ、裸一貫で死ぬのよ。少しは分かってきたようだな、善兵衛……」

「へい、お申し付けの千五百金、持参いたしましてございます、それがしの全財産でございます……」

「善兵衛、まだ、余の眼を節穴だと言うのか、そなたはその十倍は持っているはずだぞ」

「また、旦那……」

「この度、余は五十人の小者や女中を雇い入れた。俸禄（ほうろく）なし、賄（まかな）いだけで働いてくれるそうだ。また五十人雇い入れる。有り難いではないか善兵衛、余のために働くのではないぞ、甲斐の国をお館さまの御世（みよ）に戻そうと働くのだ。善兵衛一人、贅沢をしていいものか考えてくれ、全部とは言わぬ、分かってくれるな？」

「旦那にはどうしてもかなわねぇや、分かりやした。善兵衛、裸になりやしょう。一万金、持ってまいりやしょう……」

　今にも泣き出しそうな顔で裸になる覚悟をした。

「赤牛、そなたも吐き出せ！」

「殿さま、とんでもねぇ、裸一貫でして……」

「その懐（ふところ）に五十金は入っているな？」

「藪蛇（やぶへび）だ、言いがかりだ……」

「赤牛、うぬの悪事、五十金であがなえるかよくよく考えて見ろ、善人が苦しんでいるのだぞ、悪人のそなたがそれでいいのか？」

「殿さま……」

　赤牛の吉三も長安に睨まれて懐から百二十金を差し出した。

「うむ、それで、そなたの悪事、帳消しにしてやる。閻魔大王にもそのように申し渡しておくゆえ安心せい！」

「すってんてんでして……」

「それで、いつでも死ねるではないか、骨は余が拾ってやる。この仕事、三年で仕上げる。二人とも死に物狂いで働け、金山だけではないぞ、時には山の仕事を休んででも百姓のために働いてもらう」

「山の仕事を？」

「そうだ、お館さまは戦に金掘を連れて歩いたではないか、城の下まで穴を掘って井戸の水を絶つ、得意の戦法だった。二人も何度か出陣したであろう。釜無川と笛吹川を抑え込むにはどうしても金掘の力が必要になる」

「へい、確かに……」

「赤牛、頼むぞ！」

「へいッ！」

　二人は正月の挨拶もそこそこに、長安に丸裸にされて山に戻って行った。

この二人の悪党は長安を恨むどころか深く信頼したのだ。

だらしなく金だけを頼り、野放図に生きて来た二人に、長安は生きることの真の面白さを教えた。

二人は雪の中、金掘たちと一万金を運んで来た。

善兵衛と赤牛のどちらかが甲府陣屋にいるようになり、何かあればすぐ金掘たちが五十人、百人と山を下りて来た。

金掘にとって甲府陣屋の仕事など仕事のうちに入らない。狭い間歩の中で硬い岩盤と金づち一つで勝負する仕事は辛（つら）い。

それから見れば陣屋の仕事など遊びのようなものだ。金掘たちは力仕事なら何でもできる。

使い勝手の良い力持ちたちだ。

長安は百姓衆を集めて相談し、釜無川の治水から手を付けることになった。

水の少ない季節から突貫の仕事である。

雪解け水が来ると困難な仕事になる。水は冷たく、流されれば二、三度浮き沈みしている間に死んでしまう。

五、牢獄の万太郎

浜松に戻った九郎右衛門は本多正信に願い出て、許嫁のお花音と結婚すると甲斐に戻りたいと申し出た。

誰も行きたがらない山国の甲斐である。

訳は聞かなかったが正信は長安からの書状で、九郎右衛門が浜松に戻された経緯を知っていた。

本人が妻を娶って、甲斐に戻ると言うのだから、また喧嘩をすることもなかろうと許した。

その頃、猿橋と金吾は雪の中、甲斐を出て信濃に入り、諏訪から中山道を南下して東美濃に入ろうとしていた。

間者といえども信濃や美濃の雪は厳しい。ましてや、眼の見えない女人を連れての旅である。

二人は雪解けの春には戻りたいと考えていた。

長安は百姓たちを集め、どこに用水堰を作りどこを改修するか、どこに遊水池を作るか、水門をどうするか、どこに堤を築くか、砕石を詰め込んだ蛇籠(じゃかご)をどこに沈めるか、川の流れを変える「出(だ)し」をどこに築くか、川の流れを緩(ゆる)やかにして、土手や堤防を守る聖牛(ひじりうし)をどこに並べるか、場所と規模が検討された。

出しは土手から川の中に突き出た堤防で川の流れを変える。

聖牛は丸太で牛の骨組みを作り、破損しては困る堤防や土手の前に、二町（約二二〇メートル）、三町（約三三〇メートル）の長さのものを十、二十間おきに川の中に並べ、土台は蛇籠と石積で固定する。川の流れを弱くし堤の決壊を防ぐ役目をするのだ。

信玄以来、川の中に築かれてきた甲斐独特の治水技術だ。

「皆の衆、用水堰と水門は吉岡長三郎殿に奉行をお願いした。堤と聖牛は室戸金太夫殿に奉行をお願いした。出しと遊水池はそれがしが奉行いたす。不足のことがあれば遠慮なく奉行に申し出てもらいたい。そこで、各奉行は各村に対する仕事の配分に不公平のないようにしてもらいたい」

「殿さま、各村に対する割り当ては頭数で？」

「そうだ。各奉行と相談して決めるように。なお、予定よりはかどって仕上げた村には、多くはないが陣屋から特別に報奨金を出す、楽しみに働け！」

「豆粒金で？」

「そうだ。黒川の甲州金だ。お館さまから頂戴する金だと思って、仕事の手を抜くな。釜無川の改修はそなたたちのためでもあるのだ！」

黄金の威力は凄まじい。

報奨に甲州金が出ると聞いた村人の眼の色が変わった。

話には聞いているが、甲州金など見たことがない。それが手に入るとなれば誰でも欲しいのが人情だ。

親指の頭ほどの金塊一つでも、甲州金となれば大した値打ち物だ。

翌日の小雪交じりの朝、河原に二千人を超える村人が集まった。

報奨に甲州金が出ると聞いて、諏訪や塩山の方からも二十人、三十人の組を作って集まって来た。

面白い話には尾ひれがつくもので、信玄公の黄金が褒美に出るらしいとか、徳川さまが黄金を大奮発なさるらしいと伝播した。

やむなく、長安は甲斐国内の者以外の人足は禁じた。

二月になると尾花九郎右衛門がケチな本多正信から、百五十人の兵を借りてくる手柄をあげて甲斐に戻り、長安と奉行を交代して仕事を始めた。

九郎右衛門の嫁は惚れた弱みか、文句を言わずについてきたという。

ところが例の万太郎がまた問題を起こした。

こともあろうに陣屋の長屋に泊まり込んで、黒川の善兵衛と連絡を取り合っている赤牛の吉三が、長三郎の留守中に万太郎を誘った。

すると赤牛の荒々しさに惚れ込んだ万太郎が浮気したのだ。

その赤牛にボロボロにされ、死にもの狂いで逃げた万太郎は、長三郎に問い詰められて白状、すると、激怒した長三郎が赤牛の長屋に走った。

「赤牛ッ、出て来いッ。叩き斬ってやるッ！」

太刀を抜くと長屋に飛び込んだ。

灯はなく、人の気配はしない。赤牛の吉三はいち早く長屋を飛び出して黒川に向かっていた。

長三郎は馬で追って斬り捨てるか考えたが、追いつけるか分からない。

翌朝の仕事に万一不在だと、長安から奉行としての職務不首尾を問われ、斬られることも考えられる。

今度、山から出て来た時に、斬り捨てればいいと考え直し、長屋に帰ると万太郎が泣きすがった。

万太郎は長三郎が優しいのを分かっていて、横着に浮気をするのだ。

ことの顛末を小兵衛から聞いた長安はまたかとムッとしたが、刻が経てば長三郎の気持ちが和らぐだろうと知らぬふりをした。

半月ほどすると黒川から善兵衛が甲府陣屋に下りてきた。

「旦那、申し訳ないことで……」

「赤牛はどうした？」

「海老屋に入り浸っておりやす……」

「困った奴だ」

「誘ったのは万太郎だそうで……」

「うむ、赤牛も油断をしたな？」

「へい、それで赤牛から詫び金を預かって来やしたが？」

「長三郎にか？」

「ヘッ、二十金用意してまいりました」

「二十金とは豪勢だな」

その夜、長安が仲介して長三郎と善兵衛が手打ちをした。

双方が遺恨を残さないことを約束したが、意地なのか長三郎は赤牛の詫び金を受け取らなかった。

一旦、善兵衛が出した詫び金は行き場を失い、結局、長安が預かる形になった。

それから間もなくだった。

長三郎が百姓娘の小梅に惚れる事件が起きた。小梅は気立ての優しい十五歳の可愛らしい娘だった。

仕事場で身の回りのことをさせているうちはまだ良かったが、長三郎が小梅の百姓家に泊まるに至って、万太郎が落胆のあまり川の聖牛に上り、川に飛び込むという事件が勃発した。

「万太郎が川に落ちたぞッ！」

雪解けで釜無川は水かさが増えてきていた。

「下で引き揚げろッ！」

「流れが速いぞッ！」

河原の百姓たちが次々と川に入って、嫌がる万太郎を強引に岸に引き上げた。

万太郎の命に別状はなく、縛り上げられて甲府陣屋に連れて行かれた。長三郎が急遽、呼び戻され長安から事情を聴かれた。

仔細を知る権太も呼ばれた。
全ての話を聞いた上で、長安の判断は素早かった。
「聖牛から飛び込むとは言語道断である。仕事中の百姓衆に迷惑をかけたことも
武家の家臣として許されない。手討ちにするところだが長三郎の助命嘆願もあ
り、死にたい本人を死なせては面白くない。よって入牢三カ月、よくよく考え、
万太郎の気持ちが改まらないようであれば、主人である長三郎が処断するこ
と！」
長安の判断に長三郎も万太郎も否やはなく、即刻入牢することになった。
ところが、陣屋の牢には、花魁の五郎平という、盗賊が捕まって入牢してい
た。そこに万太郎が放り込まれた。
花魁の五郎平は嘘か誠か、京の花魁から奪ったという自慢のかんざしを一本、
髪に刺している風変わりな盗賊だ。
黒川の善兵衛の配下に落ちぶれていたが、盗癖が酷く善兵衛と赤牛の吉三に捕
らえられ入牢させられた。
そんな花魁の五郎平が万太郎の匂いをすぐ嗅ぎつけ、三日もしないうちに牢内
で手籠めにした。

毎日、牢格子に現れて万太郎を慰める長三郎に、手籠めにされて苦しいと這って来て万太郎が訴える。

万太郎は易々と花魁の誘いに応じておいて、長三郎の気を引くため騒動にしているのだ。

「おのれッ、花魁ッ！」

牢の隅から二人を見ている五郎平を睨み付け長三郎が太刀を抜いた。

「牢番ッ、開けろッ、花魁を叩っ斬るッ！」

気持ちの優しい長三郎はいつも万太郎に翻弄されている。

「殿さまに知らせてくれッ！」

「承知ッ！」

牢の鍵を持った牢番が走って行った。

「吉岡さま、勝手なことはできません！」

「いいから、開けろッ！」

「できませんッ！」

「おのれッ、斬られたいかッ？」

「ご勘弁を、ご勘弁を……」

長三郎の剣幕に牢内の花魁は、震え上がって板壁に張り付いている。

牢内に踏み込まれては間違いなく殺される。万太郎が狡そうな眼で長三郎の振る舞いを見つめている。

頭のタガが緩んでいるような顔の万太郎だが、なかなか一筋縄ではいかない強情さを持っていた。

長安、小兵衛、権太の三人が牢長屋に飛び込んで来た。

「長三郎ッ、血迷ったかッ！」

長安が一喝すると牢番が長三郎から太刀をもぎ取った。牢内の万太郎はそんな長三郎と長安を見ている。

花魁は助かったとホッとした顔だ。

「長三郎殿、外に出ろ！」

小兵衛が付き添って吉岡長三郎が牢長屋から出された。

「花魁、出ろッ！」

五郎平は雑居牢から出され、狭い仕置き牢に移された。牢内で暴れたり、凶悪な罪人が入れられる身動きできない小部屋だ。

「花魁、五日間の飯抜きだッ！」

「殿さま、それは殺生だッ！」

「黙れ、その首、叩き斬ってもいいのだぞ！」

「万太郎が腰を振ったんで……」

「牢番、花魁からかんざしを取り上げろ、自害できぬようにだ！」

万太郎が腰を振ったおかげで、花魁の五郎平はとんだとばっちりを被った。

「万太郎ッ、うぬも五日間の飯抜きだ。懲りない奴め！」

万太郎は牢の隅にうずくまっている。

「万太郎、まだ、長三郎も知らないことだが、小梅に長三郎の子ができたようだぞ！」

「殿さま……」

万太郎が驚いた顔で牢の格子まで這って来た。

「もし、本当に小梅に子ができておれば、うぬを一生牢から出さぬ！」

「ゲッ……」

「長三郎と小梅と子どもが幸せに暮らすため、うぬはその犠牲になるのだ。分かるな万太郎……」

「殿さま、嫌だ！」

「嫌でも仕方ないことだ。うぬを牢から出せば、また良からぬことが起きるに決まっているからな……」

「嫌だぁ！」

「駄目だ。牢から一生出さぬ。余は小梅と生まれて来る子を守ってやらねばならぬ。うぬは逆立ちしても長三郎の子は産めまい。女はえらい。小梅はえらい。うぬより年下だそうだ！」

「嫌だッ、嫌だぁッ！」

「もう腰を振ってもどうにもならぬ。権太が小梅の親から聞いて来たのだ。百姓娘に武家の子ができたと大喜びだそうだ。万太郎、身から出た錆(さび)だ。観念せい！」

「嫌だぁッ！」

「寂しければ長三郎と相談して、花魁をこの牢に戻してやる」

「殿さま、お願いだ、牢から出してくれッ！」

万太郎が泣き泣き長安に懇願した。

「それは駄目だ。川に飛び込んで死ぬ気だったのだろうが？」

「違う、違う……」

「狂言か？」

長安に問い詰められ、万太郎は死ぬ気はなかったと白状した。

「馬鹿者ッ、余を愚弄するとは許せぬ奴、二度と牢から出さぬ！」

言い捨てて長安が万太郎に背を向けた。

「殿さまッ、嫌だぁッ！」

万太郎の長安に甘える、悲痛な叫びが牢長屋に響いた。

知らぬ顔で長安が外に出た。そこに長三郎と小兵衛が立って万太郎の叫び声を聞いていた。

「長三郎殿、小梅はいい女だ。嫁にしてやれ！」

怒った顔で長三郎が答えない。

「嫌なら、余の女にする。子ができては放っておけぬからな。文句はないな？」

長安の言葉に仰天した長三郎が身を引いて睨んだ。

「小梅の腹の子も一緒に余がもらう。それでよければ万太郎を今すぐ牢から出す。但し、小梅と子に指一本触れることは許さぬ。そなたは余と同じ大久保忠隣さまの家臣ゆえ、手荒なことはしないできた。だが、小梅のような、うぶな娘が泣きを見るようでは放置できぬ。仕事にも支障が出る。余の独断でそなたを斬ることもあるぞ」

「申し訳ございませぬ……」

「小梅と一緒になるな？」

「はい！」

「それでいい……」

　長安は一安心した。

　百姓に叛かれては大ごとになるのだ。悲痛な万太郎の叫び声に動揺している長三郎に、十日に一度の面会を許した。

　その夜、長安は権太と釜無川沿いの百姓家に向かった。

　権太こと鬼面丸は長安の影のようにいつも傍にいる。乙女と瀬女も川の仕事に出て忙しかった。

　そんな時、乙女が不穏な話を拾って来たのだ。

　その噂は本願寺の坊官が甲斐に入ったという話だった。

　武田信玄は十三歳の時、武蔵河越城の上杉家から最初の妻を娶った。同い年の幼い夫婦だった。

　政略結婚だったが二人は仲が良くすぐ子ができた。だがその出産は、上杉家の幼い姫と子が死ぬ悲惨な結果になった。

その武田家の不幸に継室として、京の公家の娘を仲介したのが駿河の今川家だった。

その頃、乱世で京の公家は疲弊し、生活のために娘を地方の有力大名に嫁がせることが多かった。

左大臣三条公頼も同様で、一の姫は京の実力者細川晴元に嫁ぎ、三の姫は石山本願寺の総師顕如光佐に嫁いでいた。

二の姫が信玄に嫁いで来たのだ。

信玄の継室三条の方と顕如光佐の妻如春尼が姉妹であることから、甲斐には一向一揆が起きることがなかった。

むしろ、信玄を助けるため越後上杉の後方越中では激しい一揆が勃発、三河でも家康を苦しめる一揆が起きた。

その一向一揆を指導するのが本願寺から派遣された坊官だ。

顕如光佐が信長に降伏して石山本願寺から退去してからは、一向一揆の勢いは急激に下火になっていたが、本願寺には教如という強硬な後継者が残っていた。

本願寺は後に東、西本願寺として分裂する。

「乙女、坊官の名は聞いたか？」

「確か、下間頼龍とか？」

「おう、それなら、本願寺の坊官に相違ない。名は聞いたことがある。確か、妻は池田恒興殿の娘とか養女とか？」

長安は下間頼龍の名は顕如光佐の側近と聞き知っていた。

その下間の妻の仔細は知らなかったが、実は信長の兄、信時の娘で池田恒興の養女だった。

「余が聞いておるところでは、一揆を指導するというよりは、堺の商人たちとの交渉などが巧みだと聞いておったが……」

「調べましょうか？」

「いや、迂闊に手を出さぬ方がよい、触らぬ神に祟りなしじゃ」

長安がニッと笑った。

おそらく武田家滅亡後の甲斐を見に来たのだろうと考えた。

「数日で甲斐から出て行くと思うが、動きは捕捉しておくことだな？」

「承知致しました」

「金吾と猿橋から知らせはあるか？」

長安は京に向かった二人を気にしていた。

「ございません、行ったっきりでどこにいるものか？」

乙女が炉辺に座って苦笑した。

「眼の見えない姫さまが一緒では、戻るのが遅れても仕方ないか、瀬女、ここに来て座れ……」

長安が瀬女を傍に呼んだ。瀬女は権太と乙女の娘で、二人が育てた優秀な女間者なのだ。

「殿さま、お酒は？」

珍しく酒を催促しない長安に乙女が聞いた。

「今日は酒はいらぬ。瀬女を所望じゃ」

突然のことに温かい百姓家の空気が凍り付いた。

「瀬女、余はそなたが好きじゃ、そなたは好きか、嫌いか、嫌いなら抱かぬが？」

長安の露骨な聞き方に、瀬女が怒った顔で睨んだ。気が強いのだ。

「そうか、嫌いか、好きになるまで待とう……」

瀬女はとうとう怒って、席を立ち奥に引き取ってしまった。

「権太、瀬女は良い娘だ」

「恐れ入りまする」

「乙女、言い聞かせなくて良いぞ。無理をせずともよい、こういうことは本人にその気がなければどうにもならぬことだ。手籠めにすることもできまい……」

長安がそう言って笑うと炉辺にごろりと横になった。

「殿さま、奥に支度をしてございます」

「そうか?」

長安が体を温めて奥の寝所に入ると怒った顔の瀬女が入って来た。その夜、瀬女は長安の懐に抱かれて眠った。

この頃、信長を殺した明智光秀を倒した羽柴秀吉が、着実に織田家を乗っ取ろうとしていた。

柴田勝家を北ノ庄城に追い詰めて妻お市とともに自害させた。

信長の三男織田信孝に、二男信雄をけしかけて利用し、信孝を岐阜城に追い詰めて降伏させ、知多に送って強引に切腹させた。

伊勢長島城の滝川一益を降伏させるなど、各個に反対勢力をつぶしていた。

それに自信を持った秀吉は、信孝の母で信長の側室、華屋夫人まで処刑するなど、急速に横暴になってきていた。

当初、秀吉と信雄は協力関係にあったが、信長の嫡孫(ちゃくそん)三法師(さんぽうし)の後見人になった信雄が、安土城(あづちじょう)の再建を考え始めると関係が急激に悪化した。

石山本願寺跡に大坂城の築城を始めた秀吉にとって、安土城の再建などとんでもないことなのだ。

秀吉は焼け跡の安土城に住んでいる三法師を後見している信雄に、清洲城(きよすじょう)へ戻るよう命じると同時に、幼い三法師を後見人の信雄から取り上げ、安土城から丹羽(にわ)長秀(ながひで)の坂本城(さかもとじょう)に移るよう命じて幽閉した。

織田宗家の三法師も、清洲会議で信長からの相続分として、近江(おうみ)にわずか三万石と焼け残った安土城を住まいとして与えられるなど、ひどい扱いを受けた。

織田家を乗っ取りたい秀吉のしたことだ。

中将信忠(のぶただ)の実子である三法師は、父の遺領である尾張と美濃、祖父信長の安土城や近江の領地や山城(やましろ)など、二百万石以上を相続できたはずだ。

三法師が三歳で幼いことと信長の死後、織田家にまとまりがないのをいいことに、清洲会議で羽柴秀吉、柴田勝家、丹羽長秀、池田恒興の四人は織田宗家から領地を全てむしり取った。

その羽柴秀吉が大坂に挨拶に来いと信雄に高飛車に命じると、二人の関係が崩壊しそうになった。

織田信雄は秀吉の主人筋だと思っている。家臣の秀吉に命令される覚えはない。事実、秀吉は織田家の一部将に過ぎなかったのだ。

六、密命

山国の甲斐にも京や大坂、堺などの噂は聞こえてくる。

金吾と猿橋は京から盲目の姫さま、鶴子(つるこ)を連れて戻って来た。

それと同時に、織田家を奪い取ろうとするそんな秀吉の動きと噂を、荷駄と一緒に甲斐に運んで来た。

長安の甲斐経営は順調だった。

黒川金山の金の産出は順調だったが、湯之奥金山の鉱脈が枯れ始めて、長安がもくろんだほどの産出はなかった。

湯之奥金山は身延山の近くにあって、長安の正式な管轄下ではない。事実上は亡くなった穴山信君(あなやまのぶただ)の所領だった。

その遺児が武田宗家を継承してまだ生きていた。

この勝千代は間もなく天正十五年（一五八七）に疱瘡で死去する。十六歳だった。武田宗家は断絶して家康の五男信吉が後継となり武田信吉となる。

釜無川の治水工事も夏の渇水期になると猛烈に仕事がはかどった。土手下の川の中には二、三町も長々と聖牛が並んで壮観だ。

秋の嵐も心配ない。

そんな時、甲府陣屋の長安の部屋に吉岡長三郎と室戸金太夫、小梅の父親の三人が現れた。

話の用向きは長三郎と小梅の結婚だった。

牢内の万太郎と会って話を付けた長三郎は小梅との結婚を決意、武家の婚姻の体裁を取ることにした。

嫁になる小梅を一旦室戸金太夫の養女にして、吉岡長三郎と室戸小梅の縁談ということにした。

もちろん、長安に反対する理由はない。長三郎が落ち着くことには大賛成だ。

「そこで、殿さま、ご牢内の万太郎殿のことですが？」

小梅の父親が言いにくそうに口を開いた。

「斬るか？」

「いいえ、そのような手荒なことは、娘も気にしておりまして……」

「甲斐から追放か？」

「追放されても果たして身延山の実家に戻りますか、もし、戦でも始まりますと吉岡さまの家来として、戦場に出陣していただいたほうがよろしいのではと……」

「ほう、ずいぶんと物分かりがいいが小梅は納得なのか？」

「はい、むしろ、ご放免を殿さまに願ってくれるようにと言っておりまして……」

「健気(けなげ)ではないか、やはり小梅はいい女だ。吉岡殿、牢内の万太郎めに言い聞かせることだな？」

「恐れ入ります」

「放免はいいが、親子三人に家臣一人の食い扶持(ぶち)はどうする、甲斐にいれば余が出すが大久保忠隣さまに加増を願うか？」

「小梅と子の食い扶持はわしが持ってまいります……」

「それは殊勝、神妙な心掛けじゃが、余の仕事をしている間は無用だ。これから、甲斐は徐々に裕福になる。大久保忠隣さまに書状を書いておこう、長三郎殿、小梅が長屋に入り次第、万太郎を牢から出すが、あ奴は勘違いの多い男だ。また懲りずに腰を振るかもしれぬ。万太郎に長屋を一つやるが問題を起こさぬように言い聞かせろ！」

「承知致しました」

長安は寛大な処分を長三郎に伝える。

数日後、長三郎と小梅が結婚して長屋に入ると、長安は約束通りすぐ万太郎を牢から出した。

すると、何を決心したのか、万太郎は長三郎の子を孕(はら)んだ小梅の世話を、辺りの人たちが驚くほど小まめにするのだ。

「万太郎が変わったな……」

「もう万太郎は腰を振らなくなった……」

そんな評判が聞こえてくると長安は万太郎を陣屋に呼んだ。

「万太郎、よく小梅の面倒を見ているそうだな？」

「はい……」

「秋になれば子が生まれる」

「やはり、子が生まれますか?」

「当たり前だろう」

「小梅さまに子が……」

「うむ、そこでだ、ここに黒川の豆粒金三つを使いやすい銀にしておいた。長三郎殿に持って行け、小梅のために使うようにとな?」

万太郎はまだ小梅に子の生まれることが信じられないのだ。子どものような小梅が子どもを産むのだ。

万太郎の頭は少なからず混乱していた。

「小梅さまが大変だ。たいへんだ!」

万太郎の頭の中は小梅のことでいっぱいになった。

腰を振る余裕がなくなった。

夏が過ぎて涼しくなると伊奈忠次が青山忠成(あおやまただなり)と百人ほどの兵と一緒に甲斐に現れた。

伊奈と青山は黒川金山の金を受け取りに来たのだ。

この頃の家康は秀吉に臣従(しんじゅう)する気がなく、秀吉の上洛(じょうらく)要請にも領国経営がまず先と言って拒否していた。

家康には信長との同盟者という自負がある。

建前上、信長と家康は対等なのだ。

秀吉は信長の家臣に過ぎず、秀吉に臣従する名分がない。

家康は自立の道を模索していた。

そのためには莫大な金が必要だ。

領国が広がった分、人材不足で年貢徴収が安定していない。

領国になった五カ国の隅々まで、人手不足でまだ手が回らないのだ。徳川家はあまりに急激に大きくなった。

武骨な三河武士は米の勘定など苦手で嫌がる。

槍を振り回すことが好きなのだ。だが、家が大きくなると長安のような文治に優れた人材が必要になる。

「十兵衛殿、本多さまから四十貫と聞いて来たが、間違いないか?」

「塩山の田辺に四十貫と申し付けてある。少々、鉱脈が細っているがまだ金は掘れる。お館さまの時には及ばないがな……」

「四十貫とは奮発したな?」

「この先は少し減産になるかもしれないと、本多さまにお伝え願いたい。そうならぬよう手を尽くすつもりだが、見えない鉱脈が相手ゆえ太るか細るか？」

「相分かった！」

伊奈は長安の言いたいことを理解した。

長安が言った塩山の田辺とは、塩山に問屋を持ち、金の流通に携わっている商人の田辺家だ。

金の流通は掘り出す金山での管理、流通問屋の管理など、全て厳重に帳簿で金の動きを捕捉している。

長安は金山の帳簿と問屋の帳簿を付け合わせると、金がどこに行ったか、どう動いたかすぐ分かるのだ。

黒川金山で掘られた金は坑道から出ると、灰吹き法によってすぐ岩石から分離され、灰吹き金となって重さを量り山を下りる。

それを塩山の田辺家のような問屋が、流通しやすいよう甲州金に加工し、印を打刻して豆粒金または小粒金として商品にする。

信玄は碁石金とも呼んだ。手づかみで報奨金として与えたりした。延べ棒金にして納められることもある。

それぞれ加工工程によって値段が違う。

甲斐では既に、両目（貨幣の単位）が決まっていて、一両金は四分、四分金は十六朱、十六朱金は六十四糸目金となっていた。

一両金は四匁（一五グラム）で純度は八割三分と高かった。

この両目は後に江戸幕府に引き継がれるが、幕府の財政が苦しくなると、純度だけは徐々に粗悪な一両金になっていく。

やがて金十二、銀八十八などというものまで出てくる。

「この度、殿にお納めする甲州金は延べ棒金、露一両金、甲州一分金の三種類、四十貫になります、従来通り甲斐金座の野中、松木、志村、山下の四家が吟味した黄金にて、その品質は天下一と言えるものです」

「相分かった。ところで、本多さまからの申しつけなのだが、十兵衛殿が金を必要としているだろうから、希望通り置いて来るようにとのことであった」

「それは助かります。お言葉に甘え、一分金を十貫目所望したいが？」

「いいでしょう」

そう言って伊奈が青山の顔を見た。

「釜無川、笛吹川の改修、新田開発などに使わせていただきます、そのようにお伝え願います」

「年貢はその新田開発に使ってよいとのことだった」

「重ねて、助かり申す。殿と本多さまにお伝えくださるよう」

「うむ、金の受け取りを書いていただこう。来年は笛吹川の改修にかかれるか？」

「そのつもりですが、資材、人手など支度がなかなかに難しい。稲の取り入れ後に改めて考えたいと思っています。ところで、大坂の秀吉と清洲の信雄さまが不仲と聞いたが、殿が巻き込まれるようなことはござるまいな？」

突然、核心の話になって伊奈と青山が顔を見合わせた。

徳川家では秀吉は禁句なのだ。

「何か不都合なことでも？」

長安は二人の顔色に嫌なものを感じて問い詰めた。

「そこが今一つ読み切れないのだが、浜松城では万一に備えて、岡崎城に兵を移している……」

「尾張に出陣か？」

「信雄さまが殿に援軍を要請されれば、それを大義名分に出陣することになる！」

青山忠成が言い切った。

「いつ頃と見ておられるか？」

「早ければ来春、遅くとも夏ごろ……」

「兵力の予想はいかほど？」

「羽柴軍が七、八万から十万、徳川軍は三万から三万五千……」

あまりの兵力の違いに三人は沈黙した。

策を間違えば一気に踏みつぶされる兵力差だ。

「既に信雄さまは動き出しているようです」

伊奈が不安そうな顔で言った。

「どこかで殿と秀吉は戦うことになるのだろうが、三万と十万ではあまりにも苦しいのでは……」

青山も秀吉との戦いには疑問を持っていた。だが、どこかで秀吉に徳川の実力を見せておくことは重要だとも考えている。

秀吉の急な勢力拡大には織田信雄や徳川家康だけでなく、四国の長宗我部元親、九州の島津義久、越中の佐々成政、越後の上杉景勝、相模の北条氏政、北国の伊達政宗など多くの大名や紀州の雑賀、根来が危惧を持っていた。

だが、それぞれにお家の事情があって、秀吉を包囲するような連携をするなどのまとまりはない。

長安は秀吉と家康をめぐる不穏な空気を意識しながら冬を迎えた。

金の産出はほぼ満足できるものだったが、十万石と長安が見積もった年貢徴収は、残念ながら九万五千石を下回る結果となった。

家康が秀吉と戦うことになれば、甲斐から長安も五千人以上の兵を出陣させなければならない。

そんな兵力は百姓から抜くしかない。あまり大量に引き抜くと甲斐の復興は道半ばで頓挫することになる。

そんな時、塩山の田辺家から長安の用人として、田辺庄右衛門が派遣されて来た。長安のよく知っている男だ。

若く頭脳明晰な庄右衛門は、用人として力を振るうことになる。

「庄右衛門、年内に五千人の兵を三河に出陣させる支度をしておきたい……」

「いよいよ秀吉と？」

「まだ、分からぬが、命令が来てからでは遅い！」

「御意、兵糧と武具、馬など、相当な賄いになるかと存じますが？」

「兵糧は古い米が残っている。すぐ古米を炊いて干し飯にしろ。武具は武田家のものを百姓衆が相当に持っているはずだ。すぐ調べ上げろ。武具は修理すればすぐ使える。馬は伝八に命じよう……」

「畏まって候！」

成瀬家から室戸金太夫に付いて来た小者の伝八が、馬の目利きでは一流だった。

「小兵衛、花魁を連れて来い……」

長安は花魁の五郎平をなんとか使いものにしたいと考えていた。風変わりな男だが若い上に才気に満ちていた。

「権太、花魁を猿橋の配下にしたいと思うがどうか？」

「今は小泥棒ですが、猿橋に預ければ忍びを覚え天下を騒がす、大泥棒になるかもしれませんが？」

「それも面白いのではないか？」

「何か、お考えがあって？」

「うむ、秀吉の命を狙わせるというのはどうだ」

「えッ、秀吉の？」

あまりに重大なことをサラッと言う長安を権太が睨んだ。鬼面丸の権太でさえ考えない大胆過ぎる危ない話だ。

「難しいのは分かっている。だが、盗癖が治らないのであれば、秀吉の命を盗むぐらいの大盗賊にしてやりたい。あの花魁ならやれるような気がする」

気宇壮大な考えを長安と権太が話しているところに、花魁の五郎平が小兵衛に連れて来られた。

「五郎平、そなた武家の出であろう？」

「ふん……」

花魁の本名は真田八郎と言う。

浜松の生まれだといい幼名が五郎吉、いつしか泥棒になり二つ名の花魁の五郎平と呼ばれている。

「いつまでも、こそ泥の真似をして、牢に入れられていては話になるまい、天下一大きなものを盗んで見る気はないか？」

「何だ天下一というのは？」

「そうだ、その前に花魁の五郎平と言う名ではしまりがない。五右衛門と名乗れ！」

「気に入らぬか？」

「いや、名などはどうでもいい、天下一のものとは何です？」

「今や飛ぶ鳥を落とす勢いの羽柴秀吉の命！」

驚いた顔で五右衛門が長安を睨んだ。

「このまま牢に戻るか、それとも鬼面丸の配下になって、秀吉の命を盗むか、二つに一つだ。どうだ。余の密命を受けてみるか？」

五右衛門がニヤリと不敵な笑いを浮かべた。

「密命を受ければ、何を盗んでもいいか？」

「いいだろう、だが、貧しい者たちからは盗むな！」

「分かった。約束する……」

「よし、鬼面丸、五右衛門をそなたに預ける。死んでも構わぬゆえ、忍びの技を仕込んでやれ！」

「畏まって候……」

「五右衛門、死に物狂いの修行だぞ？」

「分かっている！」

「五右衛門？」

「その頭のかんざしをここにおいて行け……」

「これか、小粒十金で買ってくれ！」

「十金か、いいだろう、但し、修行中は盗みをするな。約束できるか？」

「おう……」

「庄右衛門、小粒三十金を支払ってやれ！」

「こんな腐れかんざしに三十金？」

「かんざしの値ではない、秀吉の命の値の半金だ。安い買い物であろう？」

「なるほど……」

その時、長安は五右衛門の主家が家康の老臣石川数正(いしかわかずまさ)ではないかと思った。

もちろん根拠などはない。

ふとそう思っただけなのだ。ずいぶん前に、手の付けられない乱暴者がいると聞いたことがある。

「五右衛門、必ず、首を取って来い。褒美に千金やる！」

「承知！」

そう言うとニッと子どもっぽく笑った。

三年後、五右衛門は京に出て二十人ほどの盗賊団を作り、京、大坂を中心に荒らしまわり秀吉の命を狙うことになる。

その数日後、小梅が女の子を産んだ。

その子を万太郎がなめるようにして育てることになる。もう、全く腰を振らなくなった。小梅の下僕(しもべ)だ。

天正十二年（一五八四）正月、大坂城に挨拶に出て来いと命じられた信雄が秀吉に反発、二月二十七日に従三位参議(じゅさんみさんぎ)に叙任(じょにん)した徳川家康と同盟する。

事実上の秀吉と家康の対決になった。

三月に入って徳川軍は尾張に出陣、十三日には清洲城に到着したが、甲斐の長安に出陣の命令は出なかった。

甲斐軍は甲斐再建のため兵役免除になったのだ。

家康は楽な戦いではないと分かっていたが、一度、崩壊した甲斐軍をすぐ使えるとも考えていない。

むしろ、甲斐を復興することの方が重要と考えたのだ。

家康と秀吉の戦いは、尾張の小牧山(こまきやま)や長久手(ながくて)から、美濃や北伊勢(いせ)などの広範囲で戦われた。

秀吉軍は十万の大軍で一気に家康軍を踏みつぶそうとしたが、戦いは双方が睨み合う膠着した長期戦になった。

家康軍は三万だったが秀吉は決戦を嫌った。

四月に入って秀吉は策を誤った。

池田恒興、森長可、堀秀政、羽柴秀次ら一万五千の大軍を、家康の裏をかいて三河に侵入させようとしたのだ。

この策はいち早く家康に見破られ、池田恒興が戦死する大失敗になった。

家康を侮れないことを知った秀吉は戦いを避け、織田信雄との講和を目指す。

この秀吉の誘いに信雄が単独で応じてしまう。

家康と同盟していながら、断りもなく伊賀と伊勢半国を秀吉に割譲して、十一月に講和してしまった。

これには家康も呆れ返るしかなかった。

織田家の御曹司はわがまま勝手、噂通りの暗愚さまだったのだ。

秀吉の非を言い立てて、包囲網を作ろうと諸大名に働きかけておきながら、易々と秀吉の誘いに乗る軽薄さは、信長生存の頃から知られていた。

信長が持て余した阿呆息子だったのだ。

「殿、やはり無理でしたな？」

本多正信がボソリとつぶやいた。謀略好きな家康と正信は、信雄を利用しようと考えていたのだが当てが外れた。

「やむをえぬな、暗愚さまは幾つになっても暗愚さまと言うことだ」

「御意、伊賀と伊勢半国を割譲するとは仰天至極……」

「暗愚さまが戦って取った領地は寸毫もない。領地領国の大切さの分からぬ暗愚さまということよ。右府さまの頭痛の種であったのだ」

「いかにも、これで誰もあの方を二度と信用しない。愚かな男だ。後は坂本城にいる三法師だけ？」

「うむ、まだ五歳の幼児だ。上手く育つかどうか？」

この三法師こと後の織田中納言秀信は、関ケ原の戦いの後家康によって、高野山へ流され二十六歳の若さで命を絶たれる。

「全軍に引き上げの支度を命じますが？」

「いいだろう、殿に平八郎を置いて速やかに撤退だ……」

「畏まって候！」

三月から十一月まで続いた長陣が決戦にならずに終わる。

七、大鯰御見舞金

翌天正十三年（一五八五）、秀吉は関白になり名実ともに天下にただ一人の位に昇ったが、家康との関係は改善しなかった。

相変わらず秀吉から上洛の要請が来ても家康は応じようとはしない。家康が上洛に応じることは秀吉に臣従することとなのだ。

そんな、家康と秀吉の駆け引きなどに興味のない長安は、甲斐の復興のため忙しい日々を過ごしていた。

「殿、小梅殿の父親が下の娘を連れて、挨拶に見えておりますが？」

庄右衛門が長安に伝えた。

「小梅に妹がいたのか？」

「はい、一つ下だそうで、長三郎殿に叱られますが小梅殿より美形にございます」

「すぐ通せ！」

女好きの長安は美形と聞いただけで胸がときめくのだ。小梅の父親は大百姓で小太りの男だ。

　小梅はそんな父親に全く似ていない。部屋に入って来た小梅の妹は、確かに小梅以上の美形だった。

「殿さま、お陰さまで小梅は幸せに暮らさせていただいております。これは小夏と言いまして小梅の妹にございます……」

「小夏か、良い名だ。小夏、余に仕えて見ぬか？」

　瞬間、小夏の顔と耳に紅が差してうつむいてしまった。こんなに露骨に口説かれたことがない。

「大切に致すぞ、余の傍で暮らさぬか？」

「はい……」

　小夏がうるんだ眼で長安を見つめてうなずいた。

「そうか、傍に姉の小梅がいる、何も心配することはない、今日、家に帰ることは許さぬ。親父いいな？」

　長安は小梅の父親からその場で小夏を取り上げてしまった。

　何とも強引で、気の早い男が長安なのだ。女の意表を衝いて承知させてしまうのが長安の得意手なのだ。

人のいる前で堂々と口説かれるとほとんどの女が恥ずかしがり、一押し二押しされると了承してしまう。

ましてや、小夏のように甲斐で育った、若いうぶな女は長安のような男と、口を利いたこともないのだ。

「親父殿、心配ない。全ての支度は小梅に命ずるゆえ、何も気を遣うでないぞ」

「しかしながら……」

「気にするな、余は小夏の身一つをもらうのだ。裸のままの方が都合が良いのだ」

そう言って長安が笑うと、小夏がまた顔を赤くしてうつむいた。

長安は小梅の父親に酒を飲ませて帰すと、小兵衛に小梅を呼んでくるよう命じた。

小夏は父親が消えて急に心細くなり、部屋の隅に張り付いている。

「小夏、ここにまいれ、その可愛い口を吸ってやる」

驚いて長安を見た小夏はくらくらして卒倒しそうになった。

「今から余とそなたは夫婦じゃ、何の遠慮もいらぬ。まいれ、口を吸ってやる」

小夏は長安に促されて立とうとしたが、あまりに仰天して腰が抜けたようになり立てなかった。

長安が小夏の傍に寄って震えている体を抱きしめ、緊張して固まった小夏から力が抜けるのを感じてその口を吸った。

小夏が長安にもたれて眼をつぶると涙が頬を伝って落ちた。

「殿、小梅殿がまいられました……」

「入れ！」

小夏は長安に抱かれたままギョッとして逃げようとしたが、長安は小夏を抱きしめて放さない。

板戸がスーッと開いて小梅が平伏した。

「小梅、入れ、小夏が余に抱かれておる」

「えッ……」

小梅が顔を上げると長安に抱かれた小夏と眼が合った。

「姉さま……」

「小夏……」

姉妹は暫く見つめ合っていた。

「小梅、寄れ！」

「はい……」

「余は今夜、小夏を抱く、その支度を姉であるそなたに命ずる！」

「はいッ、承りました」

「庄右衛門、お花音にも手伝わせろ！」

「畏まりました」

「庄右衛門、小夏の部屋はどこだ？」

「奥方さまとは逆の南廊下の奥に二部屋支度をさせております。侍女は一人で宜しいでしょうか？」

「よい、小夏、実家から誰か呼ぶか？」

「はい、乳母を……」

「うむ、いいだろう」

長安はその夜から翌日の昼過ぎまで、小夏の部屋から出てこなかった。そんな新年が近い十一月二十九日、大事件が勃発した。

その日、夜半前、長安は小夏と重なっていた。

「ドーンッ！」

強烈に地底から突き上げられた衝撃で、長安は小夏の体から吹き飛ばされ転げ落ちた。

「キャーッ！」

小夏の絶叫に長安は立ち上がろうとしたが、二度三度と投げ出されて部屋の中を転がった。

燭台が倒れて部屋は真っ暗闇だ。

何がどうなっているのか分からない。天地すら分からなくなりそうだ。

「殿ッ……」

「小夏ッ、無事かッ？」

ようやく揺れが収まると長安は手探りで小夏を探した。

「この地震は大きいッ。また来るぞッ！」

そう言って長安が小夏の手を引っ張った時、第二波の強烈な揺れが襲ってきた。

「殿ッ、死ぬッ！」

小夏が長安にしがみついた。その拍子に長安が後ろに倒れ、そこに部屋の板戸が外れて倒れてきた。

「小夏ッ！」

叫びざま長安が小夏を引っ張った。二人は板戸の下敷きになったが、無傷で廊下に逃げ出した。

「殿ッ！」

小夏が長安にしがみついて恐怖に震えている。かつて経験したことのない猛烈な揺れだった。

「火事だッ！」

「長屋が火事だッ！」

叫びながら大勢が走って行く。

「殿ッ、ご無事でッ？」

「庄右衛門ッ、長屋が火事のようだなッ？」

「はッ、大勢ですぐ消し止めると思います。陣屋に延焼することはございませんッ！」

そこに灯りを持った小八尋（こやす）、お染、お香の三人が闇の中から現れた。

「大変な地震でござんした。お怪我（けが）はございませんか？」

小八尋が長安を心配している。

「怪我はない。そなたらも無事で何よりじゃ。こんな夜は一カ所に集まって互いに助け合え、いいな！」

「今宵は寒いのでみなさま、お体をお大切に願います」

恐怖で興奮している女たちに庄右衛門が注意した。あと一カ月で新年になる酷く寒い夜だった。

「殿ッ、室戸さまの長屋が火事ですッ！」

小兵衛が走って来て報告した。

「庄右衛門、ずいぶん空が赤いな？」

「他に延焼したのかもしれませんッ！」

木の上に炎が立ち上った。そこに盲目の鶴子の手を引いた小梅とお花音、子どもを背負った万太郎が逃げて来た。

「万太郎ッ、ずいぶん燃えているなッ？」

「はッ、長屋が三棟燃えておりますんでッ……」

「何だとッ、三棟もかッ！」

長安は長屋が全滅するのではないかと思った。

その時、第三波の地震が地底から突き上げてきた。女たちが抱き合って騒いでいる。長安は廊下の柱をつかんで燃え上がる炎を見ていた。

「これはだめだな？」

長安は火事ですむならと観念した。

「庄右衛門ッ、火事場を見に行く、この地震ではどうにもならぬな。せめて怪我人を出さぬことだ！」

「御意ッ！」

長安は寝衣のまま大玄関に走った。

長安と庄右衛門が火事場に駆け付けると、既に長屋は手の付けられないほど延焼、五棟が燃え上がっていた。

「九郎右衛門ッ、怪我人はいないか？」

「殿、怪我人はありませんが、火の回りが速く手の施しようがありません！」

「構わぬッ。冬の火事だ。仕方あるまい！」

「殿ッ、申し訳ありませんッ！」

「気にするな。怪我はないな？」

火元になった室戸金太夫が走って来て長安に謝罪した。

「はいッ、伝八が火を消そうとして、少々、火傷をしております！」

「何ッ、伝八を探せッ！」

長安の周りに消火をあきらめた長三郎や五右衛門、猿橋、金吾、善兵衛の子分だった金太郎、留次、権蔵などが続々と集まって来た。

その中に火傷した伝八もいた。

「おう、瀬女、来ておったのか？」

「はい、兄のところに来ておりました」

忍びたちには二棟の忍び長屋が与えられている。そこに猿橋と瀬名の兄金吾らを中心に十七人の忍びが住んでいた。

「この五棟は仕方ない。他は離れているから延焼はしないだろう」

誰にともなく長安はそう言ってあきらめた。

瀬女が長安の傍に来てそっと手を握った。その時、また地面が揺れて、瀬女が「キャーッ」と叫んで長安に飛びついた。

この天正大地震（一五八六年）は広範囲に甚大な被害を出した。

若狭湾と伊勢湾、三河湾、琵琶湖に大津波が襲来して幾つもの集落を呑み込んだ。

飛驒の帰雲山が崩壊して帰雲城が埋没、城主内ケ島氏理一族が全員行方不明になり滅亡、周辺の集落も埋没してこの世から消えた。

白川郷では三百余戸が全て倒壊、焼岳が大噴火して三百余戸が埋没、美濃大垣城が全壊して燃え上がった。

越中木舟城が倒壊、城主で前田利家の弟前田秀継夫婦他多数が死亡。

尾張清洲城が大きく損壊、同じ尾張の蟹江城が壊滅した。伊勢長島城の天守が倒壊、城主織田信雄が清洲城に逃げた。

京の東寺が損壊、三十三間堂の仏像六百体が倒れ、近江郡上八幡の集落が崩壊、一瞬にして琵琶湖に呑み込まれた。

秀吉が築いた湖東の長浜城が全壊、その城主山内一豊の一人娘、与祢六歳と乳母が圧死した。

その被害は越中、越前、加賀、飛驒、美濃、尾張、伊勢、近江、若狭、山城、大和、三河など広範囲だった。

遠く阿波でも地割れに襲われるなど、ひどい状況になった。

浜松の徳川家康の周辺も、三河湾の津波の被害で大騒ぎになっていた。

「権太、金吾、すぐ黒川金山に走ってくれ、間歩の被害がどれぐらいか至急調べて来てくれ！」

甲府陣屋の火事を心配して駆け付けた権太に命じた。長安はこの地震で金山の間歩が崩れたのではないかと心配した。

「では、早速、黒川にまいります」

「うむ、余はここの始末をつけて塩山の田辺に行く、そこで会おう、猿橋も行けッ！」

長安の命令で間者三騎が、陣屋を飛び出して黒川金山に向かった。

夜明け前に長屋は鎮火して、すぐ、後片付けと再建が始まった。

急がなければならない、雪が降っては万事休すなのだ。

「室戸殿、長屋の再建に川の聖牛(ひじりうし)の木材を使え、急ぐ仕事だ。雪が来ては厄介なことになる！」

「殿、聖牛の木材は？」

「いいのだ。今、使える木材はあれしかない。河原に木材が山積みになっている。あれを運べば十日で再建できる。雪との勝負だ！」

「承知！」

「長屋と長屋の間を倍に離して延焼しないようにしてくれ……」

「そのように縄張(なわば)り致します」

「九郎右衛門、川の工事場に被害が出ていないか調べてくれ。堤の地割れもだ！」

「畏まりました」

「長三郎、ご領内を調べて被害を浜松に報告せいッ！」

「畏まって候ッ！」

「小兵衛、塩山に行く、支度だ！」

長安は陣屋に戻って小夏と瀬女に手伝わせて着替えた。

「瀬女、乙女と被害の出た百姓家をくまなく調べてくれ、権太の配下を使え、信濃諏訪まで走らせろ！」

「はいッ……」

「小梅、万太郎を連れて行くぞ！」

「承知しました」

「行くぞ、庄右衛門！」

長安と庄右衛門が馬に乗って陣屋を飛び出した。その後を、小兵衛と万太郎が走って追った。

遠くに燃えている百姓家が見える。

「殿、百姓家がつぶれたものと思います」

「うむ、つぶれて燃えたか、生きておればいいがな？」

見える範囲では火の手は一カ所だけだった。

昼過ぎ、長安が塩山の田辺家に飛び込むと、主人の田辺佐左衛門が迎えた。庄右衛門の父親である。

「殿さま、ひどい地震で……」

「被害はないか？」

「お陰さまで、当家に被害は全くございませんが、川の土手と山道が少し崩れたと聞いております」

「今朝、権太が黒川に向かったのだが？」

「はい、立ち寄られました。ここから黒川金山までは固い山ですから大丈夫かと存じます。金山も固い山ですからびくともするものではありません……」

佐左衛門が自信たっぷりで言い切った。確かに、金や銀の出る山は固い岩盤の山なのだ。土山から金銀は産出しない。

「だといいのだが？」

「ご心配なさらず、どうぞ、お上がりください。湯漬けなど差し上げましょう」

甲斐は小作百姓が多いが、塩山は山の中でもあり、小作百姓は養蚕なども盛んで田辺家はその問屋もしていた。

　この辺りでは見かけない豪商である。

「殿、弟が元服しまして名を市郎左衛門(いちろうざえもん)と改めました」

「市郎左衛門にございます」

　庄右衛門に紹介された十六歳の市郎左衛門が長安に平伏した。そこに、湯漬けの膳が運ばれてきた。

「市郎左衛門、そなた、余の舞を見たことはあるか？」

「ございません」

「そうか、後で見せてやろう。お館さまに褒められた舞だ。眼の宝にせい……」

「有り難き幸せ、拝見させていただきます」

　長安は湯漬けを食い、湯に入った後に、佐左衛門と用向きの話し合いになった。

「今すぐなら、浜松にどれぐらい出せる？」

「露一両金が三千枚、甲州(こうしゅう)一分金が十五貫目ほどなら……」

「板金(いたきん)は？」

「少々ございますが、板金のままでは使いにくいため、出すのはいかがなものかと思いますが？」

「何枚ある？」

「千二百枚ほどあります」

「よし、家康さまの傍でも被害が出ているはずだ。大鯰御見舞金と墨書して派手はでしく浜松城に向かう。明日の朝まで、板金三百枚、一両金二千枚、一分金十貫目支度してくれ！」

「殿さまが浜松へ行きますので？」

「うむ、急ぐぞ。黒川にいる権太に朝までに戻れと使いを出してくれ！」

「鬼面丸さまに使いだッ！」

佐左衛門の大声で田辺家に緊張が走った。

「佐左衛門、浜松には騎馬隊で行く、馬の支度だ！」

「何騎ほどで？」

「三十騎、頼む！」

「畏まって候！」

佐左衛門が座敷から消えた。

急に騒々しくなって田辺家が躍動しているのが分かる。

四半刻後に佐左衛門が戻ると長安の前に酒の膳が据えられた。夕暮れの山の寒さが座敷に充満した。

長安は大盃を飲み干すと腰の扇子を抜いて立ち上がった。酔いが回るほどに楽しそうに大蔵流の猿楽を舞う。

その舞姿を市郎左衛門がじっと見ている。飲んでは舞い、舞っては飲み、長安の酒は陽気で明るい酒だ。

三度舞って足がふらつくと用意された奥の寝所に引き上げた。その間も、朝の出立に向けて支度が進められた。

長安は浜松へ行くことを考えようとしていた。すると、襖(ふすま)がスーッと音もなく開いて人が入って来た。

「誰だ……」

長安が太刀に手を伸ばして誰何(すいか)した。

「於紋(おもん)です」

「於紋？」

長安が驚いて褥に起き上った。薄明りの中に白い寝衣の女が立っていた。

「於紋、そなた幾つになった？」

「十四にございます……」

「子どもだと思っていたがもう十四か、ここに来て座れ……」

長安が於紋を褥に座らせた。生まれた時から知っている佐左衛門の末娘なのだ。

「親父に言われてきたのか？」

「違います……」

「自分からか？」

「そう、十兵衛は忘れたのか？」

「何を？」

「何をではない、於紋を嫁にすると約束したではないか？」

「いつ？」

「このぉ、於紋が七つの時だ……」

「そんな約束したか？」

「十兵衛ッ……」

怒った於紋が立ち上がって長安を踏ん付けようとした。その足を長安がつかんだ。その拍子に於紋が仰のけに転んだ。

「このぉ……」

於紋が足をばたつかせて暴れた。小さい頃から気の強い子だった。逆に市郎左衛門は優しい子だった。

「本当に忘れたのか？」

「知らん……」

「くそッ……」

怒った於紋が長安の太刀を取ろうと手を伸ばした。その手をつかんで、長安が於紋を仰向けにして組み敷いた。

「このぉッ、十兵衛の嘘つき、卑怯者(ひきょうもの)ッ……」

「於紋、おとなしくせい、余が忘れると思うか？」

「うん……」

笑顔の長安を睨んだ於紋がその首にむしゃぶりついた。そんな二人に寝ている暇などなかった。

第二章　天下の総代官

一、お菊御前

「殿、鬼面丸さまがお戻りにございます」

長安は於紋と重なっていた。

「庄右衛門、入れ……」

叫びそうになる於紋の口を長安が押さえた。板戸が開かない。

「庄右衛門ッ……」

「はッ……」

於紋が苦しそうに足をばたつかせてもがいた。板戸が開かない。

「庄右衛門ッ……」

返事がない。

「於紋、庄右衛門は知っているのか？」

於紋が知らないと首を振った。だが、庄右衛門は妹が長安の部屋に入るのを見ていたのだ。

「おかしいな？」

首をかしげながらも於紋を放そうとしない。於紋は長安を跳ね除けようとするが重過ぎて動けない。

「じ、十兵衛、鬼面、鬼面丸じゃ……」

「そうか、鬼面丸が戻ったのだな？」

その時、部屋の灯が微かに揺れたのを長安は見逃さなかった。

「権太か？」

「はい……」

驚いた於紋が起き上がろうとしたが、動くに動けない。両手で顔を覆ったが恥ずかしさで心臓が止まりそうになった。

「金山は？」

「無事にございます……」

「話は聞いたな？」

「はい、浜松城に伺候なさると伺いました……」

「支度は？」

「整ってございます……」

微かに部屋の空気が揺れた。

「何刻だ？」

「夜半を一刻（約二時間）ほど回ったころかと……」

「よし、半刻後に出立する！」

「畏まりました……」

長安は権太が部屋を出て行ったのを感じた。

知らぬ間に鬼面丸は部屋に入っていた。於紋は恥ずかしさのあまり引きつったようになっている。

「もう、いないぞ……」

顔を覆っていた於紋がワッと泣いて長安の首にしがみついた。

「十兵衛の馬鹿、馬鹿ッ……」

「浜松に行くか？」

「ん?」

急に泣き止んだ於紋が不思議そうに長安の顔を睨(にら)んだ。

「支度せい、浜松に連れて行く!」

「ワーッ!」

於紋が長安にむしゃぶりついた。

於紋は塩山(えんざん)から出たことがない。父の佐左衛門(すけざえもん)に教えられて馬に乗れるし、太刀も振るう。塩山一のじゃじゃ馬娘なのだ。

長安の胸に顔を埋めて泣いているのか笑っているのか分からない。クックックッと鳩(はと)のような声がした。

長安が起き上がると鼠(ねずみ)が逃げるように、於紋が部屋から飛び出して廊下を自分の部屋に走った。

それを見て長安は子どもの頃と変わらないお転婆(てんば)だと苦笑した。

「小兵衛、万太郎と二人分の馬を支度せい、浜松についてまいれ!」

「畏まりました」

長安は着替えが終わると小兵衛にそう命じた。

寒い朝は熱い風呂と熱い白湯(さゆ)に限る。佐左衛門が女たちに朝粥(あさがゆ)の膳と白湯を持たせて現れた。

「於紋を浜松にお連れになりますとか？」

「聞いたか？」

「はい、支度をしておりましたので……」

「於紋は馬に乗れるはずだな」

「それは心配ありませんが、女の身では足手まといになりませぬか？」

「於紋はそんな女ではない。男勝りだぞ」

「恐れ入りまする……」

長安は笑いながら白湯を飲み、朝粥の箸を取って五杯も食べた。そこに、男装して腰に脇差を差した於紋が現れた。

「何だ、その背中のものは？」

「太刀です」

「そんなもの抜けるのか？」

「抜けます、抜いてみましょうか？」

「いや、いい、危ないからいい……」

長安は於紋の勇ましい恰好に苦笑した。さっきまで一緒に寝転がっていた女とは思えない凜々しさだ。

「いいだろう、馬から落ちるなよ、佐左衛門、行って来る！」

長安が太刀を握って立ち上がった。

その後ろに於紋が従った。

田辺家の前の道に騎馬隊が勢揃いしている。長安、於紋、庄右衛門、市郎左衛門、権太、金吾、猿橋、善兵衛、赤牛の吉三、小兵衛、万太郎、五右衛門の他に、田辺家から金や繭などを運び出す荷駄隊を守る護衛隊十八騎が並んだ。総勢三十騎。

田辺家は豪商であると同時に土地の豪族なのだ。

荒くれの家臣が何人もいた。

長安と於紋が騎乗すると、全員が馬に乗った。

「これから浜松に向かうが、家康さまは駿府城かもしれぬ。金吾と猿橋を先発させる。いずれ分かる。全員、無事に戻れるよう油断するな！」

長安が馬腹を蹴って先頭に立った。

その後ろに於紋と権太、その後ろに、家康に献上する大鯰御見舞金と墨書した札を立てた。

金を積んだ馬が五頭、その轡(くつわ)を取る小者が五人、その後ろに庄右衛門を大将に護衛隊が十八騎、その後ろに万一の時の替え馬五頭と小者五人が並んだ。

替え馬には少しの兵糧を積んである。

休息は取るが、昼夜を分かたず南下する。甲州金と明らかに分かるのだから襲撃されることも考えられる。

なんとも派手な行列だ。

道しるべのように松明(たいまつ)を持った小者が二人、長安の前を歩いている。

周囲は夜明けの遠い暗闇だ。黄金を運ぶ緊張した騎馬隊だ。先発した金吾と猿橋は三里(り)（約一二キロ）も先を走っていた。

「権太、この辺りに野盗は出るか？」

「おそらく、野盗が出るとすれば、身延山(みのぶさん)辺りかと思います」

「身延山には万太郎の家があるな？」

「はい、先に行って探索しておきましょうか？」

「よし、万太郎を連れて行け！」

万太郎が呼ばれて二騎が闇の中に走って行った。

権太がいなくなると於紋の傍(そば)に小兵衛が並んだ。暫(しばら)く行くと山の稜線(りょうせん)が白くなって夜が明ける。

笛吹川(ふえふきがわ)が釜無川(かまなしがわ)と合流する辺りまで行くと、路傍(ろぼう)に月毛の美しい馬に乗った瀬女(せな)が待っていた。

瀬女は塩山に向かった長安が、地震見舞に黄金を持って浜松に行くと、鋭い勘で読み切り、暗闇の中で長安を待っていたのだ。

馬体の大きな月毛の馬は月光丸(げっこうまる)と瀬女が名付けた名馬だ。

権太が信濃から探してきた仔馬(こうま)だった。それを瀬女が育てた。月光丸は月毛で夜でも白く光って見える美しい馬だ。

「瀬女、よく分かったな？」

「はい、殿さまがどうなさるか考えてみました」

「そうか、よく気付いた。ついてまいれ！」

許しが出て瀬女が騎馬隊に加わった。

その様子を見ていた於紋は瀬女が長安の女だとすぐ分かった。

瀬女も男装の於紋が長安の女だと分かった。瀬女は知らぬふりで小兵衛の後ろに並んだ。見事な手綱さばきだ。

騎馬隊は途中の河原で馬を休ませて草と水をやった。

そこから二里ほど南下して身延山の近くまで行くと、路傍の草むらに馬から降りた権太と万太郎、それに五人の野盗の男が立っていた。

「どうした？」

そう声をかけて長安が馬を止めた。

「殿、お気付きになりませんか？」

「ん？」

「土屋さま、滝沢です……」

「おう、五郎太かッ？」

「野口三左衛門、田中伊兵衛、河野六右衛門、石坂孫左衛門にございまする……」

「みな知っておる。よく生き延びたな？」

「なんとか生きてきました……」

「野武士でか、それとも盗賊でか？」

「面目もございません……」

「気にするな、余は人手がいる、家臣になるか？」

長安は武田の旧臣であれば喉から手が出るほど欲しかった。

滝沢五郎太と野口三左衛門は権太の配下だった。田中伊兵衛と河野六右衛門は甲斐を守る関所の役人だった。

石坂孫左衛門は台所方にいた。武田家では軽輩だったが、長安は五人ともよく知っていた。

「どうした、家臣は嫌か？」

「殿、実はこの山の砦に仲間がいるとのことでして……」

権太が左手の山を指差した。

「そう言うことか、何人いる？」

「二十七人で……」

「なんだと、みな、武田の旧臣か？」

「はッ、二十人ほどはそうですが、残りは相模、武蔵、尾張、信濃などの浪人で……」

野口三左衛門が面目ないと言う顔で説明した。

「そうか、よく二十人もまとまって生きていたな、結構なことだ。余はこれから身延山に立ち寄る。余の家臣になってもよいと言う者を全員連れてまいれ、待っているぞ！」

「殿、それがしが砦に行ってまいります」

権太は自分の眼で確かめようとしたのだ。

こういう集団にはとんでもない悪党が紛れ込んでいることがある。それだけは家臣にできない。

「うむ、万太郎、身延山に案内せい！」

長安が命じると万太郎は馬を引いて歩き出した。

万太郎は馬が苦手なのだ。長安は新たに何人の家来ができるか楽しみで身延山に向かった。

身延山は日蓮が開いた日蓮宗の本山である。日蓮の激しい気性からか、宗門にはそれに似た僧たちが多かった。

日蓮宗は法論を好み、他の宗門を激しく攻撃することから恐れられている。

山門前に騎馬隊を休ませていると、半刻ほどで権太が野盗たちを連れて来た。

中には馬を引いている者がいる。

女も十人ほど混じっていた。

「殿、全員降りてまいりました」

「全員？」

「三十二人にございます、女が十人で総勢四十二人です。みな武家で、手に余るような悪党はおりません。それで、まとまっていたものと思います」

「分かった。なんとか余の家臣らしい恰好に作れるか？」

「なんとか、夜半までには。女はどのように？」

「女は一旦、ここに置いて行く。帰りに甲斐へ連れて行くから支度して待てと説得せい！」

「承知しました」

騎馬隊は大騒ぎになった。

近くの民家や百姓家に飛び込んで湯を頼む者、馬を銭に換えようとする者、なまくら刀を売ろうとする者、てんやわんやの大騒ぎだ。

山門に飛び込んで、強引に頭を剃（そ）らせて、にわか坊主に化けるちゃっかり者がいる。多いのは着物を買い上げ小者に化ける者だ。

長安は山門前に床几（しょうぎ）を据（す）えて、寒さを我慢しながら大騒ぎを見ていた。

護衛隊の中には、着替えを背負ってきた者がいて、高値で野盗に売りつけている。野盗は背に腹は代えられず言い値で買い上げる。

大笑いする者、半べそをかく者、素知らぬ顔で兵糧を食っている者、長安は人とは面白い生き物だと思いながら見ていた。

「殿、どこぞの家で少し横になられては？」

庄右衛門が傍に来て長安を心配した。

「いや、支度が整い次第、半刻でも早く出立したい、どうだ、まだか？」

「調べてまいります」

周囲の山から寒さが落ちて来て静かだ。風はない。

於紋は長安の懐に入りたいのだが、傍に瀬女がいて見ている。於紋には怖そうな年上に見える。

「瀬女、あと半刻で出立したいと権太に伝えてまいれ！」

兎に角、山の中は寒い。

動かねば凍え死にしそうだ。動けば寒さは吹き飛んで行く。瀬女がいなくなると於紋が長安の膝にもたれて休んだ。

万太郎と小兵衛が、大鍋に粥を入れて持って来た。万太郎の父親と兄も粥鍋を運んで来た。

「殿さま、こんなものしかありませんで……」

「親父殿、かたじけない。遠慮なく頂戴致す」

長安の騎馬隊が集まって来て犬のように粥を食った。

粥が次々と運ばれて来た。腹が膨れると睡魔に襲われる。長安は出立することにした。

松明が用意され隊列ができた。

新たな長安の家臣たちは権太を大将に最後尾に並んだ。衣装はバラバラで坊主も何人か混ざっている。

置き去りにされる女たちは万太郎の父親に任され、その女たちに見送られて騎馬隊が出立した。

一行は休息も取らず、用心深く駿州道を南下して、夜明け近くになって駿河に入り東海道に出た。

長安は東海道を西進して駿府城下に向かった。

蒲原を過ぎたあたりで猿橋が戻って来た。

「殿、家康さまは駿府城におられます。地震の被害ですが駿河はほぼ無傷ですが、三河が津波の襲来でひどいことになっているとの噂にございます」

「やはり、やられたか、金吾は？」

「大久保忠隣さまの屋敷に伺っております。間もなく、お迎えに見えるかと思います」

「このまま行こう、止まると寒さで馬から転げ落ちそうだ……」

長安がニヤリと笑って馬を進める。猿橋は長安一行が大人数なのに驚いている。

昼近く一行が駿府城下に近付くと、金吾が大久保忠隣の家臣二十人ばかりと迎えに出て来た。

「十兵衛さま、遠路、ご苦労さまにございます」

「うむ、少々疲れておる」

長安が苦笑しながら忠隣の家臣に挨拶した。

「ここから半里ほどで到着にございます」

「四半刻（約三〇分）か？」

長安が背伸びして後ろを振り返った。

途中で何人かが睡魔に負けて落馬したのだ。疲れ切った一行は葬送の行列のように静まり返っている。

「金吾、案内せい！」

長安は金吾を先頭に立たせて駿府城に向かった。

もし、家康が駿府城にいなければ、城下に宿泊して、浜松城に向かおうと長安は考えていた。それほど昼夜の行軍で一行は疲れていた。

通常であれば騎馬の強行軍でも十五、六里（約六〇～六四キロ）が限界だ。それを長安は一昼夜走り続けて、三十里（約一二〇キロ）近く踏破したのだ。

権太たち訓練された間者でも危険な行軍だ。権太はとんでもないことをする殿さまだと呆（あき）れ返っている。

一行が泥まみれで大久保屋敷に転がり込んだのは中天に陽（ひ）の高い頃だ。

頑固者の忠隣が大玄関まで出て来て長安を迎えた。

「十兵衛、大儀じゃ！」

「荷はそのままお城に運べ！」

忠隣が長安の肩を抱くようにして座敷に連れて行った。

「挨拶など後でよい、話も後で聞く、横になって少し休め！」

「城へは？」

「心配するな、わしがすぐ行って来る。供の者たちにも寝るよう命じた、そなたも心配せず寝ろ、全てわしがやる！」

大久保忠隣は長安が自慢なのだ。甲斐の再建を軌道に乗せつつある。

甲斐の統治は家康にも最優先事項だ。甲斐と信濃は石高が大きい。四十万石近い家康の領地なのだ。

金の産出も大きい。その金を長安はキチンと納めて来る。吝嗇家の家康にとって、こんなに都合がよく信頼できる男は貴重だ。

「十兵衛、城に行って来る。二、三刻休め！」

そう言い残して忠隣がそそくさと座敷から出て行った。入れ替わって於紋と瀬女が現れた。

「二人とも休め、これから忙しくなる。甲斐に戻らねばならぬからな……」

「十兵衛、ここでいいか？」

わがままな於紋が長安の傍で寝たいと注文を付けた。思わず長安は瀬女を見た。怒っている顔だ。

その瀬女がニッと笑って座敷から出て行った。

「十兵衛、瀬女さまはいい方じゃ。あのような姉さまが欲しい……」

「そうか、於紋には姉がいなかったな。遠慮せず自分から頼んでみればいいではないか？」

「このぉ、薄情者……」

於紋が長安の鼻をつまんだ。

「こらッ、余は眠い、おとなしくせい、つまみ出すぞ！」

「ふん……」

於紋が横になったまま尻で長安を蹴飛ばした。

なんともわがままで行儀の悪い姫なのだ。

長安は夕刻まで二刻半（約五時間）於紋を抱きしめて眠った。初めての旅に出た於紋は興奮して眠れないでいたが、落ち着くと長安の腕を抱いてぐったりとなった。

「殿、登城のお使いにございます」

「庄右衛門か、入れ……」

「はッ、失礼いたします」

襖（ふすま）を開けて庄右衛門が入って来たが、於紋は虫の息のように静かに眠っている。

「馬で登城する」

「はい、支度を致します」

馬での登城は相当に身分の高い家臣だけだ。長安は甲斐を統治する自信を主張したいと考えたのだ。

「湯と粥、衣服は忠隣さまの紋の入ったものを支度せい！」

「畏まりました」

「於紋め、相当に疲れたと見えるわ……」

「馬から落ちるのではと、ハラハラしながら見ておりました」

「庄右衛門、於紋を大切にする」

「はッ、有り難い仰せにございまする」

田辺家は庄右衛門、市郎左衛門、於紋と三人とも長安に取り上げられたが、佐左衛門が妾腹（めかけばら）に産ませた三歳の男子が家の外で育っていた。

長安が於紋を起こさないで部屋を出ると、忠隣の家臣に案内されて湯殿に向かった。

さっぱりと身支度を整えて、長安が大久保屋敷を出たのは夕刻だった。大久保家の家人が轡を取った。

庄右衛門と権太が徒歩（かち）で長安に従う。

駿府城の大手門が開かれ、名門今川義元（いまがわよしもと）の城だっただけに、威風堂々（いふうどうどう）として人を威圧する迫力がある。

「大久保十兵衛長安でござる。殿のお召しにより登城いたす！」

「おう、大久保さま、ご苦労に存ずる。お通りくだされ！」

長安の登城は知らされていた。本丸大玄関まで馬で行き、忠隣の迎えを受けて下馬すると大広間に案内された。

「殿は久々に上機嫌じゃ、城下に屋敷を賜る。褒美に太刀も頂戴する。法外な出世だ。丁重にお礼を言上しろ！」

「承知致しました」

「まだ非公式だが、後で甲府代官になる。殿はことのほか、そなたを高く評価しておられる。わしも鼻が高いわい！」

大久保忠隣は重臣たちとの話し合いの席で、家康が長安の能力を高く評価したことを喜んでいた。

家康が会議の中で特定の個人を褒めることなどかつてなかった。それも、徳川家の親藩でも譜代でもない外様、武田家の旧臣を絶賛したのだ。

二人が大広間に入ると家臣団の声が消えた。

家康が扇子で長安を傍に寄れと招いた。家康四十四歳と長安四十一歳の三度目の正式な対面である。

「十兵衛、大儀じゃ、もそっと寄れ、少し耳が遠いでな……」

狸(たぬき)の嘘(うそ)なのだ。耳など遠くない。

ただ上機嫌で冗談のつもりなのだ。そんな下手な冗談に誰も笑わない。長安は平伏してから膝で滑(すべ)って畳(たたみ)一枚分前に出た。

家康の前に甲斐から運んで来た黄金が、白木の三方(さんぼう)二十五台に載せられてずらりと並んでいる。

「殿、甲州からの大鯰御見舞金、ご披露申し上げまする！」

本多正信の声がかかって、家康の近習(きんじゅ)が三方の袱紗(ふくさ)を取った。二十五台の三方に黄金が光り輝いた。

その威力は絶大である。

家臣団が身を乗り出して黄金を見る。

「延べ板金三百枚、露一両金二千枚、革袋五袋、一袋二貫目で甲州一分金十貫目、以上にございます」

正信が読み上げたのは長安が書いた目録である。

「十兵衛、早速の見舞金、有り難く思うぞ。三河が津波でやられた」

「津波では百姓や漁民が？」

「そうだ、伊勢の海などは大暴れでな、信雄（のぶかつ）さまの長島城（ながしまじょう）が倒壊じゃよ」

「なんと、お城が？」

「おそらく、他の国でも倒壊した城は多いだろう」

「恐れながら、それほど大きな地震で？」

「そうだ、伝わってくる噂では、尾張、伊勢、美濃、近江など、被害は広範囲のようだ。甲斐はどうであった？」

「はッ、調べさせておりますが、甲斐は山国にて固い岩盤の上にあります。甲府陣屋の長屋五棟を焼いたに留（とど）まりましてございまする」

「うむ、十兵衛、城下に屋敷をやる。今、残っている屋敷はみな大きいそうだが、大は小を兼ねると言うでな、正信と相談して決めるがよいぞ」

「有り難き幸せに存じ上げまする」

「これからも、甲斐のこと頼むぞ？」

「ははッ、勿体（もったい）ないお言葉に存じまする。油断なく、相務めさせていただきまする！」

「褒美に太刀をやろう」

　家康から太刀を拝領した家臣などそう多くない。甲斐の統治が上手（うま）くいっていることは、家康にとって実に大きいのだ。

一揆でも起きれば万の大軍を派遣しなければならない。内乱は厄介で泥沼に引きずり込まれることが多い。

そんな危険な新領地から、大量の黄金が献上されてくる。長安の手腕以外にないと家康は分かっていた。

美しい造りの太刀が運ばれてきて長安の前に置かれた。

「二尺三寸六分（約七一センチ）、少々短めだが備前兼光の名刀だ。十兵衛は小太刀を使うと聞いたのでそれを選んだ」

「はッ、家宝に致しまする」

「遠慮なく腰に差して使え、刀は使うものだ」

「勿体ないことに存じまする」

「酒を持ってまいれ、大盃もだ。万千代、十兵衛と酒で勝負せい！」

因縁の井伊直政に酒の勝負が命じられた。

二十五歳の直政は、赤備えの鎧兜で長槍を振り回し、その勇猛果敢な姿から井伊の赤鬼と恐れられている。

二人が家康の前に並んで飲み比べが始まった。

所詮（しょせん）、井伊の赤鬼も酒では長安の敵ではない。三升飲んだところで赤鬼は卒倒した。長安は腰の扇子を抜いて猿楽を舞ってから退出した。

翌朝には拝領屋敷が決まって、大久保屋敷から長安一行が引っ越した。

庄右衛門の指揮で家臣団は猛烈な忙しさになった。大久保屋敷からも五十人以上の手伝いが来た。

「殿、本多正信さまからお呼び出しの使いにございます」

「屋敷にか？」

「はい、大久保忠隣さま、成瀬正一（まさかず）さま、伊奈忠次（ただつぐ）さま、青山忠成（ただなり）さまがお待ちとのことにございます」

忙しい庄右衛門が長安に伝えた。

「よし、すぐ行く、供は金吾と瀬女だ」

「すぐ支度をさせます」

三人は馬に乗って朝の駿府城下を本多正信の屋敷に向かった。正信の屋敷は小さく地味な屋敷だった。

家康が最も信頼する老臣の屋敷とは思えない。

金吾と瀬女を玄関脇の小部屋に残して、長安一人が座敷に案内された。

「お呼びにより参上いたしました」

座敷には長安の知らない僧が一人、正信の隣に座っている。忠隣も成瀬も伊奈も青山も笑顔で長安を迎えた。

「十兵衛殿、こちらにおられるお方は本願寺の下間頼龍さまじゃ……」

「おう、ご高名は聞き及んでおりまする」

「うむ、先年、甲府でそなたを見かけたそうじゃよ」

「それは、失礼を致しました」

「下間殿はお若いが教如さまの片腕と言われるお方じゃ」

一向宗門徒の本多正信は、下間頼龍が一向宗門の実力者だと強調した。

「下間殿は甲斐での十兵衛殿の手腕を評価しておられるぞ……」

「恐れ入りまする」

「大久保殿と相談して甲斐の将来のため、下間殿の姫御前をそなたの妻に迎えてはどうかと言うことになってな?」

「姫御前をそれがしの?」

「うむ、正室じゃ」

「十兵衛、この話は殿のお許しが出ておるのだ。姫御前はまだ十四とお若いが、歳に不足はあるまい。二つ返事でいいな？」

「はい、そのようにさせていただきます」

本多正信と大久保忠隣が話し合って決め、家康が了承したことでは抗えない。

本来、正信と忠隣の二人は知らぬ人のいない不仲なのだ。その二人が一致したとなれば家康も喜んでいるはずだ。

「信玄公の継室三条の方さまは、本願寺顕如さまの正室如春尼さまの姉上さまじゃ、甲斐は本願寺とは特別な関係にある。そこは十兵衛殿も存じておろう？」

「はッ、三条の方さまとは何度かお会いしております」

「うむ、下間殿も甲斐のことは気にしておられる。来春の婚儀で宜しいか？」

「結構でございます」

「下間殿、宜しいか？」

「結構です」

三十四歳の下間頼龍は終始ニコニコと憎らしく穏やかな顔だ。

「大久保殿、娘の名は菊と言います。寺から出た事のない娘ゆえ、よしなにお願いいたします」

「こちらこそ、不信心者にて、極楽に導いてくださるよう願いまする」

そう言って長安がニッと笑った。

長安は多くの女を持っているがみな愛妾で、正室というものを置いていなかった。そこを下間頼龍に狙われた。

二、いざ、武蔵へ

拝領屋敷は家康の家臣たちが使いたがらない大きな屋敷だけが残っていた。屋敷はただ大きければいいというものではない。使い勝手がよくないとそれを直すのに、莫大な改修費がかかってしまう。

長安は残っている屋敷の中で、最も小さな使い勝手のよさそうな屋敷に決めた。それでも、長安の身分には不相応な大きな屋敷になった。

長安は甲府代官の身分となり俸禄をもらうことになった。

外様の家臣としては異例の出世だった。

屋敷を拝領すればそれを維持する家臣が必要になる。他にも小者や女中など大量の使用人が必要だ。

庄右衛門と権太が駿府城下や周辺の村まで回って、屋敷勤めのできるものを探して歩いた。

長安は身延山で家臣にした滝沢五郎太ら五人を座敷に呼んだ。

「三左衛門と伊兵衛をこの屋敷の用人とする。来春、甲斐から戻るゆえ、それまで屋敷の修復をしておけ、それに春には下間殿の姫御前を正室に迎える。その支度もしておくように……」

「畏まりました」

「金吾、そなたもここに残れ……」

長安は早急に甲斐に戻ろうとしていた。

駿府屋敷の陣容が整うと、長安は金吾、市郎左衛門、三左衛門、伊兵衛を責任者に残し、他に身延山で家臣にした三人ばかりを駿府屋敷に置いて出立した。

空馬（からうま）五頭に小者五人も残した。

長安は駿府での挨拶が済むと隊列を組んで早暁（そうぎょう）に屋敷を出立した。

帰りも急ぐ旅だ。雪が来てしまえば難儀になる。甲斐で生きてきた長安には雪の恐ろしさが分かっている。

長安一行五十余人は急ぎに急いだ。

途中の身延山で女たちを拾った。

急に一行の足取りが重くなった。女の足は遅い。やむなく、女たちを馬に乗せて、男どもが徒歩で急いだ。

釜無川と笛吹川の合流部から、なお、笛吹川をさかのぼって、途中で塩山に帰る田辺家の家臣団と別れた。

於紋が長安と別れるのを嫌がってわがままを言う。

長安は於紋に佐左衛門の許しをもらって甲府陣屋に来るよう説得して別れた。善兵衛と赤牛も黒川に戻って行った。

長安が甲府陣屋に戻って三日目には大雪が降った。女連れでは危機一髪で、山の中で遭難するところだった。

陣屋の広間に室戸金太夫、吉岡長三郎（ちょうざぶろう）、尾花九郎右衛門（くろうえもん）、田辺庄右衛門、権太、猿橋、乙女（おとめ）、滝沢五郎太、河野六右衛門、石坂孫左衛門が呼び集められた。

「金太夫、長屋はできたようだな？」

「はい、後二日もすれば引越しさせます」

「うむ、長三郎、川の聖牛（ひじりうし）の材木は後五棟（むね）分残っているか？」

「残っています」

「新たな家臣のために長屋を増設する。雪の中だ、大急ぎの仕事になる。九郎右衛門、十日以内で仕上げてくれ！」

「承知しました」

「地震の被害はどうであった？」

「川に異常はありません」

長三郎が答える。

「殿さま、百姓家が二十軒ばかり潰れました」

「年内には建てられぬか？」

「こう雪になっては無理です……」

乙女は百姓家の茅の調達ができないと考えていた。

「ならば、春先早々に建て直せ、茅は来年葺き替えるために、蓄えている百姓から買い集めろ。葺き替えを一年延ばせと言え、困っている者が先だ……」

乙女は長安が何でも分かっていると苦笑した。

「殿、信濃の方がだいぶ傷んでいるとの噂にございます」

「いずれにしても、手を打つのは春になる。雪の中、難儀なことだが、年明けまで各村々に散って詳細を調べ上げてくれ、山の中の集落も見落とすな。忘れると死人が出るぞ」

長安は新たな徳川領の領民を助けたいと考えている。

領主と領民の信頼こそが大切だというのが信玄の教えだった。

「何としても、この冬を乗り切らせるのだ。春になればなんとかなる」

長安は不十分だと分かっていたが、被災した百姓にお救い米と希望をつなぐ銭を用意した。人は微かな希望があれば生きられる。

誰かが心配して見ていると思えば生きられる。力が出るのだ。長安は弱い百姓の気持ちを分かっていた。

翌日から、長屋工事の者だけを残して、全軍が甲斐、信濃に散って行った。この時に築いた信頼が長安の生涯を助けることになる。

天正十四年（一五八六）になって間もなくすると、庄右衛門と権太、五右衛門が長安の部屋に現れた。

「五右衛門、行くのか？」

「はい、京にまいりやす」

花魁（おいらん）の五郎平は名を五右衛門と変えて、落ち着いた大盗賊の風格になっていた。

「気を付けて行け……」

「はい、密命、必ずや成し遂げます」

「うむ、庄右衛門、黄金を渡したか？」

「いらぬと申しますので……」

「五右衛門、遠慮せず持って行け、行きがけの駄賃で盗みをしたくなるだろう！」

「殿さま、この度の地震で難儀している百姓衆に渡してやってくださいまし……」

「一文無しでは困るだろうが？」

「殿さま、盗賊は宵越しの銭は持ちません、寝ざめが悪くていけやせん……」

「そうか、そのうちまた会おう」

「楽しみにしております」

この後、五右衛門は大盗賊になるが、貧しき者からは奪わず、武家や商家から奪った金や銀を、貧しき者たちにばら撒く(ま)など義賊(ぎぞく)と呼ばれるようになる。

五右衛門が去った甲斐は大雪になった。

待てど暮らせど塩山から於紋は出てこない。庄右衛門にも知らせがなかった。

長安は佐左衛門が許しを出さないのだと思った。

その時、於紋は長安の子を懐妊していた。甲府に行きたいと、泣けど叫べど頑固な佐左衛門は聞く耳を持たない。

田辺家から逃げ出そうとして、於紋は二度捕まっていた。そんなことは知らせがない限り長安は知る由もなかった。

二月になると大坂と駿府に異変が起きた。

秀吉は何度家康を誘っても上洛しないのに業を煮やして策を変えた。

織田信雄の家臣土方雄久を三河吉田に派遣して、秀吉の妹朝日姫四十四歳と徳川家康四十五歳の縁組が話し合われた。

家康は信長に睨まれて、殺すことになった正室築山が亡くなると、長く継室を置かなかった。秀吉はそこに眼を付けたのだ。

妹を人質として家康の継室に差し出すと言う、なりふり構わぬ秀吉の抱きつき猛攻である。猿顔の男は平気で禁じ手も使う。

徳川方で交渉に当たったのは酒井忠次だ。縁組の交渉は順調に進み、家康が了承して話がまとまった。

三月になると、即刻、榊原康政が上洛して結納が取り交わされ縁組が確定した。

それでも、警戒心の強い家康は上洛しない。四月になると朝日姫が大坂城を出て、京の聚楽第に入った。

そんな、騒然とした中で、長安は駿府に出て行き、下間頼龍の娘菊姫と結婚する。お菊は菊御前と呼ばれて駿府屋敷で暮らすことになった。

父親のいう通り寺から出ず、お菊は全く世間に出た事のない姫御前で、初夜には長安を怖がる始末だった。

それでも、根っから女好きの長安はお菊を可愛がった。夫婦とは古くから割れ鍋に綴じ蓋で、一緒にいればなんとかなるものだという。

長安は忙しい。五日間をお菊と過ごして甲斐へ戻ることになった。

春には雪解けの増水が心配だ。

長安、瀬女、九郎右衛門、庄右衛門、権太、猿橋の六騎の騎馬隊は猛然と甲斐から駿府に出て来て、あっという間に春の強風のように駿府から甲斐に戻った。

長安の移動は強行軍の場合が多い。

「瀬女、塩山から黒川に行く、来るか？」

「はい、お供致します」

長安は九郎右衛門と庄右衛門を甲府陣屋に返し、四騎で笛吹川を塩山に向かった。近頃は、長安の行くところには必ず名馬月光丸に乗った瀬女がいた。

塩山では於紋が長安に飛びついた。

自分の身に起きていることがまだ分かっていない。

於紋は佐左衛門に叱られてばかりいたが、佐左衛門は於紋が長安の子を懐妊していると分かって叱らなくなった。

「十兵衛、於紋に十兵衛の稚児（ややこ）ができたのじゃ……」

大勢のいる前で平気で言う。驚いた瀬女が於紋の腹をジロジロ見る。長安も於紋には驚かされることばかりなのだ。佐左衛門がニッと笑う。

長安は大慌てで夕餉（ゆうげ）を済ませると、酒も飲まずに早々に於紋の寝所に消えた。

こうなると権太は苦笑するしかない。瀬女は知らぬ顔だ。動揺をすっぽり隠してしまう賢い女だ。

「於紋、さっきの話は誠か？」

「うん、十兵衛の稚児だよ……」

「そうか、丈夫な子を産め、子はここで産め、甲府陣屋に来てはならぬ、分かるな？」

「なぜ、甲府陣屋が駄目なの？」

「陣屋は川工事で手いっぱいだ。そなたの面倒を見る人手はない」

「塩山から連れて行く……」

「親父殿が許すか？」

「二度逃げたが、二度捕まったよ……」

「馬鹿なことを、流産したらどうするのだ！」

長安に叱られて於紋が泣きそうな顔になった。

「十兵衛が好きだ。於紋をほっぽり出して、このぉ……」

「心配して来たではないか？」

「嘘つき、黒川に行く途中だろう。十兵衛は於紋より金が好きなのだ……」

「金も好きだが於紋はもっと好きだ」

「嘘、どれぐらい好きだ？」

「そうだな、金の百倍は好きだ。子ができたから二百倍にしておこう」

「このぉ……」

於紋が長安の口を吸う。

「子はここで産め、余もその方が安心だ、いいな？」

「うん、分かった……」

於紋が納得した。

翌朝、長安は黒川金山に向かった。山にはまだ雪が残っている。

いつもの年より雪が多かった。長安は黒川に到着すると、善兵衛が提出した帳簿を入念に調べた。

間歩(まぶ)も金掘も増えている。

善兵衛は長安との約束を守っていた。不正をすれば山を取り上げるという長安の言葉が胸に突き刺さっている。

駿府で見た長安は徳川家の大物だった。善兵衛と赤牛は長安の実力を認めて山に戻って来たのだ。

長安にもきちんと約束の金が納められている。

五月になると浅野長政(あさのながまさ)を大将に、百五十人余の花嫁行列で朝日姫が聚楽第を出立、途中で信長の弟織田有楽斎長益(うらくさいながます)と合流した。

五月十一日に三河西野(にしの)に到着、十四日に浜松城に入って家康の継室になった。後に駿府に屋敷が与えられ駿府御前と呼ばれる。

それでも家康は上洛しなかった。

秀吉にしてみれば、いい加減にしろと言いたいところだが、家康と再び戦う考えは秀吉にはない。

なんとしても家康を懐柔したい。

妹を与えてしまった以上中途半端にはできない。

そこで次に秀吉が考えた策は、大政所（おおまんどころ）こと実母の仲（なか）を朝日姫の見舞いと称して、家康に差し出す関白秀吉らしい奇策だ。

得意の禁じ手だ。

これにはさすがの家康も降参するしかない。

遂（つい）に家康は上洛して秀吉と和睦、権中納言（ごんちゅうなごん）に昇進して秀吉に臣従した。

天正十四年の暮れ、信長が懸案事項として残した正親町（おおぎまち）天皇の譲位が、仙洞御所（せんとうごしょ）の造営と同時に実現した。

十一月七日に正親町天皇が皇孫和仁（かずひと）親王に譲位、受禅践祚（じゅぜんせんそ）した親王は後陽成（ごようぜい）天皇となり、十一月二十五日に即位（そくい）の礼を行った。

家康を臣従させ、後顧（こうこ）の憂（うれ）いが取り除かれた秀吉は、翌天正十五年（一五八七）四月、二十万の大軍を仕立てて九州征伐に向かった。

九州征伐と言っても、成り上がり者の秀吉を、天下人とは認めないと豪語する名門島津（しまづ）征伐なのだ。

秀吉軍二十万に対して島津軍は五万と少なく、緒戦は優勢だったが秀吉自ら出馬するに及んで、強情な島津も降参するしかなかった。

五月八日に島津義久が降伏、六月十九日にバテレン追放令を発布、八月八日に家康が権大納言に昇進した。

朝廷の官職には定員があった。どうしてもその官職に昇らせたい人物がいれば、権と言う定員外の官職として昇進させた。

権大納言、権中納言、権禰宜などが定員外となる。定員内であれば大納言、中納言で権はつかない。

ただし、関白、太政大臣、左大臣、右大臣、内大臣などは、各一人と決まっていて権のつく官職ではない。

徳川家康は武家であり、急遽、昇進したことでもあり、権大納言と定員外の官職に昇進した。

この年の暮れ、京にできた豪壮華麗な黄金の城聚楽第が完成、翌天正十六年（一五八八）四月十四日に後陽成天皇が聚楽第に行幸した。

その頃、長安は悲劇に見舞われた。

長安の正室で幼な妻のお菊御前が男子を出産したが、ひどい難産で母子ともに亡くなったのだ。

塩山の於紋は安産で子を産んだが子は女だった。

翌年、天正十七年（一五八九）、秀吉に異変が起きた。

それまで、秀吉には子ができなかった。多くの側室を傍に置いたが、誰も懐妊することがなく、五十三歳の秀吉は実子の後継者をあきらめていた。

そこに秀吉の側室茶々姫が男子を産んだのだ。

仰天したのは秀吉本人だった。

あきらめていただけに青天の霹靂である。だが、この鶴松と名付けられた秀吉の後継者は病弱で、三歳までしか生きられなかった。

淀城で鶴松が生まれた数日後、長安は大久保忠隣の勧めで、大久保忠為の娘お稲十七歳を継室に迎えた。

お稲は武家の子らしく気の強い娘だった。

長安を大久保家の家臣としか思っていない。初夜を嫌がってお稲は長安を蹴飛ばす勢いだった。

わがままでは於紋に輪をかけた娘だったが、四十五歳の長安は女を扱う名手で、夜のうちに見事に乗りこなしてしまった。

「十兵衛さま、わらわは黄金が好きじゃ……」

「どれほど欲しいか？」

長安に蹂躙(じゅうりん)されたお稲は腕にしがみついている。

広間では婚礼の酒に飲み腐れている客が大勢残っていた。

忠隣などは「早くせい、はやくせい！」と長安を寝所に送り込んだ。色好みの長安でもお稲には手を焼くだろうと思っていたのだ。

だが、荒馬乗りの名手長安は必殺でお稲をわがものにした。

「黄金千枚？」

「何に使うのか？」

「色々、京の着物、山海の珍味、良い馬も欲しい……」

「そんな贅沢(ぜいたく)をしたら倹約家の殿に叱られるぞ？」

「家康さまはケチじゃ、女の気持ちを分かっておられぬ。大殿だけではないぞ、三河の男どもはみなそうじゃ……」

「そういうことを言うとそなたを斬るぞ？」

「十兵衛など怖くない。黄金千枚じゃ……」

「お稲、黄金などというものは、何に使うかでその価値が決まる。欲しければいくらでもそなたにやるが、何に使うかよくよく考えることだ。明日にも黄金千枚用意させる」

「あ、明日……」

お稲が驚いた顔で長安を見た。

黄金千枚など簡単に手にできるものではない。自分がとんでもないことを言ってしまったと後悔した。

お稲が初夜に黄金が欲しいと言ったばかりに、やがて、お稲の手元に黄金五千貫、百万両近くが貯まるのだ。

後継者を得た秀吉は翌天正十八年（一五九〇）四月、天下統一の最後の戦いとなる小田原征伐に出陣した。秀吉軍二十一万に対して、迎え撃つ小田原北条軍も八万の大軍だった。

だが、北条軍は防衛のために築いた城や砦を次々と陥落させられ、七月五日に小田原城を開城して降伏した。

ここに秀吉は事実上、武力による天下統一を完成させた。

その余波がいち早く家康に押し寄せて来た。

八月になって、秀吉は家康を関東に移封した。

家康の家代々の領地である三河をはじめ、家康が血と汗で築いた遠江(とおとうみ)、駿河、甲斐、信濃など全ての領地を没収する。

その代わりに北条の領地など関東二百四十万石を与えたのだ。

天下の実力者徳川家康を豊饒(ほうじょう)の地である三河や駿河に置いておくことは、京や大坂にとって危険だった。

秀吉は家康を関東に遠ざけておき、周辺を諸大名に見張らせる策を取った。

長安たち徳川家の家臣団は総引き上げで関東に入ることになった。長安は甲斐から武蔵江戸(えど)に移ることになった。

「庄右衛門、権太、駿府のものたちを江戸に移せ、余はここをたたんで甲州路から武蔵に入る。江戸で会おう」

「畏まりました」

身内や妻子が駿府にいる室戸金太夫、吉岡長三郎、尾花九郎右衛門らと、長安の駿府屋敷を整理する庄右衛門と権太、それを手伝う滝沢五郎太、河野六右衛門らが一団となって駿州道を南下した。

長安の移転に驚いた善兵衛と赤牛が山から下りて来た。

於紋は長安と江戸に行くと言い張って、佐左衛門と大喧嘩(おおげんか)になった。乙女と瀬女も百姓家を人に譲って江戸に出ることになった。

長安を慕って江戸に出る者や既に長安の家臣になっている者、徳川の兵たちなど二千人を超える甲斐からの大移動なのだ。

「殿さま……」

「善兵衛、世話になったな！」

「あっしら置き去りですかい？」

「新しい領主が来る。山一つ越えれば武蔵だ。また会える！」

「殿さまがいないと何をしていいものか分からねぇです」

「お前は金掘だ。金を掘れ。山が枯れないようにな？」

「寂しいな、殿さま……」

「山が枯れたら江戸に出て来い。海老屋の女将(おかみ)も連れて来い。これから江戸には女郎屋が大量に必要になる」

甲府陣屋は移転の支度で大騒ぎになった。

三、隠された黄金

駿府の本多正信から陣屋に早馬が到着した。

長安に伝達された書状の命令は、移転に際しての細々(こまごま)したことだった。通常、大名が移転する場合、次の領主のために兵糧米を残して行くのが礼儀だった。

正信の命令は刈り入れ前なので、田の稲は全て新領主に残し、他は全て運び出せと言う命令だった。

そのための荷車や人手が大量に必要になった。八月のうちに甲斐を出立するようにとの強引な命令だ。

長安は善兵衛と赤牛を連れて塩山に向かった。長安の傍には瀬女、乙女、猿橋、小兵衛が馬で従っている。

「善兵衛、掘り出した黒川の金を全て塩山に運び出せ、江戸に持って行く！」

「承知した。今度の領主は金山のことなど何も知るまい？」

善兵衛が悪兵衛の狡(ずる)い笑いを浮かべた。

「無理をするな。首が飛ぶぞ！」

「そこそこにしておきやす……」

「懲りぬ奴め！」

長安が田辺家に飛び込むと、今や遅しと待っていた於紋が首に飛びついた。大勢が見ていても構わないのが於紋の得意だ。

「お父上さま……」

長安の娘駒姫も於紋の真似で飛びつく。

「於紋、親父殿と大切な話だ。そなたのことは今夜だ」

「ふん……」

怒った顔で於紋がお駒を抱き上げた。

「殿さま、まずは座敷に……」

佐左衛門に促されて長安が主座に座った。

「佐左衛門、金を全て江戸に持って行く。その支度をしてくれ！」

「畏まりました」

「善兵衛に黒川の金を全て運ぶよう命じた。その金は板金のままでいい、一両金、一分金などはどれほどある？」

「調べておきました」

　佐左衛門が懐から紙片を出して長安に渡した。

「板金が千二百三十七枚、露一両金が八千六百三十四両、一分金が十六貫目、二朱金が五貫目か、銀が三十二貫目とは多いな？」

「はい、これまで銀はお納めしたことがございません、全て、金山とこの田辺家で頂戴致しました」

　金山からは銀も取れる。

「善兵衛、山にある金は？」

「のべ板金で二千枚ほどかと？」

「よし、佐左衛門、すぐ山に人手を出してくれ、善兵衛、赤牛、急ぐ仕事だ。猿橋、そなたも行け！」

　長安は金の多さに驚いた。

　この大量の金をどうするかだ。大混乱の江戸に全て運んでもどこに消えてしまうか分からないと判断した。

　佐左衛門、善兵衛たちが座敷から出て行って、長安と於紋、瀬女と乙女、小兵衛の五人になった。

　こういう時が一番具合が悪い。於紋と瀬女が意識し合ってツンとしている。

「乙女、湯漬けを支度してくれ」

「これは、忘れておりました……」

「お駒、ここにまいれ」

長安は子どもなど抱いたことがない。

「瀬女、お駒を抱いてみるか？」

「はい、喜んで……」

瀬女が長安に寄って行ってお駒を受け取った。

「姫さま、甲府の母ですぞ……」

瀬女の言葉に於紋が驚いて長安を睨んだ。

「姫さまは江戸へ行きますのかえ？」

長安と於紋が睨み合っている。それを小兵衛がニコニコと見ていた。

「江戸は大混乱だそうな、姫さまはもう少し大きくなられたらおいでくださいまし……」

瀬女がお駒に母だと名乗ってグサッと於紋に槍を突き刺した。

於紋が顔を赤くして怒ったが何も言わない。なんとも居心地が悪いのだが長安は逃げ出せない。

「於紋さま、姫さまには江戸のようなところは宜しくありません。少々、ご辛抱のほどを？」

於紋は瀬女に胸の内を読まれてうつむいてしまった。瀬女は長安に叱られることを覚悟で、於紋に諫言したのだ。

長安にとって瀬女は傍から離せない存在になっていた。ほとんど喋らないが核心をよく見ている。

長安は賢い女だと思って頼りにしている。

長安が湯漬けを流し込んでいると佐左衛門が戻って来た。女たちと小兵衛を座敷から出して長安と佐左衛門の密談になった。

「佐左衛門、銀はそなたの取り分でいいが、余に十貫目だけ譲れ……」

「畏まりました。江戸で必要になるでしょうから、全部お持ちになっても結構ですが？」

「うむ、余は二朱金五貫目をもらう、そこで佐左衛門、金を全て江戸に持って行っても、どこに消えるか分からん。古い江戸城も城下も当分は大混乱になるそうだ。黒川の板金二千枚とここの板金千二百枚をそなたに預かってもらいたい」

「板金を全て？」

「そうだ。露一両にすれば六十万両にはなるだろう?」

「はい、板金はそれぞれ重さが違いますが、一枚二貫目として六十五万両にはなります。もっと多いかもしれません」

「全て一両金にして山に埋めてくれ、できれば先々の武田家のために使いたいと思う」

「武田家のため?」

「お家は滅んだが、家臣たちがあちこちで苦労している。なんとか助けたいのだ。それには軍資金がいる。家康さまには申し訳ないが、金山から出る甲州金は本来、お館さまのものだ。その家臣のために使う」

「分かりました。万一のことを考え、黄金の在り処はお駒のお守りの中に、地図を書いて入れておきましょう……」

「うむ、それがいい、江戸には一両金と一分金だけ持って行く、金は全て、ここから運び出したことにする。そのように支度してくれ!」

「畏まりました」

「於紋のことだが、江戸には危険で連れて行けぬ。お駒とここで養ってくれ!」

「願ってもないこと、もう一人、殿さまのお子を?」

「そうだな、今夜のことだ？」

「恐れ入ります」

「佐左衛門、武田の旧臣は成瀬さまが集めておられるが、余も欲しい。所在を調べておいてくれ、江戸が落ち着いたら呼びたい」

「はい、ほとんど身分の低い者たちになりましょう」

「そういう者たちが苦労しているのだ。どこまでしてやれるか分からないが、お館さまへの恩返しの真似事だ」

「きっと佐左衛門がお力になりましょう」

「うむ、頼りにする」

「ところで殿さまは松姫(まつひめ)さまをご存じでしょうか？」

「新館御料人(にいたちごりょうにん)のことか？」

「はい、織田中将信忠(のぶただ)さまのご正室さまにございます」

「生きておられるのか？」

「お噂は聞こえてまいりませぬか？」

「知らぬ。天目山(てんもくざん)でご一族が亡くなったのでは？」

「そうですが、松姫さまは同母兄の仁科(にしな)さまの家臣と織田家の間者集団に守られ、勝頼さま一行と別れて武蔵に逃げ延びられました……」

「生きておられるのか、余は何度か姫さまとお会いしている。御前で舞ったこともある」

「武蔵の恩方、心源院に匿われておられます」

「そうか、生きておられたか。会いたい、恩方と言えば山を越えればすぐだ！」

「陣馬街道の和田峠を下ればすぐにございます」

「姫さまが安曇野森城の兄上、仁科五郎盛信さまと伊那高遠城に入られたと聞いたが、それ以後のことは何も知らぬ。混乱で苦労されたのではないか？」

「はい、本能寺のことなどもあり、信長さまとはお会いになっておられぬとか、尼僧になっておられると聞いております」

「尼僧？」

「はい、中将信忠さまが二条御所にて討死なされたので、その菩提を弔っておられるとお聞きしました」

「何と、あの姫さまが……」

長安が知っている松姫は十四、五の頃だ。

その松姫は既に三十歳になっていた。長安と佐左衛門の話し合いは深夜まで続いた。於紋は怒って寝ないで待っている。

「十兵衛、於紋を捨てる気か？」

「江戸へ行きたいのか？」

「当たり前のこと、於紋は十兵衛の妻じゃ、どこへでもついて行く……」

「そうは言うが、江戸はとてもお駒の住めるところではない。一年もすれば少しは落ち着く、一年の辛抱だ。急な国替えだ。秀吉さまも無茶をなさる」

長安は秀吉のせいだと言った。

「本当に一年なのだな？」

「そうだ、その間にもう一人、子が欲しいとそなたの親父殿に言われた」

於紋が怒った顔で長安を睨んだ。

「その顔では無理じゃな？」

「無理じゃない！」

於紋が長安の首にぶら下がった。

「必ず、子を産め！」

「うん……」

長安は黒川金山から板金が運ばれて来るのを待って、田辺家に四日間泊まり込んだ。蔵の中の金も検分した。

金は蔵の穴倉の中に厳重に保管されていて大盗賊でも手は出せない。

長安は黒川金山から板金が運ばれて来ると、それを確認して甲府陣屋に戻った。

二日後の早暁、甲府陣屋から二千人の大行列が出立した。

長安の傍にはいつものように瀬女が従っている。

長安の女は数が増えて、小八尋（こやす）、お染、お香、小夏の他にお峰（みね）、田鶴（たづる）、芽女（ちめ）、五月女（さつきめ）、お万（まん）、美冬（みふゆ）など十人を超えていた。

猿橋は妻の鶴子を馬に乗せ自分は轡を取って歩いている。

途中で塩山から来た黄金荷駄が行列に加わった。見送りに来た佐左衛門から長安は一両金の端数六百枚を受け取った。

長安は行列を止めて庄右衛門と、滝沢五郎太と石坂孫左衛門、猿橋と小兵衛の五人を呼んだ。

「余はこれから脇街道の陣馬街道から和田峠に上って恩方に入る。そなたらはこのまま甲州道を進んで恩方に入れ、浅川（あさかわ）の土手で会おう、猿橋は先に行って女た

ち の宿を探せ！」

　長安は行列を見送ってから、瀬女と乙女の三騎で脇街道に入り和田峠に上った。案下川沿いに山を下って心源院に入った。

　三人が本堂の前に立つと小坊主と尼僧が現れた。

「お尋ねしたい。こちらに武田家の松姫さまがご滞在とお聞きして立ち寄りました」

「あなたさまはもしや、土屋十兵衛さまでは？」

　尼僧は長安を知っていた。

「恐れながら……」

「姫さまの侍女、お園にございます」

「あッ、お園さま？」

　長安が尼僧に合掌した。

「どうぞ、本堂にお上がりください。すぐ、姫さまをお呼びしてまいります」

　長安たち三人が小坊主の案内で本堂に上がった。山の中の静寂の寺だが、夏の終わりを告げるひぐらしが鳴いている。

　暫く待たされて尼僧の松姫が現れた。心源院の住職と二人の武士を従えていた。白い僧衣に身を包んだ松姫は観音さまかと思うほど美しかった。

「姫さま……」

長安が平伏した。その前に松姫が座った。

「十兵衛、久しいのう」

「はッ、不忠にも二日前まで姫さまのこと存じ上げず、ご挨拶が遅くなりましてございまする……」

「十兵衛、顔を上げてわらわを見てくだされや?」

平伏した長安は泣いていた。

「ご無礼の段、平にご容赦のほど……」

「お家は滅んだのじゃ、無礼などと思うな、わらわは尼僧の身じゃ、こちらが当寺のご住職、卜山禅師さまじゃ」

「はッ、お館さまのお供で、塩山向嶽寺でお会いしております」

長安が卜山に合掌した。

捨て子だった卜山は年がはっきりせず、人に聞かれると百歳と答えて笑っている。

「油川甚左衛門を知っているのではないか?」

「はい、新館（にいたち）にて何度もお会いしております。お懐かしゅうございます」

長安が年老いた松姫の母方の叔父甚左衛門に挨拶した。

「こちらにおられるお方は、織田信長さまの家臣にて村木甚八郎（むらきじんぱちろう）さまです。今日までわらわを守ってくださったお方じゃ」

「初めて御意を得ます。武田信玄が家臣、土屋十兵衛長安と申しまする。只今は、徳川家康さまの家臣にございます」

長安は八十歳を越えたと思われる白髪の老人に挨拶した。

「十兵衛は江戸に移られるのか？」

「はい、急な国替えにて、甲府陣屋から江戸にまいる途中にございます」

「この恩方は北条さまから徳川さまの領国になったのじゃな？」

「御意、ようやく、天下は静かになるかと思われます」

「それは何よりじゃ、この恩方には武田の旧臣が多い。みな静かな世を望んでおる」

「はッ、及ばずながら、十兵衛長安、姫さまのお力になりたく存じまする」

「うむ、恩方の旧臣のことをお頼みいたします」

「畏まりました」

松姫は甲斐から恩方に逃れて来た武田家の旧臣たちに慕われていた。

「恐れながら、姫さまが庵(いおり)を結ばれるときのために、些少(さしょう)ですがご寄進申し上げまする」

佐左衛門から預かって来た六百両を甚左衛門の前に差し出した。

「十兵衛殿、遠慮なく頂戴致す」

甚左衛門がニッと笑った。

「姫さま、江戸に落ち着きましたら、改めてご挨拶に上がりまする」

「その時は江戸とはどんなところか、話してくだされ？」

「はい、必ず……」

長安が心源院を辞した時、陽は山に入って夕暮れが山から下りて来た。

長安たち三騎は浅川の土手に走ったが、ポツンと猿橋がいるだけで行列は到着していなかった。

「女たちの宿は見つかったか？」

「はい、この近くに見つけてまいりました」

「それにしても、少し遅いのではないか？」

「間もなくかと思います」

「雨の心配はないか？」

「この空模様ですと雨にはなりません。明け方には少し寒いかと思います」

「火を焚けばまだ凍えるようなことはあるまい？」

長安が馬から降りて待っていると、大行列が続々と到着して野営の支度に入った。騒然とした浅川の土手に、東から騎馬隊が近づいた。

その騎馬隊は先に江戸に入った駿府からの者たちで、権太、金吾、市郎左衛門、野口三左衛門、田中伊兵衛たち十騎だった。

「殿、お迎えに上がりました」

「おう、江戸の様子はどうだ？」

「とんでもないことになっております。武家だけでなく、商家も大勢で移っておりまして、上を下への大騒動でどうなりますことか、全てはこれからにございます」

「屋敷割もまだか？」

「はい、全て、これからにございます」

「お稲は？」

「奥方さまはお父上の大久保忠為さまとご一緒にございます」

「よし、明日の早暁に出立しよう。権太、金吾、三左衛門、乙女、猿橋、余についてまいれ、頼みたいことがある」

　長安が野営の支度をしている行列の最後尾に五人を連れて行った。

「ここに一両金八千枚と一分金十六貫目がある。このうち、一両金八千枚を心源院の松姫さまにお預けしたい。このまま江戸に運ぶのは危険だ。乙女、権太たちを心源院に案内しろ……」

「殿、松姫さまとは新館御料人？」

「そうだ、生きておられた。そなたもお会いして来るがよい」

　権太は信玄の傍にいただけに松姫のことはよく知っていた。権太も松姫は天目山で亡くなったと思っていたのだ。

　浅川の土手で野宿した長安一行は、翌朝、暗いうちに出立した。長安は瀬女を抱いて仮眠しただけである。

四、八十五万両の行方

　金吾と瀬女の先導で甲斐からの大行列が江戸に入った。

海辺の城である江戸城の周りには、数え切れない人たちがうごめいていた。

屋敷割の決まった武家から早くも仮普請が始まっていた。長安が大久保忠隣に挨拶に行くと屋敷割が言い渡された。

長安は庄右衛門に江戸到着を申告させるため江戸城に向かわせた。

すると、本多正信から使いが来てすぐ登城するようにと伝達された。

間もなく夜になる。

長安は一分金の入った荷を馬に積み替えて、江戸城に入り家康のいる広間に、金の入った皮袋十六個を並べた。

家康はじろりと長安を睨んだだけで何も言わなかった。

「殿、宜しいでしょうか？」

「うむ……」

家康は秀吉に移封されて、このところ不機嫌だ。

その不機嫌の原因はもう一つあった。

関東は北条の領国で取り分が家康の嫌いな四分六分だった。関東二百四十万石とか二百五十万石と言われるが実高は誰にも分からない。

重臣の会議で年貢は北条と同じ四分六分と決まった。徳川家になって四分半とか五分にはできないと言うのが重臣の総意だった。

「大久保長安殿、伊奈忠次殿、青山忠成殿、彦坂元正殿、以上四名に奉行を申し付ける！」

長安は家康に仕えて十年ほどで徳川家の中核となる代官や奉行になった。

長安の最初の仕事は家康の新領地の土地台帳の作成である。石高を確定する最も重要な仕事だ。

それだけ家康に信頼されていると言える。土地台帳によって家康の直轄地と家臣団の領地、石高などが決まる。

「十兵衛、寄れ！」

家康が扇子で長安を傍に呼んだ。

「もっと寄れ、内密の話だ！」

長安は家康の高床主座の下まで進んだ。家康も体を乗り出して来た。

「金が少ない！」

家康が不機嫌につぶやいた。

「はい、途中の恩方に黄金八千枚、隠してまいりました……」

長安がニヤリと笑った。それだけで、家康は長安の考えを理解したのだ。

「分かった。後で聞こう」

「はッ……」

長安が平伏して下がると座敷に異変が起きた。

家康の重臣たちが次々と家康の前に進んで、家康に借金を申し込んだのである。急な国替えで家臣団は思わぬ出費に悩んでいた。

そこに長安が十六貫もの甲州金を運んで来た。

それを見逃さない。

苦しい家臣たちの借金の申し込みは当然だった。なりふり構わぬ借金である。当然、返す見込みなどない。

家康は困った顔で正信を見た。

正信はこういう危ない話にはかかわりたくない。

家臣団に恨まれれば後が怖いからだ。何を言われるかわからない。知らぬ顔で正信は家康を見ない。

誰だって借金の話などにかかわりたくない。長安も同じだ。早々に座敷の隅に引き下がって伊奈忠次と話を始めた。

ところが吝嗇家の家康が、何を血迷ったのか、ここにあるだけだぞと言って、片手で一分豆金をすくって家臣に次々と貸し出したのだ。

正信は駄目だと止めることもできず茫然と家康を見ていた。

長安は信玄が豆金を手ですくって、褒美だと家臣に与えたことを思い出した。

家康から頂戴した家臣は一分金を袖や懐に入れて座に戻る。誰も何も言わない。迂闊なことを言えば恨みを買うだけなのだ。

翌日から長安は猛烈に忙しくなった。

まず屋敷を建てなければならない。塩山から出て来た田辺家の家人を帰さずに建築が始まった。土地台帳の作成はなお忙しい。

家臣団の領地を決めるために急がなければならない。

家康も忙しかった。

次々と借金を申し込まれて十六貫目の一分金は二日で消えてしまった。

金などというものはそういうものなのだ。家康から一分金を一つかみもらっても、精々、数十両である。

それでももらったとなると嬉しい。家臣の手に渡った一分金も十日と経たずにどこかに消えるだろう。

長安は屋敷の建築に使えと言って、庄右衛門に銀十貫目と二朱金五貫目を渡した。

三日目に長安は本多正信から登城を命じられた。忙しい最中に余計な仕事である。話の内容は分かっていた。

急いで登城すると城の広間ではなく、家康の部屋に案内された。そこには家康と正信だけがいた。

「十兵衛、恩方の金のことだ……」

家康が面目なさそうにニヤリと笑った。

「恐れ多いことながら、あのように金をお使いになっては一万両が百万両でもすぐ消えてしまいます。ご一考願わしゅう存じまする」

「分かった。少々、乱暴であったな。十六貫もの金が二日で消えるとは余も考えなかった。だが、十兵衛、摑み金というのは気持ちがいいぞ……」

笑わない正信がニッと笑った。

ひねくれ者の家康が非を認めることなど滅多にない。その上摑み金が気持ちいいとは言語道断だ。

「恩方の金は、心源院におられます信玄さまの五女、松姫さまにお預かりいただいております」

「五女の松姫とは中将さまの？」

「はい、数日前に生存を知りまして、江戸に出てまいる途中に、立ち寄りましてございまする」

「なるほど、正信、見性院(けんしょういん)がこの城にいたな？」

「はい、おられます」

見性院とは穴山梅雪斎(ばいせっさい)の正室で、信玄の次女で異母だが松姫の姉になる。梅雪斎の死後、見性院となった武田家の生き残りだ。

「松姫さまは尼僧になられ、中将さまの菩提を弔っておられまする。名を信松(しんしょう)尼(に)さまと申し上げます」

「ほう、それは知らなかった。女の鑑(かがみ)じゃな？」

「御意……」

「それで、その八千両だが、どうする？」

正信が八千両は大きい、放置できないと言う口ぶりで聞いた。

「入用な時にいつでも運んでまいります」

「正信、江戸に運んで来れば、また、すぐ消えてしまう。十兵衛はそれが分かっていて、恩方に隠して来たのだ。松姫に寄進したと思ってあきらめろ……」

「殿、それはいかがなものかと？」

「ならば、半分にしよう、四千両だ。十兵衛、いいな？」

「はい、本多さま、それで宜しいでしょうか？」

「四千両でも大きいが、殿がそう申されるのであれば……」

「正信、寺に寄進すれば、そのうち、功徳があろうよ？」

家康が松姫に四千両寄進すると言うのだ。

信玄を尊敬する家康は甲斐の金は信玄のものだと分かっているのだ。

長安はすぐ心源院から黄金四千両を運んで家康に差し出した。その四千両も数日で家康の手から消えた。

新たな城下を生み出すには、何万両の金が必要になるか分からなかった。

兎に角、急いで土地台帳を仕上げて年貢を徴収する必要がある。金などは一時しのぎに過ぎない。

急ぎに急いだ土地台帳を長安が作り、関東二百五十万石のうち家康の直轄地は百万石、残り百五十万石は家臣の知行地と決まった。

領地が確定すると長安と伊奈忠次、彦坂元正の三人が関東代官頭に任命され、家康の直轄領百万石が三人に任された。

長安は遂に、徳川家の心臓を握った。

翌天正十九年（一五九一）には、家康が恩方を含む武蔵八王子八千石を長安に与えた。

この領地は北条氏照の旧領で実高九万石だったのだ。それが八千石と言われていて、その実高を分かっていながら家康は長安に与えた。

長安はそんな家康の気持ちを分かっている。

長安も九万石の大名というそぶりは見せない。どこまでも八千石の代官である。

一万石に満たない八千石には意味がある。大名ではないから妬まれることなく自由に動ける身分だ。

家康の家臣の中で最も大きい領地を有したのは井伊直政十二万石、本多忠勝十万石、榊原康政十万石、鳥居元忠四万石、大久保忠隣二万石、本多正信一万石。伊奈忠次一万石などだ。

大久保長安の八千石とは名ばかりの九万石がいかに大きいかが分かる。

徳川四天王ですら十万石なのだ。

家康は長安の才能と力量を高く評価していた。

その人材を秀吉に取られる危険さえ感じていた。秀吉は石田三成のような天才を探している。家康は長安を石田三成以上と考えていた。

天下統一が成り、多くの武将は必要がなくなる。三成や長安のような文治に優れた人材が重要なのだ。

それを家康も秀吉も分かっている。

家康はできるだけ長安を目立たせたくない。石川数正のように秀吉に取られたら元も子もなくなる。

「庄右衛門、八王子に陣屋を置く、まず、浅川の治水から手を付けるぞ！」

「氾濫防止の土手？」

「そうだ、甲斐の釜無川や笛吹川からみれば、浅川など子どものようなものだ！」

「はい、それで城は築かないので？」

「余は城などいらぬ。余の石高は八千石じゃ」

「しかし、実高は九万石？」

「それを言うな。徳川家で九万石などもらえる家臣は数人だ。余は八千石でなければならないのだ。二度と口にするな。殺されるぞ！」

「畏まりました」

「家臣も八千石の体裁でよい。二百人から二百五十人までだ」

「承知致しました」

再び庄右衛門と権太の人探しが始まった。

長安は成瀬正一に頼み込んで室戸金太夫を譲り受けた。大久保忠隣に願って吉岡長三郎を家臣にした。

渋ったのは本多正信だったが、尾花九郎右衛門が自ら正信に願い出て長安の家臣になった。

長安は関東代官頭として家康の百万石を差配している。

その上に八王子八千石こと九万石を治めなければならない。百万石の関東代官頭を頼りに、長安に十四、五の娘をすすめてくる商人もいる。

百万石の威力は凄まじい。

長安と家康からの寄進もあって、松姫は心源院を出て、八王子の御所水に信松庵を開いた。

そこで松姫は蚕を育て織物をし、近くの子どもたちを集めて読み書きを教えたり、出歩いて武田の旧臣たちを励ましたり、松姫も忙しくなった。

家康は全て分かっていて長安に八王子を与えたのだ。

長安は武田の旧臣を大量に徳川の家臣にするため、国境警備や武蔵の治安維持のため、八王子五百人同心の考えを家康に具申した。

家臣にできず八千石の関東代官頭としてはそうするしかない。

九万石の大名であれば二千や二千五百人の家臣は抱えられるが、新参者の身分で親藩や譜代の家臣のことを考えなければならない。

家康はそんな長安の考えを分かっていた。

長安の具申が認められ、武田家旧臣による八王子五百人同心の設置が認められた。

長安は即刻、金吾と瀬女を連れて、八王子まで馬を飛ばし、御所水の松姫に上々の首尾を報告した。

「何と嬉しいことか、十兵衛には何から何まで感謝のしようもありません」

「姫さま、長安がお館さまに育てていただいた万分の一のご恩返しにございます……」

「父上がどんなに喜ばれることか？」

「この度は五百人同心でございますが、やがて、千人同心にする考えにございます」

「千人？」

松姫が驚いた。

この長安の考えはやがて八王子千人同心として実現する。

この年の八月、秀吉の後継者鶴松が三歳で急死する。

秀吉の落胆は尋常ではなかった。

京の東福寺に入って髪を落とすなど大騒ぎになった。家康も髪を落として鶴松の死を悼んだ。

この辺りから秀吉の悩乱が始まる。正気とは思えない振舞いが増えてくる。

最もひどいのが朝鮮出兵だ。

戦しか知らない秀吉は十二月に関白を甥の秀次に譲って、周囲の反対にも耳をかさず、天正二十年（一五九二）には朝鮮に大軍を送り込むことになる。

家康は徳川軍を温存しながら九州まで出陣する。

長安は家康の新領地の統治に余念がない。

五百人同心を集めるため甲斐にまで足を運んだ。

塩山の田辺佐左衛門は快く長安に協力した。佐左衛門の娘於紋は長安の二人目の子を産んでいた。

もちろん長安は子の誕生は知っていた。次郎丸と名付けたのも長安だ。

於紋はお駒と次郎丸を得たことですっかり大人になっている。

江戸に出たいという気持ちもすっかりなくなっていた。塩山のおおらかな自然と人情の中で生きて行こうと覚悟したのだ。

この年、継室お稲が長安の嫡男を産んだ。

お染とお香が女の子を産み、小夏が男の子を産んだ。

長安の女も二十人近くに増えて、誰が誰なのかうっかりすると忘れてしまう。

だが、長安だけは女の名前を決して間違わない。

「於紋、次郎丸は賢いか？」

「十兵衛さまに似てとても賢い子です。お駒も賢い子ですよ」

二人とも於紋の自慢の子なのだ。

「江戸には行かないか？」

「聞いたのですが、江戸は毎日、祭りのように人が多いとか？」

「そうだ、祭り以上かもしれぬ」

「そんなところに行くのは御免です。すぐ病に取りつかれてしまいます」

「ほう、それも一理あるな、ごみごみとして息苦しいところだ」

「十兵衛さまはそんなところが好きなのですか？」

「好きではないな。好きではないが……」

於紋が長安の顔を両手で包んだ。

「十兵衛さま、もう一人、お子をください？」

「ん？」

「もう一人……」

於紋は腰のあたりに肉がついて、何人でも産めそうな体つきになっていた。

長安は於紋を傍に引き寄せて抱いた。

「ここにまいれ……」

この頃の甲斐の領主は秀吉の家臣加藤光泰(かとうみつやす)だった。家康を見張る役目で甲斐に移封されて来たのだ。

長安は三日間塩山にいて八王子に戻った。甲斐に入っても他人の領地であまり勝手なことはできない。佐左衛門に任せて引き上げた。

長安は八王子に五百人同心を作り、甲斐の加藤光泰の見張りに対抗する形になった。

甲斐と武蔵の境である小仏峠を厳重に警備する。それが五百人同心の目的だ。甲斐の下級武士が集められ、差配するのは大久保長安だ。

八年後、五百人同心は長安の具申によって千人同心に強化される。千人頭十人で十組が編成され、組頭が置かれた。その組下に各百人の同心たちが配置された。

その身分は千人頭が二百石から五百石の旗本身分だが、組頭が十俵一人扶持から三十俵一人扶持の御家人だ。

組下の者は任務に就けば、わずかな俸禄が手当として出たが、常の生活は百姓をして賄われた。

武家と百姓の中間のような身分で、帯刀は任務の時だけ許されたが、平時は帯刀が許されない。

その千人同心は戦闘力を有する武力集団でその存在は重要だった。

同心たちには八王子の甲州街道と陣馬街道が分岐する辺りに、広大な敷地と百姓地が与えられた。

松姫と長安の願いが叶った。武田の下級旧臣が貧しいながら、落ち着いて生活できるようになったのだ。

松姫は同心たちの心の支柱になった。

お館さまの姫さまが見ておられると思うだけで、どんな困難にも立ち向かう勇気が湧いてくる。

松姫がいる御所水辺りは同心たちの聖域になって行った。

この組織化された千人同心は、やがて、長安の手を離れて、槍奉行の支配下に武力集団として組み込まれる。

秀吉の朝鮮出兵は当初は順調だった。

九州に集結した大軍が一番隊から九番隊まで編制され、続々と渡海して小西行長や加藤清正は朝鮮の奥深くまで進攻していった。

水軍を入れて十六万からの遠征軍は成果を上げた。

だが、敵は朝鮮軍だけではなかった。

朝鮮軍の後ろにはそれを支援する強大な明軍が控えていた。

結局、唐入りと称して大軍を投入した朝鮮出兵は長期化することになり、各戦線は泥沼化して五万もの犠牲を出すことになる。

家康は九州まで出陣して秀吉の傍にいたが、徳川軍は予備軍で一人も渡海させることはなかった。

六年に及ぶ長期戦の中で、家康は一兵も損じることなく、まったく無傷のまま軍団を温存することになる。

長安は九州には向かわず家康の新領地を統治することに尽くした。

この年、秀吉は最愛の母大政所を失った。

秀吉を愛した母は八十歳だった。暮れの十二月八日に朝廷は改元した。天正二十年を文禄（ぶんろく）元年とした。

翌文禄二年（一五九三）一月、信長の野望を打ち砕いた正親町天皇が崩御した。譲位して上皇になっていた。

長安は八王子陣屋から金吾と瀬女を連れて、近くの御所水に向かった。瀬女は長安の姫を産んで少し太っていた。

武蔵野の鬱蒼（うっそう）とした灌木（かんぼく）の森を行く。丘陵の少し急な坂道を上って行くと小さな信松庵がある。

武蔵野丘陵の中腹にこんこんと湧き出る泉の畔（ほとり）に信松庵はあった。

泉から清水が流れ、下には清浄な小湖が点々とあって、極楽浄土かと思うほど清らかな森だった。

機織（はたお）りの音が聞こえてくる。

信松庵には松姫の他に仕えているお園たち五人の尼僧がいた。

「姫さま、ご無沙汰を致しましてございまする」

狭い座敷の中に松姫とお園、長安と瀬女が対面し、長安が松姫に平伏した。松姫が頬笑みをたたえて小さくうなずいた。

「少し暑くなってきましたが、庵は森と泉のお陰で極楽です」

「結構なことに存じまする。五百人同心も落ち着いてまいりました」

「十兵衛、そなたの尽力のお陰です」

「お言葉、有り難く存じまする」

「どのようなご用件ですか？」

松姫は長安が何か用向きがあって、庵に上って来たと見抜いた。

「恐れながら、姫さまに寺をご寄進いたしたく、ご相談に上がりました次第にございまする？」

「寺となな？」

「はい、十兵衛もようやく、そのようなご恩返しができるまでになりましてございます」

「わらわにはこの庵で充分ですが……」

「なにとぞ、曲げてお許しのほど願い上げまする」

「十兵衛、その志だけで充分じゃ、寺などわらわには過ぎたることぞ？」

「姫さま、そこを曲げてお許しくださるよう、十兵衛はお許しをいただけなくても、このことだけは何としても致さねばなりません。お館さまにお褒めいただかねば十兵衛、死に切れませぬ……」

「そなたの変わらぬ忠節、お父上に代わってわらわが褒めて遣わす、ありがとう……」

「はッ……」

松姫から寺院建立の許しが出なかった。

松姫はお家が滅んでからの家臣のことを心配していたのだ。信長に武田家を滅ぼされて十年が経つ、それでも旧家臣が苦しんでいる話が松姫に聞こえて来た。

長安のように力のあるものはいいが、百姓すら満足にできない下級武士が多くいたのだ。

そんな苦しむ人たちに松姫は心を寄せていた。

長安は松姫の禅の師で、尼僧に導いた心源院の卜山禅師のもとに走った。

禅師はニコニコと頬笑みながら「寺の建立などやってしまえば済むことよ」

と、長安に許しを与えたのだ。

長安は江戸城に使いを出して、松姫の姉、見性院に寺院建立の趣きを知らせた。

松姫の寺院は御所水から二、三町（約二二〇〜三三〇メートル）ほど下った坂下の平地に建てられることになった。

長安は夜陰に紛れて陣屋を出ると瀬女と金吾、猿橋を供に陣馬街道を塩山に向かった。密(ひそ)かに甲斐に入り田辺家に到着した。

於紋は三人目の長安の子を産んでいた。まだ何人産むか分からないほど元気だ。田辺家の女は多産だった。

「佐左衛門、例の八十五万両だが運び出せるか？」

「はい、いつでも……」

実は、隠し金は佐左衛門の努力で大幅に量が増えていたのだ。

「隠密に八王子まで運んでもらいたい」

「畏まりました」

「これは二人だけの秘密だ。実は松姫さまに寺をご寄進する。その寺の地下深くに八十五万両を埋める。武田家の再興は難しいだろうが、末永い寺の地鎮にはなる……」

「結構なお話で、お館さまが笑っておられましょう」

「十兵衛、八十五万両では少ない。百万両にせいと、お館さまに叱られようよ」

そう言って二人が笑った。

「その書付をお駒に持たせてくれ」

「畏まりました」

「お胤は元気か？」

「はい、於紋と三人のお子たちが寝所でお待ちです」

「佐左衛門、ここに来ると余は心が安らぐ……」

「はい、初めてお館さまとお見えになったのが、二十五年ほど前かと存じます。

ここは十兵衛さまの故郷のようなもので？」

「うむ、ところで善兵衛は達者か？」

「はい、時々、山から出てまいりますが、八王子に行きたいと嘆きます」

「悪さをしているのではないか？」

「ずいぶん蓄えているように思います？」

「善兵衛め、悪兵衛になりおったか？」

「蓄えは、殿さまに献上すると笑っておられました。すっかり毒気が抜けて、なかなかの好人物になられました……」

「ほう、それは嬉しい話だ」

長安は佐左衛門と二人だけで少しの酒をやって寝所に入った。於紋は帯を解かずに起きていた。傍にはお駒、次郎丸、お胤の三人が行儀よく寝ている。

「お話は済みましたか?」

「うむ、子たちはみな元気のようだな?」

「急なお越しで、お駒などはお顔を見ただけで泣いておりました」

「そうか、お駒がな?」

「わらわも同じです」

於紋がニッと笑うと隣室に立って行って、湯に入り寝衣に着替えて戻って来た。その間、四半刻ほど長安はわが子の顔を眺めていた。

長安の女は三十人ほどになり、誰に子ができたのか分からなくなっている。

それを一人ひとり思い出しながら長安がニッと笑った。

四十九歳になるが女を可愛がる気力と体力は充実している。小八尋(こやす)にも子ができ、小夏が二人目を産んだ。美冬は男子を産み、芽女(ちめ)が女を産んだ。お稲が嫡男の他に女を二人産んだ。

　万太郎が田鶴に惚れて、長三郎が願いを出したので、長安は田鶴を万太郎に下げ渡した。

「十兵衛さまはお大名ですか？」

　於紋の侍女たちが子たちを引き取って行くと、長安の腕を抱いて於紋が聞いた。

「それは難しいな、大名と言えば大名だが、余は関東代官頭という役向きじゃ」

「それは偉いのですか？」

「うむ、相当に偉い。家康さまの百万石を預かっておる」

「百万石、それはどれくらいですか？」

「百万石は百万石だ。分かり易く言うと甲斐の国は石高が増えて二十二万石と言われておる。百万石は甲斐の国が五つじゃ……」

「まあ、甲斐の国が五つ？」

　於紋が起き上がって長安の顔を見つめた。

「どうだ、相当に偉いだろう？」

「うん、偉い……」

「余の領地八王子は九万石じゃ」

「甲斐の半分？」

「そうだ、家臣は三百五十人……」

「女は？」

「女、それは於紋一人じゃよ」

「このぉ……」

長安は塩山に一晩だけ泊まって八王子に戻った。

どういうわけか、於紋は長安が現れるたびに懐妊した。相性のいい男と女はそういうものなのだ。手を握っただけで子ができる。

五、浜の真砂(まさご)は尽きるとも

御所水の坂下に縄張りがされて寺院の建立が始まった。

本堂が建つ辺りに二間（約三・六メートル）四方深さ八間（約一四・四メートル）の大井戸が掘られ、密かに塩山から運ばれた黄金が、夜陰に紛れて埋められた。何事もなかったように大井戸は突き固められ封印された。

長安の領地から大量の木材が伐り出され、八王子陣屋の総力を挙げて素早く寺が建立された。五百人同心も交代で支援に向かった。

その頃、秀吉の側室茶々姫が二人目の子を産んだ。

この子も男子だった。

自分の子か半信半疑の秀吉は九州から駆け付けて子を抱いた。太閤が子を抱けばその瞬間に秀吉の後継者と確定する。

その裏で密かに、茶々姫と遊んだ公家や僧侶、侍女などが大量に処分された。

波乱を予感させる事件だった。

無謀な朝鮮出兵で秀吉の人気が陰りを見せ始めている。

家康は秀吉が関白を甥の秀次に譲っていたことで、男子の誕生は厄介なことになると考えた。

関白を自分の子に譲りたくなるのが人情というものだ。権力も後継者に譲りたい。それは関白秀次が邪魔になるということを意味している。

そんな波乱含みの世相に大盗賊が現れた。

その盗賊は裕福な武家や商家から風のように黄金を奪い、貧しい庶民にその黄金をばら撒くことから義賊と呼ばれた。

花魁の五郎平こと五右衛門である。

五右衛門は京の東山、秀吉が建立した方広寺の近くに妻お蔦と、一人息子の飛丸と三人で暮らしていた。

時々、配下の男や女が訪ねて来る以外、人の出入りはなく、大盗賊と気付かれることなく静かに暮らしている。

二十人ほどの配下は京とその周辺に散らばって暮らしている。

五右衛門とその配下は秀吉の家臣前田玄以に追われていたが、一度も探索に引っ掛かったことはない。

盗賊たちは盗みに入ると黄金を頂戴したあとに、石川五右衛門参上と墨書した張り紙を必ず残してきた。

今やその紙のお陰で京や洛外、伏見、摂津大坂などで五右衛門の名を知らない者はいない。だが、誰もその顔を見た者はいないのだ。

秋の終わり、八王子では松姫の寺が完成し、その寺は卜山禅師によって信松院と名付けられた。

御所水の信松庵と坂下の信松院が、松姫の庵と寺になった。武蔵丘陵を背景に広い境内を持つ美しい寺が建立された。

その寺へ正月前に江戸城から見性院が訪ねて来た。

この訪問は後々重要なことになる。

二代将軍徳川秀忠（ひでただ）がお静（しず）という女に手を付けた。正室お江（ごう）は恐ろしい女で、そういう浮気を許す女ではなかった。

お静は江戸神田白銀（かんだしろがね）町で密かに男子を産み、お江のいる江戸にいられないいため、将軍は見性院に相談して隠密にその子を信松院に移した。

二代将軍の隠し子幸松丸（こうまつまる）は松姫に育てられ、その子は長じて三名君と言われ、江戸幕府を支える保科正之（ほしなまさゆき）になる。

異母姉妹の見性院と松姫は抱き合って泣いた。

信玄の子として二人は苦労して来た。長安はそんな姉妹のことを分かっていて、見性院を江戸城から信松院に案内したのだ。

長安は信松院の本堂で何度も舞って二人を慰めた。酒を飲まないで舞うなど珍しい。見性院は信玄の次女で亡き穴山信君（のぶただ）の正室なのだ。

勝千代（かつちよ）という武田家の家督を相続した子がいたが、その子を六年前に亡くし、江戸城で家康に養われている。

「松殿、これからは度々、お訪ねしてもいいかえ？」

「姉上、ここはお城と違い気楽に過ごせましょう、いつでも、お越しくださるよう」

「十兵衛、松殿の許しが出ましたぞえ？」

「はッ、誠に結構なことと存じます。いつでも、十兵衛がお供仕（つかまつ）りまする」

「よしなに頼みます。それにしても、十兵衛の舞は良いのう……」

「恐れ入りまする」

「松殿、お館さまの眼に狂いはなかった。十兵衛の頭は天下一だと仰せであったもの……」

「誠に……」

「恐れ多いお言葉にございまする」

長安は見性院の笑顔が嬉しかった。

家康の庇護（ひご）とは言え、見性院は江戸城の厄介者なのだ。

見性院は暗い顔で暮らしてきた。だが、今の見性院の笑顔に屈託はない。心の底から喜んでいる。

「もう一指し舞いましょうほどに……」

長安が腰から扇子を抜いて大蔵流の狂言を舞った。

夜になっても、長安は灯を頼りに舞った。

眼の前に信玄が座っているように思える。

年が明けても秀吉と秀次の間には、家康が危惧したようなことは起こらなかった。表面上は何事もなかった。

その水面下では相互に疑心暗鬼が広がっていた。

そんな時、五右衛門配下で腕に自信を持つ猿丸（さるまる）という男が、こともあろうに京の黄金の城である聚楽第に忍び込んだ。

そこには秀吉から関白を譲られた秀次が住んでいた。

猿丸は深夜に警備の手薄な北の丸に忍び込んで、身軽さから本丸囲いの屋根に上がってお台所まで侵入した。

だが、さすがの猿丸もそこまでが限界だった。警備の侍に見つかりお台所の外に出て、梅雨之井（つゆのい）の井戸まで逃げたが追い詰められた。

太ももに槍傷を追っては自慢の足も役に立たない。

「聚楽第に忍び込むとは大胆不敵な盗人（ぬすっと）めッ、串刺しにしてくれるわッ！」

十人ばかりの警備の侍に囲まれて、猿丸は身動きができなくなった。井戸に寄りかかって太ももを縛った紐（ひも）を確かめた。

逃げきれないと覚悟した猿丸が短刀を抜いた時、警備の侍とは違う身分の高そうな武士が猿丸に寄ってきた。

「死に急ぐ事はあるまい？」

そう言ってニッと笑った。

「何だッ、殺せッ！」

「そうわめくな、少々聞きたいことがある」

「何だッ！」

「いいから、その短刀をしまえ、話ができぬ」

「くそッ……」

「槍を引け！」

武士が警備の侍に命じた。

「名は聞かぬ、余もわけあって名乗らぬ。五分の話し合いだ」

「水をくれ……」

「いいだろう、誰か井戸の水を飲ませてやれ、足の傷も縛り直してやれ」

武士は油断なく猿丸を睨んでいる。逃げようものなら一太刀で斬られそうだ。

観念した猿丸は井戸の傍に座り込んで、警備の侍が太ももの傷を縛り直すのを見ていた。

「痛いな……」

「浅手だ、我慢しろい！」

　手当てをした侍が猿丸を叱り付けた。

「少しは落ち着いたか、そのままでわしの話を聞け、みな、下がれ！」

　武士は全員を三、四間下がらせてから、猿丸の顔を覗き込むように腰をかがめてつぶやいた。

「このまま、お咎めなしで放してやる。ただ、条件が一つだけある。お主らの仲間で五右衛門という男がいるだろう、その男に話がある。捕らえるつもりなどさらさらない。お主ならつなぎを付けられるだろうが、もし、知らぬなら知っている者を探せ、余の言っていることが分かるな？」

　猿丸は答えず、武士を睨んでいた。

「十日後、東山南禅寺の山門で待つ、このまま逃げるならそれでもいい、面白い話だ。手を尽してこの話を五右衛門につなげ。褒美をやる。五右衛門と一緒にくればいい、分かったか？」

「捕まえないという証はあるか？」

「ない、余が一人で行く、南禅寺から先はそちらで決めろ、どこへでも行く！」

「承知した……」

「歩けるか、二度とここには入るな。北門まで送らせる」

武士は三人ばかりを呼んで猿丸を北門から外に放り出せと命じた。

猿丸は足を引きずりながら、尾行されていないか時々後ろを振り返り、辻々で塀の影に入って気配を感じようとした。

だが追って来る気配がない。

隠れ家に戻った猿丸は一晩考えて、フラッと立ち寄った仲間のお里(さと)に夜の出来事を全て話した。

「面白い話だと言ったのか？」

「ああ、確かにそう言ったぜ……」

「危ない話ではないようだが、お頭がなんて言うかだ？」

「この足だ、お頭に話しておいてくれ、四、五日もすればお頭へ話に行く……」

「承知！」

猿丸の話はその日のうちに、お里の口から五右衛門に伝わった。

「お蔦、聚楽第には不思議な侍がいるものだな？」

「あそこには関白さまがおられるが、色々と訳ありのようだよ」

「諸大名に金を貸しているという噂か？」

「それもあるが、関白さまは女好きで側室が三十人以上いるそうだ。中でもお公家の菊亭（きくてい）さまのお姫さま、一（いち）の台（だい）さまはかぐや姫のようだとの噂ですよ。秀吉さまが欲しがったそうだが関白さまが先に手を付けられたとか……」

「それは聞いた。かぐや姫か？」

「それにしても、石川五右衛門に会いたいと言う人はどんな人かね？」

「まあ、いずれにしても、猿丸から詳しく聞いてから決めることだ……」

五右衛門は会いたいと言う武士を警戒した。

五日後、猿丸が少し足を引きずりながら、五右衛門の隠れ家に現れて聚楽第での詳細を話した。

それを聞いた上で、五右衛門は聚楽第の武士と会うことにした。

約束の日、猿丸はお里と南禅寺の山門で武士を待った。昼過ぎからうろうろしていたが現れない。

お里の根気が切れかかった夕刻、聚楽第の武士が頭巾（ずきん）で顔を隠して猿丸の前に立った。

「会えるか?」

「へいッ!」

「どこで会う?」

「この女が案内いたします」

「そうか、褒美だ」

武士が懐から金三枚を出して猿丸に渡した。三十両だ。

「女、行こうか?」

「はい、こちらでございます」

猿丸とお里は追手がいないか周囲を用心深く見回した。

「女、余の他に誰もおらぬ、安心せい!」

「ここから、南に少々歩きますので……」

「用心のいいことだ」

お里が歩き出すと二、三歩後を頭巾の武士が歩いた。

その後に少し離れて猿丸が付いた。三条から七条まで下って、三十三間堂(さんじゅうさんげんどう)の軒下に武士を案内した。

そこに五右衛門が一人立っていた。既に周囲は闇に包まれ、微(かす)かな星明りで顔の表情は見えない。

「お武家さま、そこまでにしてください」

五右衛門は三間ほど離れたところで武士の足を止めた。

「五右衛門か？」

「そうです」

「配下を下がらせろ、二人だけの話だ」

武士の言葉に猿丸とお里が五、六間下がった。

「五右衛門、この話、地獄まで持って行ってくれるか？」

「聞かねば、返事はできぬが、それでは話しづらかろう。聞いたことはこの胸に入れてあの世まで持って行こう」

「余が聚楽第から来たこともだ？」

「承知！」

武士が一歩前に出ると五右衛門が一歩下がった。

「秀吉を殺せ、礼金は一万両だ……」

五右衛門は答えない。寒い空気が緊張した。二人の吐く息が白い。

「返事は？」

「期限はあるか？」

「この秋までだ……」

「承知した！」

それだけ言うと五右衛門は武士に背を向けて闇の中に歩いて行った。

武士が振り返ると猿丸もお里も姿を消していた。秀吉暗殺を五右衛門に依頼した武士は、暫く、三十三間堂の軒下に立っていた。

この武士は関白秀次の家臣で、山城国淀十八万石の領主木村常陸介である。秀吉からは隼人正と呼ばれていた。

秀吉の茶頭千利休の弟子である。

悩乱した秀吉を陰では惚けが来たのだと言う者もいた。

家康も内心ではそう思っている一人だった。だが、このような秀吉暗殺計画が進んでいようとは、秀吉はもちろんのこと、関白秀次も知らない。

家康が知ることもなかった。

この暗殺計画は文禄三年（一五九四）八月一日に完成した伏見城で実行された。

五右衛門は築城工事の内装大工に化けて、伏見城の本丸奥深くに潜んで秀吉を殺す機会を狙った。

二日目の深夜、五右衛門は秀吉の寝所に忍び込んだ。薄明かりの中で五十八歳の秀吉は痩せて七十にも八十にも見えた。

五右衛門が脇差を抜いた。

その途端、秀吉の枕元にある千鳥の香炉がカタカタと鳴り出した。

それに驚いた五右衛門が秀吉を刺し殺すのを躊躇した。香炉の音に目覚めた秀吉は太刀に手を伸ばして握ると抜き放った。

「曲者ッ、出会えッ！」

秀吉の大声で襖が一斉に開いて廊下にいた宿直の近習たちが飛び込んで来た。

「くそッ！」

五右衛門は天井から垂らした忍び綱に飛びついて屋根裏に逃げた。そこに配下の左衛門が現れた。

「しくじった。逃げるぞ！」

二人は屋根に飛び出すと逃げ道と決めていた庭に飛び降り、植木の裏に身を潜めて飛び出して逃げる機会を狙った。

だが、続々と討手が増えるだけで飛び出せない。城内は篝火を焚いて昼のように明るくなった。

「お頭、囮(おとり)になります。その間に逃げてください！」

「左衛門、最早、逃げるのは無理だ……」

「お頭、北の松ノ丸まで行けば、城外に出られます。行きましょう……」

二人は塀に沿って暗がりに隠れながら松ノ丸に向かった。だが、討手は五十人や百人ではなかった。

どこから現れたのか城内にあふれ返ったのだ。

「いたぞッ！」

「松ノ丸の入口だッ！」

「捕まえろッ！」

「塀の下だッ、囲めッ！」

五右衛門と左衛門の二人は、四方八方から包囲されて逃げ道がなくなった。

「左衛門、ここまでだな？」

「お頭……」

「仕方あるまいよ？」

五右衛門は脇差を放り投げて捕縛された。

取り調べに当たった前田玄以は、何度も五右衛門に煮え湯を飲まされていて、拷問が凄まじかった。

逆さ吊りにされて、責められた左衛門は拷問に耐え切れず、全てを白状したが鼻や耳、眼から血を噴き出して死んだ。

五右衛門の一族、配下はことごとく捕縛され処刑された。

八月二十四日、五右衛門は息子の飛丸と三条河原の刑場に引き出された。

そこには大釜が置かれて薪がくべられ、釜茹での支度ができていた。五右衛門は釜に入れられると熱いと泣き叫ぶ飛丸を頭の上に持ち上げた。

「秀吉ッ！　うぬの天下は間もなく終わるッ！」

大声で叫ぶと五右衛門がニヤリと笑った。

「辞世だッ！」

黒山の野次馬の中に木村常陸介が立っていた。

「石川や浜の真砂は尽きるとも世に盗人の種は尽きまじッ！」

五右衛門は辞世を大声で叫ぶと、飛丸を抱いたまま熱湯に消えて行った。秀吉と前田玄以の憎しみが万人に分かる処刑だった。

五右衛門が秀吉暗殺に失敗して、釜茹での刑で死んだことが二カ月後には八王子の長安に伝わって来た。

「しくじったか？」

長安は花魁の五郎平の顔を思い浮かべていた。

「秀吉め、釜茹でとはむごいことをする……」

五右衛門の死が、関白秀次と関係しているとは長安は知る由もない。

「金太夫（きんだゆう）、見回りに出る。支度せい、いつものようにな？」

「畏まりました」

室戸金太夫は八王子陣屋の家老職だ。

江戸屋敷には吉岡長三郎と田辺庄右衛門が家老職で差配している。尾花九郎右衛門も家老職で見回りの行列を指揮している。

八王子陣屋の補佐役は田中伊兵衛と石坂孫左衛門、江戸屋敷の補佐は野口三左衛門と田辺市郎左衛門、河野六右衛門の三人だ。

九郎右衛門の補佐は権太と滝沢五郎太、長安の傍には金吾と瀬女と猿橋の三人が付き従っている。

九万石の大名としては小ぶりな布陣だが、家康の直参ではない長安は少々遠慮気味なのだ。そんな長安も女だけは別だった。

八王子五百人同心の頭や組頭の娘を手元に引き取った。

貧しさに耐えられず娘を売るのではと懸念したのだ。

頭の荻原家からはお多実、志村家からはまだ十一の初音・上窪田家からはお満、山本家からは弥生、石坂家や中村家からも入れて六人。

組頭の松本家からはお冴、日野家からは小波、小谷田家、植田家、塩野家などからも入れて六人。

組下からは近藤家のお千佳、三田村家のお妙など九人、小八尋やお染、お香や小夏と合わせて長安の女は五十人を超えた。

側室五十人は家臣団も呆れ返る華やかさだ。

お香や小夏、芽女や美冬のように飛び切りの美形もいたが、世の常で醜女も何人か含まれていた。

長安は分け隔てなく女を可愛がった。乱世に翻弄された力のない女たちだと思うと愛しい。

「殿、この度はどなたをお連れになりましょうか？」

金太夫が怒った顔で長安に聞く。金太夫は少々変わり者で妻帯していない。長安は小者の伝八と衆道の仲ではないかと見ていた。

「旅好きで元気の良いのがいい。女が多いと賑やかでよいからな?」

「それでは若い方から?」

「うむ、そなたに任せる……」

長安に任されると金太夫は人選にいつも苦労した。

長安が女たちを連れて巡回の旅をすると、大名も武将も安心して見ている。

家康の領地とはいえ、知行二千石で実高が五千石などという武将は、決して少なくないのだ。

逆に知行一万石で実高が八千石などというのはほとんどいない。

長安のように八千石が九万石などというのもいないが、古い石高計算で実高の多い場合がほとんどだ。

それを長安に調べられては困る。

長安はそれを分かっていて、女連れの行列で知らぬふりをする。そのことは家康も本多正信も分かっていた。

その上で長安は直轄地も知行地も全て調べ上げている。家臣団にとって長安ほど恐ろしい存在はない。

本多正信の知行地も名目では一万石だが実高は二万石を越えている。だが、長安は何も言わず知らぬふりだ。

中には、本多忠勝のように露骨に嫌な顔をして、長安を睨み付ける武将もいる。長安に首を抑え込まれているようで不愉快だ。

関東代官頭は家康の命令なのだ。

家康に聞かれない限り、知行地の大小を長安は口にしない。聞かれてもほとんど知らぬふりだ。

金太夫が巡回見回りの供に選んだのは、お香、小夏、お峰、お万、登勢、千代、お亀、お竜、お鶴、初音、弥生、お冴、小波、お妙、お千佳の十五人だった。

間もなく稲刈りが始まる時期の巡回である。季節もよい。

黄金に実った田に派手やかな女たちはよく似合う。女の行列は派手で賑やかで実りの秋にはぴったりだ。

まだ暗いうちに八王子陣屋の前に行列ができた。

いつものように、先頭には金吾と瀬女が馬を並べている。瀬女の馬は月光丸が産んだ月毛だ。その後ろに長安がいる。

その後ろに九郎右衛門と権太が並んだ。

女たち十五人が花嫁のように馬に乗って並ぶ。

小者たちが嬉しそうにその轡（くつわ）を取る。

槍を持った兵が百五十人、鉄砲が五丁、荷駄が十二台、行列の殿（しんがり）に猿橋と滝沢五郎太がいる。

徳川家康の名代（みようだい）、関東代官頭大久保長安の巡回行列だ。

この時期は同役の伊奈忠次と彦坂元正も巡回していた。だが、伊奈と彦坂の行列は供揃えが三、四十人で地味だ。

長安のような大行列ではない。伊奈忠次は一万石の知行だが、長安の八王子は実高九万石なのだ。

長安が金吾に手を上げた。

「出立ッ！」

金吾の声が飛んで行列が動き出した。

六、惚（ぼ）けた秀吉

長安の関東巡回が終わって江戸の屋敷に戻ると、いつものことだが確実に女が二人三人増えている。

この度は川越でお登喜、成田で木乃美を手に入れた。二人とも美形でお登喜は長安が宿泊した豪農で夜伽に出て来た。木乃美は商家の娘だった。

江戸の屋敷に入った女たちはみな日焼けして百姓娘のよう。中には顔の皮がむけて見るも無残な女が何人もいた。

江戸城には十六歳の三男秀忠がいて家康は不在だ。

家康は秀吉の傍にいて九州に行ったり、京に戻って来たり、伏見城や大坂城に出仕したりで、江戸に戻って来ることはない。

それだけに、家康の直轄地百万石の仕置きを任されている長安の責任は大きかった。気の抜けない任務だ。

江戸城下も日に日に拡大して、いつ大混乱が収まるのか分からない有様だった。

男の数は日々増えるが、女の数が足りなく、あちこちで乱暴狼藉が起きた。町奉行の青山忠成は混乱の中で寝る間もない忙しさだ。

長安も奉行なのだが青山忠成を助ける余裕などない。秋の年貢徴収は徳川家の重大事なのだ。

江戸城の金蔵や米蔵にどれだけ備蓄できるかが長安の責任だ。

「殿、二の丸、見性院さまからお使いにございます」

庄右衛門も長安が戻ると大忙しになる。

「明日の朝にお伺いする。何かお使者に持たせるものはないか？」

「この度のお見回りでは格別にお持ち帰りになったものはございませんが？」

「銀は残っているか？」

「はい、そっくり、奥方さまにお預けしております」

「あれは金銀が好きだからな」

「お使者にどれほど持たせれば？」

「一貫目！」

庄右衛門が驚いた顔で長安を睨んだ。

「不足か？」

「とんでもないことで、不足などと……」

「庄右衛門、見性院さまだぞ、ケチなことを言うな！」

「はッ！」

庄右衛門が継室お稲のところに飛んで行った。お稲は長安の決めたことには何も言わない。長安の実力は大久保一族の中でも筆頭なのだ。

大久保忠隣でも二万石でしかない。お稲は口には出さないが九万石の威力を充分に知っている。

「見性院さまに木綿十反、差し上げるように……」

お稲は見性院が長安の主家筋だと分かっている。

江戸城の二の丸にいると言うことは、家康にとっても大切な存在なのだと誰もが分かっている。

見性院の使いは銀一貫目と木綿十反を持って二の丸に戻って行った。庄右衛門は小者を出して銀と木綿を二の丸に運ばせた。

翌朝、長安は二の丸に登城して見性院から茶を馳走になった。

「十兵衛、お稲殿から見舞いの文と木綿を頂戴した。いつもお稲殿は何かと気を遣ってくださる」

「長安にとって見性院さまは大切なお方ゆえ……」

見性院が嬉しそうにニコッと笑った。

「来てもらったのは他でもない。そなたが八王子に戻る時、わらわも信松院に行きたいのじゃ。度々のことで申しわけないが、連れて行ってくれぬか？」

「はい、喜んで、お供致しまする」

「十兵衛、そなた、大勢のおなごを抱えておるそうだが、二人ばかりわらわの傍におくことはできぬかえ？」

「五十人ほどおりますので二人と言わず十人ほど？」

「まあ、五十人も？」

見性院が身を引いて驚き長安を睨んだ。

「みな、手を付けたのかえ？」

「四十人ほどは……」

「何と、豪傑な！」

「この世に、女ほど良いものはございません」

「そなたの言い分も分からぬではないが、少々、多すぎるのではないか、体のことも考えねばのう？」

「恐れ入りまする。百人ほどになりましたら考えて見たいと存じます」

「まあ……」

見性院は呆れ返って笑うしかなかった。

「十兵衛、女も身の内じゃ、ほどほどにせい！」

「ははッ、畏まって候！」

屋敷に戻った長安は見性院に差し出す侍女を、お香、お亀、初音、お妙、木乃美の五人に決めた。

お香は子どもがいるため、それを手放すのが嫌で、二の丸に上がることを渋ったが長安が説得した。

五人とも美形だ。

お香は別として初音もお妙もお亀も木乃美も若い。いずれ嫁に行って幸せになれればそれでいいと長安は思う。

見性院ならそれぐらいはしてくれるはずだ。

「殿、奥方さまがお見えになります」

長三郎が長安に伝えた。

「庄右衛門、五人に支度をさせて明日にでも二の丸に上がれ……」

「承知しました」

長安の言いつけはいつも急だ。

明日と言われても、女たちの支度がそう簡単にできるものではない。庄右衛門が部屋を出ようとするとお稲が現れた。

「殿さまに大切な話じゃ、そなたたちはここで待て……」

お稲は二人の侍女を廊下に控えさせて長安の前に座った。

「お稲、見性院さまが木綿をお喜びであったぞ」

「それは宜しゅうございました」

「それで話とは何だ？」

「はい、申し上げにくいのですが、今朝、父上から書状がまいりまして、用立ててもらえないかとのことにございます？」

「お稲、そなた、余の妻になって何年になる。そのような内々のこと、余の耳に入れるな。表のことなら親父殿がまいられよう？」

「恐れ入りまする」

お稲が初めて長安に叱られた。

お稲の父大久保忠為は屋敷の普請などで逼迫(ひっぱく)していた。娘婿の長安に頼りたいが面目もある。

「お稲、内々の話はそなたの好きなようにしてよい。そのために、そなたが蓄えているのではないか？」

「申し訳ございません」

「親父殿は達者か？」

「はい、伏見の別邸を警護しておられるそうです」

「そうか、京の伏見におられるか？　母上も達者か？」

「はい、明日にでも伺おうかと？」

「それはいい、何か美味しいものを持って行け、余は忙しくて挨拶にも行けぬ。年貢の盛りだからな」

「八王子には？」

「うむ、見性院さまをお連れすることになった。十四、五日ほど後になる」

「それで今宵はどなたを？」

「そなたにしたいが、お香を見性院さまの侍女に差し上げることにした。今夜は、お香を抱いてやろうと思う？」

「お香殿を見性院さまに？」

「うむ、他に、四人差し上げる……」

「そうですか、分かりました」

その夜、長安は久しぶりにお香を抱いた。

黒川金山の海老屋から百金で受け出してから、長安はお香を愛してきた。生まれた子は女で安寿（あんじゅ）と言う。

「お香、見性院さまには侍女が一人だけだ。そなたは余と見性院さまの間に立て。何かと頼むこともあろう。他の四人は若い。そなたが頼りだ」

「はい、分かっております」

「安寿は乙女に預ける」

「会いに来ることはできましょうか？」

「見性院さまに申し上げればお許しをいただける」

「殿さまにもお会いしたい……」

「このようにか？」

「はい、このように……」

お香が長安を抱きしめた。

「見性院さまは話の分かるお方だ。そのように言えば笑って許してくださる」

「殿さまに抱かれたいと？」

そう言ってお香がクックックと笑った。

「殿さまと逢（あ）い引（び）きしとうございます」

「江戸城でか？」

「いけませぬか？」

「いや、それも一興じゃが、ちと危ない話だな」

お香がまたクックックと笑った。

「お待ちしております……」

そう言って長安の首にしがみついた。

「そなたは変わらぬな。安寿の母親なのだぞ？」

「だから、殿さまが恋しいのでございます」

長安はいつでもひたむきに気持ちをぶつけてくるお香を愛した。お香以外でも長安の女たちは素直な気持ちをぶつけてくる。

それは長安が優しいからだ。

長安は年貢徴収の忙しい仕事の目途（めど）を立てて、見性院と八王子に戻った。

浅川土手の工事も終わって、長安は室戸金太夫に陣屋を任せようと考えていた。それほど江戸での仕事が多かった。

百万石を差配することは容易ではない。

長安の九万石の領地も、五百人同心たちも落ち着いて、長安は金太夫と孫左衛門に八王子陣屋を任せることにしたのだ。

年が明けた文禄四年（一五九五）、田畑が眠りから覚める三月、長安は小八尋、お染、芽女など数人を八王子陣屋に残して江戸に向かった。

関東代官頭の仕事は年貢の徴収だけではない。道路の普請だったり、暴れ川の改修だったり、もめごとの仲裁だったり限りがない。

年の半分以上は巡回見回りで、直轄領のどこかに入っている。旅から旅の忙しい暮らしなのだ。

長安は宿場の女を総上げで連れて歩くこともあった。

遊女や飯盛り（めしもり）など春を売る女たちだ。

長安が連れ出すなど、そんなことでもしてやらない限り、一生宿場に縛（しば）られ世間を見ることなどない女たちだ。

ほんの数日、女たちは浮世の風で身を洗う。

騒々しく賑やかで、豪放磊落（ごうほうらいらく）な長安らしい振る舞いだ。三十人、四十人の女がゾロゾロ行列について歩く。

「関東代官頭さまのお通りだぞッ！」

百姓たちも派手やかな長安の行列が好きなのだ。

子どもたちが百人ばかり集まって来て付いて歩く。そんなことが噂になって、長安の行列はどこの宿場でも大歓迎された。

そんな時、長安の知らぬ京で大事件が勃発した。

六月末に突然、聚楽第の関白秀次に謀反の疑いがかかった。

これは、後継者の秀頼可愛さのあまりに秀吉が仕掛けた謀略だった。秀吉は関白を秀次に譲ったことを後悔していた。

日本を五つに分けてその一つを秀頼にくれとか、秀次の娘を秀頼と一緒にすると言い出したり、秀次から権力を幼い秀頼に強引に移そうとの魂胆だ。

惚けの来ている秀吉は秀頼可愛さで凝り固まっていた。

七月三日、秀吉の命令で石田三成、前田玄以、増田長盛らが聚楽第を訪ね、関白秀次に謀反の有無や多淫のことまで詰問するに及んだ。

秀次の女色にまで立ち入るなど、強引な謀略であることは間違いなかった。

身の危険を感じた関白秀次は同日中に、朝廷に銀三千枚、第一皇子に三百枚、准三后勧修寺晴子と近衛前子に各五百枚、智仁親王に三百枚、聖護院に三百枚など、大量の銀を献上して多数派工作に出た。

権力者秀吉の前に銀など無力だ。

七月五日に石田三成が疑惑を報告、それを聞いた秀吉は秀次に聚楽第を出て、伏見城に出頭するように命じた。

秀次は三成の報告は事実無根だとして命令に応じず、聚楽第の大手門前にある徳川屋敷にいた徳川秀忠を人質にしようとした。

これに慌てた大久保忠隣と土井利勝が危機を察知、密かに秀忠を伏見の徳川屋敷に脱出させた。

秀頼のためなら何でもする秀吉は、京の城であり、御所の隣にある聚楽第で秀次に籠城されては難儀と考えた。

秀頼のために、攻め潰して焼き払いたいのだが、聚楽第は御所の西隣にあって、手荒なことは難しい。

後陽成天皇に和睦の仲介でもされたら厄介なのだ。

「佐吉ッ、関白を聚楽第から引きずり出せッ！」

三成に命じる秀吉の怒りは凄まじい。

七月八日に前田玄以、山内一豊など五人が聚楽第に赴き、関白秀次に清洲城に蟄居するか、伏見城に出頭して弁明するか、二つに一つだと迫った。

追い詰められて覚悟した秀次は、伏見城で直接秀吉に訴えるため、少数の近習だけを連れて聚楽第を出た。

これは、関白秀次を聚楽第から引きずり出す秀吉の謀略で、秀吉は秀次と会う気などさらさらなかった。

伏見に到着した秀次は登城も秀吉への拝謁も許されず、木下半介吉隆の屋敷に留め置かれ、すぐ高野山に登るべしとの秀吉の命令が下った。

秀次は即刻、剃髪、墨染衣の姿になり、八日夕刻、木喰上人、近習らと木下半介屋敷を出た。

その日、一行は山城国井出の里玉水に宿泊した。

この時、関白秀次を慕う者たちが三百騎従っていた。

見張りに出ていた石田三成が、供が多すぎると故障を言い立て、木喰上人や小姓十一人に、東福寺の臨済僧虎岩玄隆の同行だけを認めた。

翌九日の関白一行は寂しかった。

それでも、秀次は配流の身なればお見舞い無用と、次々と現れる見舞いの者たちを帰した。

この日は興福寺に泊まって、十日に高野山青巌寺に入った。

最早、関白秀次に弁明の機会はなかった。

十五日になって福島正則らが三千の兵と高野山に登り、秀次に秀吉からの命令として切腹を伝えた。

高野山の僧たちが秀次を守ろうと、福島正則の兵と戦う構えを取ったが、秀次は切腹を受け入れ混乱しないように言って、まず、小姓たちが腹を切った。

「関白さま、拙僧が極楽への道案内を仕りまする」

秀次の師、虎岩玄隆が腹を切った。続いて秀次が腹を斬り、雀部重政が介錯して首を落とした。

この時、秀次は二十八歳だった。

翌十六日に秀吉は秀次の首を見たが満足せず、丹波亀山城に押し込めていた秀次の子や側室たちを京に呼び戻した。

三条河原に二十二間（約三九・六メートル）四方の堀を廻らし、鹿垣を廻らし、一間半（約二・七メートル）ほどの高さに土を盛って、秀次の首を西向きに据えた。

その秀次の首の下で、まず、菊亭晴季の娘、天下一の美女一の台の首をはね、秀次の子は男も女も首をはねた。

側室、乳母、侍女など三十九人が皆殺しになり、遺体は子の上に母親が重なって放置されるなど、見るに堪えない凄惨さだった。

京の野次馬はその有り様に怒り狂い、処刑を実行した奉行に罵詈雑言を浴びせ、小石を投げつけるなど大荒れになった。

助かったのは生まれたばかりの秀次の姫一人だけだった。

この様子を聞いた家康は苦虫をかみ潰した顔で本多正信を睨んだ。

「太閤さまは少ない身内を粗末になさる。いかに秀頼さまのためとは言え、関白秀次さまは哀れなことだ……」

常にはこういうことを言わない家康だ。

「幼い秀頼さまが心配なのでしょう」

滅多に笑わない正信が微かに苦笑した。家康がむっとした顔で正信を睨んだ。

「人の不幸を笑うな」

「殿、人の不幸は蜜の味とも申すとか？」

「何だと、うぬは何を考えている」

「殿の天下を考えております」

「おのれ、ぬけぬけとほざきおって……」

家康が嫌な顔をした。

「いずれ、豊臣家は迷走することだろうて？」

「言うな、それ以上言えば斬る！」

珍しく家康が気色ばんだ。

「畏まって候！」

この謀略好きな二人は滅多に腹の中を見せない。それでいて、互いに分かり合っているような気味悪さがあった。

ただ、この秀次事件で秀吉人気はガタ落ちになった。本多正信の思惑通りだ。

「殿、太閤さまは聚楽第を破却なさいましたが？」

「黄金の城を壊してまた城を建てるそうだな」

「何と再建を……」

「関白が使った城は使いたくないのであろう？」

秀吉は朝廷に参内（さんだい）するため、どうしても、着替えなどをする屋敷が御所の近くに必要だった。

「殿、今年も関東は良い作柄だそうにございます」

「そうか、十兵衛からの知らせか？」

「御意……」

「ならば、間違いはあるまい？」

家康は関東代官頭として長安を信頼している。その頭脳に対抗できる家臣を家康は持っていない。

「江戸にはこのまま帰れないのではありませぬか？」

正信が皮肉っぽく言った。

「朝鮮が片付くまでは帰れぬな」

「何年かかりますか？」

「唐入りは太閤さまの念願だから、何年かかろうとも引き上げはないだろう」

家康は表向きでは、決して朝鮮出兵に反対したことがない。だが、内心では愚かな戦いだと思っている。

翌年、家康は正二位に上階し内大臣に昇進した。内大臣は内府さまとか上さまと呼ばれるようになる。

この年は、夏から伊予国や豊後国が巨大地震に見舞われた。その地震が九月五日に畿内を襲い、伏見城や方広寺の大仏殿が倒壊した。

後陽成天皇は改元を決意して、文禄五年（一五九六）十月が慶長元年十月になった。

徳川軍は九州、大坂、伏見、京と分散しているが、長安は関東から動かず直轄地百万石の統治に力を入れていた。

特に、長安は関東の道路整備に力を入れた。江戸に人、物、銭を集めるには良い道路が重要なのだ。

洪水を防ぐため、物資の流通のため川と川を繋(つな)ぐ水路も重要だ。

江戸城下は日に日に膨れ上がりいつも混雑している。人が集まり、物が集まれば、大量の銭が必要になる。

長安は道路の里程統一や、金銀銭の統一などを考え始めていた。

江戸を中心に東西南北に道を発達させる。江戸城の東には海が広がり大量の新鮮な魚が獲(と)れた。

武蔵野(むさしの)は豊かな水に恵まれている。

長安は江戸城下がどこまでも広がる様子を想像した。そのためにはまず道だ。

長安が八王子に行く甲州(こうしゅう)街道はいち早く整備された。

江戸城から品川に行き、相模に出る東海道は、徳川軍が西に動くために、特に重要な街道だ。

長安のやるべき仕事は尽きない。

八王子に戻ると隠密に塩山に行く。黒川金山のことが気になるのだ。だが、今は長安の支配下にはない。

　八王子から山一つ越えれば塩山だ。於紋は長安の子を五人産んでいた。

「佐左衛門、黒川の金はどうだ？」

「ずいぶん少なくなりました。山師の善兵衛殿が少々手加減しているのでしょうが……」

「うむ、枯れてしまえば一文にもならないから警戒しているのだろう？」

「そう思います」

「いつ来ても塩山はいい、気が休まる」

「いつでもお越しください。お子たちが待っております」

「隠居したら、ここに住みたいものだ？」

「結構なことで……」

　長安は五十二歳になり隠居してもおかしくない。そんなことを時々考える。

「殿さま、天下は秀吉さまで決まりでしょうか？」

「さて、どうだろう、秀頼さまはまだ四歳だ。太閤がどこまで長生きできるか、関白を殺してしまったことが祟(たた)るのではないか？」

「やはりそうですか？」

「秀頼さまを支えられそうな身内がおられない。関白さまに十年ほどしたら秀頼さまに譲っていただければよかったが、太閤は甥の秀次さまを信じられなかった。太閤の取り巻きがああでもないこうでもないと言うのだろう……」

「なるほど……」

「太閤が生きているうちはいいが、その後が問題になる？」

長安はまだまだ乱世は終わっていないと思っていた。一晩だけ塩山に泊まって長安は八王子に戻った。

秀吉の朝鮮出兵も緒戦のような勢いはなく、明軍の参戦によって苦戦を強いられ、戦線は膠着し、日本軍は身動きができなくなった。

秀吉には明が降伏した報告、明の皇帝には日本軍が降伏したと報告されている。そんなでたらめな状況の中で、和睦交渉が始まったがまとまるはずがない。秀吉は明皇帝の皇女を天皇の妃として要求、明皇帝は秀吉を日本国王として金印を授けるというちぐはぐな交渉なのだ。

明が降伏などしていないことを知った秀吉は激怒、再び、戦うことになった。

泥沼の戦いに引きずり込まれ、五万人からの犠牲を出すことになる。この秀吉の惚けから来る妄執をだれも止められない。

家康はあえて止めようとはしなかった。

慶長二年（一五九七）、無謀な戦いが再開された。そんな秀吉の暴挙を家康は静観している。徳川軍は一兵も渡海していない。

予備軍として無傷のまま温存されている。

七、家康の謀略

そんな中で慶長三年（一五九八）三月一日に浅間山が噴火した。

浅間山は二年前にも噴火して多くの被害と犠牲を出していた。

山が噴火すると関東代官頭としては緊張する。三月はまだ北からの風が吹き、武蔵にまで被害を及ぼすことがあるからだ。

「権太ッ、山が火を噴いたッ、急ぐぞッ！」

長安は浅間山噴火の知らせが入ると、権太に出かける支度を命じた。

関東代官頭にとって、富士山と浅間山の噴火は、必ず、重大なことになる予感があるのだ。

火山灰で二年も不作になれば年貢は激減する。それだけではない。田畑を捨てて江戸に流れて来る百姓や浮浪者が激増する。

それでなくても江戸は新しい城下が拡大して混雑しているのだ。その人々の流入を止める手立てはない。

江戸城下はどこも人手不足となっている。

「行くぞッ！」

長安は自分の眼で浅間山の噴火を確かめようとした。

瀬女、権太、金吾、猿橋の間者に、市郎左衛門と小兵衛の六騎を連れて江戸屋敷を飛び出した。

長安一行は板橋から中山道を北上、途中で一泊して鴻巣、本庄、倉賀野と進んで安中に入った。

権太、金吾、猿橋の三人が噴火の様子を調べに散った。

安中城は越後上杉、相模北条、甲斐武田の領土争いに翻弄されて来たが、秀吉の小田原攻めで衰退した。

徳川家康の領地となり井伊直政が領主だった。

夜になって権太たち間者が戻って来ると、浅間山の噴火は、間もなくおさまるだろうとの村人の見方を長安に伝えた。

「大ごとにはならぬか？」

「はい、二年前のようなことはないだろうと見ておるようです」

「ならば、安心だ。明日はここから西に進んで密かに信濃へ入る」

「信濃から甲斐へ？」

「うむ、下諏訪から甲斐に向かい塩山に入る」

「畏まりました」

「余の動きが領主に知られては厄介なことになる。夜明け前にここを出る」

長安は信濃と甲斐を見ておこうと考えたのだ。

瀬女を抱いて寝た長安が、夜半過ぎには早々と目を覚ました。山国の三月はまだまだ寒い。

「殿、お目覚めで？」

「うむ、まだ寝ておれ……」

長安は目覚めた瀬女を残して部屋を出た。廊下に猿橋が座っていた。宿はまだ寝静まっている。そこに金吾が現れた。

「支度が整っております」

「今日中に下諏訪まで行きたいが無理か？」

「はい、馬しだいかと思いますが、精々、長久保辺りまでかと？」

　金吾も猿橋も信濃のことは詳しい。

　長安が部屋に戻って瀬女に着替えを手伝わせていると、宿の女将がそそくさと朝餉を運んで来た。

　権太が朝早いと命じておいたのだ。

　長安は朝粥を五杯も流し込んで部屋を出た。

　暗闇の街道を権太が先頭で一列になり、いつものように猿橋がしんがりを務めた。

　一行が松井田を過ぎた頃、東の空が白んで夜が明けてきた。

　この日、長安は無理をせず、長久保の手前の望月で宿を取った。宿と言うほどの大きな宿はない。

　民家が五、六十軒ほどの小さな村だ。

　翌日は下諏訪で中山道から甲州道に入って蔦木で宿を取った。甲斐は長安が隅々まで知り尽くしている土地だ。

　蔦木から塩山までは十六里（約六四キロ）余だ。

　長安一行は夕刻、暗くなってから塩山の田辺家に到着した。

佐左衛門は突然の長安来訪に大慌てで迎えた。子どもたち五人と於紋が出て来て長安に挨拶した。だいぶ太ってふくよかになった於紋は塩山の水が合うのだ。

「佐左衛門、浅間山が噴火したと言うので、安中、下諏訪と上野(こうずけ)、信濃を回って来た」

「それはご苦労なことで、何か面白いことでもございましたか?」

「いや、何もない。どこも道が悪いわ!」

「道普請はなかなか大変なことでしてはかどりません?」

「いずれ、余がやることになろうよ」

この後、長安は各街道に一里塚を設置することになる。後に一里を三十六町とし、一町を六十間とした。一間を六尺と統一、長さを整備したのが長安である。

いつものように長安は塩山で三日間休息を取って、脇街道の陣馬街道から和田(わだ)峠(とうげ)を越えて八王子に入った。

夕刻、長安は瀬女を連れて信松院に松姫を訪ねた。松姫が幼い弟子の如春尼(によしゆんに)を連れて御所水の信松庵から降りて来た。

「姫さま、ご無沙汰にございます」

「十兵衛はいつも忙しそうじゃな？」

「はい、あちらこちらと回っておりまして、本日も上野、信濃と回って来たところでございます」

「そうですか、ところで十兵衛に聞きたいことがあります。まずは寺にお入りくだされ……」

松姫に導かれて長安と瀬女が本堂に入った。

「聞きたいこととは、信長さまが焼き払われた恵林寺のことでは？」

恵林寺は武田家の菩提寺なのだ。

恵林寺で信長に焼き殺された臨済僧、快川紹喜国師は松姫の師でもあった。

夢窓疎石が開山した名刹、恵林寺はすべて焼けて、残った伽藍はない。塩山の臨済宗向嶽寺の支援で命脈を保っていた。

そこで家康は武田家旧臣の信頼を得るため、再建しようと考えたが、道半ばで江戸に移封になったのだ。

恵林寺が焼き討ちされた後に、那須の雲巌寺に逃げていた末宗瑞曷が家康に再建を願い出たのだ。

「菩提寺ゆえ、一度、お訪ねしたいものです」

「畏まりました。お参りが実現しますよう相努めまする」

「頼みます」

そうは言っても、松姫が甲斐に入ることは、まだ許されることではないのだ。武田家の再興を画策したなどと表沙汰になり、疑われれば秀吉に呼び出される可能性がある。

その松姫の生存を知っている者は少ない。

長安ら武田の旧臣や徳川家康など一部の関係者と、松姫の妹菊姫（きくひめ）が嫁いだ上杉（うえすぎ）景勝（かげかつ）などの身内だ。

あとは信玄の母方に養子に入り、後に真田家に直った真田昌幸（まさゆき）、松姫と中将信忠の間に生まれた三法師（さんぼうし）を守っている人たちぐらいなのだ。

表向きはそういうことになっている。

長安は松姫を甲斐塩山の恵林寺に連れて行くと、難しい約束をして陣屋に戻った。

この年、家康にとって重要なことが起こった。

信長と対立し、京から追放されても将軍職を手放さず、備後国鞆（びんごのくにとも）の浦（うら）に鞆幕府を開いた足利義昭は、力はないが将軍の命脈を保ってきた。

秀吉が将軍になるため、義昭の養子になりたいと言っても拒否、やむを得ず秀吉は近衛前久の猶子になった経緯がある。

征夷大将軍は令外官だが定員は一人なのだ。

義昭が征夷大将軍でいる間は、信長も秀吉も将軍にはなれなかった。

何も悪いことをしていない義昭に朝廷は辞任勧告などしない。という建前で信長と秀吉の将軍宣下と幕府を拒否してきた。

その義昭が信長の死後五年たつと、九州に向かう秀吉と話し合って十月に京へ戻った。既に、関白に就任していた秀吉は将軍に興味はなかった。

その義昭は翌天正十六年（一五八八）正月十三日に将軍職を辞任した。

ここで将軍位が空席になった。

ところがその足利将軍だった義昭がこの年の八月に六十一歳で亡くなった。後継者がなく足利宗家はここに終焉を迎える。

将軍位が空席ということは秀頼将軍もあり得るのだ。

秀吉が秀頼将軍、秀次関白を考えなかったか、その逆でもいい。秀頼は五歳だが、近衛前久は七歳で中納言、十歳で大納言、十二歳で内大臣になっている。

太閤秀吉の子であればその上を行けるはずだ。

豊臣家の致命傷になったのは、秀吉の実弟で大和大納言の小一郎秀長の死去だった。

徳川家康に「小一郎秀長殿が存命であれば、余は征夷大将軍など望まなかった」と言わしめた徳の高い大人物だったのだ。

その小一郎秀長は天正十九年（一五九一）一月に五十二歳で亡くなっていた。

もし秀長が生きていれば、朝鮮出兵も関白秀次の死も、豊臣家の滅亡も家康の将軍もなかった可能性が高いのである。

「公儀のことは宰相に、内々の儀は宗易に……」

宰相は秀長のことで、表向きのことは自分でいいが、内々の話は利休に話しなさい。と秀吉が重用する茶頭の千利休を立て、役目を分けるような男だった。

歴史は非情だ。

慶長三年春、醍醐の花見を秀頼と楽しんだ時代の寵児、太閤秀吉が八月に六十二歳で死去した。

六歳の秀頼を頼むと家康に言い残して……。

秀吉が亡くなると家康はすぐ朝鮮から全軍引き上げを断行。

大軍が続々と帰還すると豊臣家は大混乱になった。秀吉と妻のお寧が育てた豊臣家子飼いの武将たちが喧嘩を始めたのだ。

石田三成に加藤清正や福島正則らが反発、大坂と伏見が大混乱になった。

悪いことは重なるもので、秀吉の死後一年も経たぬ翌慶長四年（一五九九）三月、豊臣家の最後の重鎮前田利家が亡くなった。

豊臣家臣団を抑えられる者がいなくなった。

三成を討ち取ろうと加藤、福島、細川、黒田など七将が立ち上がり、危険を察知して大坂を脱出した三成は伏見に逃げた。

伏見には秀吉の遺言で家康がいる。家康と三成は不仲だったが、その家康の懐に三成は飛び込んだ。

三成らしい奇策だが、その三成は天才だが全く人望がなかった。

家康は三成から奉行職を取り上げ、佐和山城に蟄居を命じて、騒動は一段落したが、豊臣家の大混乱は家康に隙を見せることになった。

こうなると、家康のしたい放題である。

官位官職が高く、内大臣の家康は領地も大きい二百五十万石で、秀吉の二百二十万石をしのいでいた。

結局、豊臣政権が真っ二つに割れた。

天下を狙う徳川家康と、その家康と対抗しようとする石田三成や上杉景勝や毛(もう)利(り)輝元(てるもと)たちだ。

三成十九万石、景勝百二十万石、輝元百二十万石で、兵力的には三人まとめてようやく家康に対抗できるのだ。

この年、長安は八王子五百人同心を千人同心に増員して、警備を強固にしたいと家康に具申した。

風雲急を告げる時だけに、家康は長安の考えを受け入れて、千人同心にすることを許した。

ここに武田旧臣だけの十組各百人の同心集団ができ上がった。

松姫と長安は貧しい武田旧臣の、下級武士たちの苦しい生活を気にしていたのだ。

秀吉と利家の死によって天下の様相が激変した。

その中心に家康がいる。家康は秀吉が禁じた大名間の婚姻を積極的に進め、敵と味方を鮮明にしていった。

家康と本多正信は無類の謀略好きで、ことに正信は天下の大権を家康のものにしようと腐心している。

その為であればどんな謀略も使う。それが容赦しない正信の正体だった。そのため、同族の本多忠勝から「人でない！」と嫌われている。

「上さま、こうなっては一戦交えるしか方策はござらぬと存ずるが、お考えやいかに、お漏らしいただければ有難く？」

正信は家康と二人だけになると、時々、豊臣方と雌雄を決する積極的な戦いのことを口にした。

「そなたは口を開けば三成との決戦を口にするが、あの男は容易な敵ではないぞ。あの男は高慢ゆえ人望はないが、大坂城の秀頼を旗印にすれば、豊臣恩顧の大名はまとまる。余の味方など数えるほどしかおるまいが？」

家康は三成の天才ぶりを理解している。

その三成は高みからものを言う癖があって、それでも信頼する者は味方に、嫌う者は敵にと色が分かれていた。

家康が警戒するのは三成の頭脳と、秀頼の権威と、秀吉が残した莫大な黄金が結びつくことだ。

「太閤が残した遺産金は七十万枚と言われているが、余はもっと多いのではないかと見ておる。その軍資金が三成の手に入ったら、余が勝てるとは限らぬぞ。大坂は二十万以上の大軍を集める実力がある。余は精々六、七万と言ったところだ。戦が長引いたら余の負けじゃ。一撃で三成を仕留めなければならないのだ！」

　黄金十枚が百両で七十万枚は七百万両になる。

「そのような策がありましょうか？」

「ある。時と場所、それに敵の勢力を二つに割る謀略だ……」

「敵の勢力を割るとは、寝返り？」

「それもある。それ以外にも豊臣恩顧の大名を余の味方にする。どうしても三成が嫌だと言う大名が少なくない。例えば、黒田長政。あやつは、太閤が亡くなるとすぐ蜂須賀の娘お糸を離別し、余の養女栄姫を正室に迎えおった。変わり身の早さは天下一だ。あれは大名の切り崩しに使えるぞ……」

「黒田長政ですか、ダミアンとか言うキリシタンだが、太閤のバテレン追放令で棄教しました。高山右近のように骨がない？」

「目先が利くこざかしい男よ、あれは使える……」

「親父の如水も？」

「長政が動けば、子ども可愛さに如水も動く……」

「なるほど、他には？」

「北の伊達だ。政宗は野心家で油断できないが、余の味方になる男だ。他にも何人かいる。気を付けねばならぬ三成の味方は、大谷吉継、上杉景勝、真田昌幸、この三人はここが他の大名とは違う」

　そう言って家康が自分の頭を突っついた。三人は頭が良いと言うのだ。

「三成と真田昌幸の妻が、姉妹と聞きましたが？」

「昌幸は信玄が身内の養子に入れたほどの男だ。三成より切れる。戦の仕様を知っている。余が敗れるとすればあの男だ。上田の戦いで余の軍は一度負けておるでな……」

「あれはひどい戦いでした。虎の子の七千人を投入して、二千の真田軍に千五百人もの犠牲を強いられました……」

「うむ、あの男は謀略では余より上だ。戦いたくない奴よ」

「確か、信玄殿が喜兵衛を、信長さまと戦わせてみたいと、言ったとか、言わなかったとか？」

　この喜兵衛というのは、昌幸が信玄の母方である武藤家に養子に入った時の名だ。長篠の戦で兄の信綱と昌輝が戦死したため、武藤家から真田家に戻り、名を喜兵衛から昌幸と改めたのだ。

「戦えば右府さまが負けていたかも知れぬ。負けないまでも、五分に持って行くのは容易でない。勝頼とは考え方がまるで違う男だ」

　正信は驚いて家康の話を聞いていた。

　家康の真田評が、信長に昌幸が勝つと驚くほど高いのだ。

　話を聞きながら、家康が真田昌幸の嫡男信之に、なぜ、徳川一のじゃじゃ馬姫である本多忠勝の娘を嫁がせたのか理解した。

　稲姫こと小松姫は鎧を着て戦に出ようとするほど気性が激しく、四天王本多忠勝の娘で才色兼備だった。小松姫は後に舅の昌幸を翻弄する。

「それで稲殿を信之に？」

「今頃分かったか、昌幸の動きを止める策だ。平八郎も真田の六文銭の恐ろしさを知っていて、それで大切なお稲を嫁に出したのだよ……」

「上杉はいかが？」

「景勝は上杉謙信の甥ゆえ頭脳明晰、何を考えているか分からぬ男だ。太閤は余と伊達の間の会津に百二十万石で見張りに入れた。景勝には直江兼続と言う切れ者がいるのが気になる」

「景勝殿の正室は伏見の屋敷におられます、確か、信玄の娘菊姫？」

「うむ、江戸城の見性院、八王子の信松尼の妹だ」

「病弱と聞いておりますが？」

正信は二代目服部半蔵正成が五年前に亡くなり、その子三代目半蔵正就たちが、隠密に集めて来る情報を握っている。

「菊姫は臨済宗妙心寺の大住持南化玄興禅師に帰依しておるそうだ」

家康は江戸城の見性院のこともあり、菊姫のことをよく知っていた。病弱な菊姫は、寒い越後ではなく伏見の上杉屋敷で、直江兼続の正室お船と静かに暮らしていた。

「南化大住持とは例の？」

「そうだ。恵林寺の快川紹喜国師の弟子で、妙心寺の歴代の中で最も若くして大住持に就任したと言われる大秀才だ。何度か太閤のところで会ったが、この大住持は尋常でない。恐ろしく切れる。臨済宗は修行が厳しいからか、切れ者が育つのかもしれぬな」

「上さまのお傍にも臨済僧の三要元佶さまがおられますが？」

「その佶長老の師が南化大住持よ……」

家康の軍師とも言える南光坊天海と三要元佶は、家康の傍にいて参謀の役目を務めている。

本多正信を入れて三人が家康の軍師、参謀と言えた。

南光坊天海は天台宗の僧で、信長の比叡山焼き討ちの時、随風という名で武田信玄の甲斐に逃げて来た。

今は家康の傍にいて従軍僧として戦いにも出る覚悟をしている。

三要元佶は佶長老とも言い、臨済僧で足利学校の庠主「校長」だった。兵学、易経、薬草学など万巻の書に通じた秀才だ。

家康の傍にいて体のために薬草学を伝授したり、易の占筮を行うなどして家康に信頼されていた。天海と同じように戦場にも出た。

後の徳川幕府で初代寺社奉行になる。

足利学校は相模北条家に庇護されていた。

三千人もの学僧を抱えていたが、その北条家が滅んだため、庠主の元佶は新領主徳川家康に庇護を求めたのだ。

家康は元佶の優れた才能を見抜き、軍師、参謀として傍に置いた。

太閤秀吉も多くの臨済僧を傍に置いた。南化玄興、西笑承兌、古渓宗陳、春屋宗園、玄圃霊三、藤原惺窩、景轍玄蘇、千利休などだ。

乱世の大名はほとんどが臨済僧を傍に置いた。今川義元の太原雪斎、武田信玄の希菴玄密と快川紹喜、織田信長の沢彦宗恩、島津義久の文之玄昌、毛利輝元の安国寺恵瓊、長宗我部元親の真西堂如淵、伊達政宗の虎哉宗乙、関白秀次の虎岩玄隆、上杉謙信は自ら宗心と言う臨済僧だった。

家康は信長老や天海の他に、西笑承兌や金地院崇伝なども傍に置くようになる。

臨済宗は畳一枚の修行を大切に、漢籍から和歌に至るまで学んだ。その博学を多くの戦国大名が必要とした。

多くの博学を育てていたのが足利学校の三要元佶だった。臨済宗の寺院は僧兵を抱えて武家と対立したりはしない。

比叡山延暦寺は多くの僧兵を抱え、寺領のために信長と戦って焼き払われた。根来寺などは寺領七十万石以上、僧兵二万人を抱えていた。

高野山も信長と対峙した時、六万人からの豪族や信徒の一揆を支度したのだ。臨済宗の京都五山や鎌倉五山はそれをしなかった。畳一枚を禅の道場として起居し修行三昧の日々を過ごす。

その博学と善知識を戦に忙しい大名たちは必要としたのである。

「上さま、南化大住持と言えば、信長さまの事件に、関わりがあると聞いたことがありますが？」

「本能寺のことか？」

「はい、恵林寺で南化大住持の師である快川国師を焼き殺したからとか？」

「それはな、信玄公にも言えることなのだ。死病を抱えていることを知られ、信玄公は秋山虎繁に命じ希菴玄密を東美濃の岩村城下で暗殺した。その頃、余は三方ケ原で信玄公と戦っておった。その暗殺後、四カ月で信玄公は亡くなった。右府さまは恵林寺を焼き払って快川紹喜を焼き殺した。その後、二カ月で右府さまも本能寺で亡くなったのだ」

家康はそう言う噂まで知っている。

正信はうなずきながらそんな家康の話を黙って聞いている。

「希菴玄密と快川紹喜は臨済宗の二大徳と言われる大知識じゃ。そこに南化大住持がかかわっていてもおかしくない。臨済僧を殺すと祟る(たた)と言うでな。太閤も利休の事件の折、祟りを恐れて臨済宗大徳寺(だいとくじ)を焼き払えなかった」

「確か、三成が慌てて大徳寺に飛んで行って止めたとか？」

「あの時は聚楽第が大混乱であったわ……」

「さようでした」

秀吉の欲しい茶器を利休が大徳寺に隠したと騒ぎになった。

「ところで殿、大谷吉継の方はどのように？」

「吉継か、あの男は良い。太閤の落し胤(だね)かも知れぬとの噂がある。そうあれかしと願う者たちが多いと言うことだ。人となりは抜群に良い。知勇を備えた武将だな。ただ、今は病(やまい)に苦しんでおる。それでも戦場に出れば鬼神をも蹴散らす男だ」

「なるほど……」

この後、家康は正信と図って、大谷吉継に十五万石の加増をすると約束し、味方に引き入れようとする。

その吉継は三成との友情を重んじ、家康に寝返ることなく関ケ原で命を散らすことになる。

家康にとっては戦いで決着がつくなら、それほど望ましいことはない。

しかし、万に一つ、大坂の秀頼が鎧を着て、太閤の黄金の千成瓢簞(せんなりびょうたん)を立てた時、それに勝つ自信が家康にはなかった。

だからと言って、手をこまねいて見ている家康でも正信でもない。

家康の考えた策は単純だった。

策は単純であればあるほど良い。複雑な謀略は見破られやすく、間違いや故障が起きやすいのだ。

家康は正月に上洛して秀頼に挨拶するよう上杉景勝に要請する。上洛すれば、内大臣の家康にも挨拶があってしかるべきだ。

もし、上洛しなければ、謀反の企(たくら)みありと言い立てて上杉討伐を考える。ここで大名の色分けができる。

家康も伏見を離れて会津に向かえば、江戸城に帰る大義名分ができる。

勝手に江戸城に帰れば家康こそ謀反の企てありと言われる。だが、会津に向かうとなれば、江戸城はその途中にあるだけだ。

堂々と江戸城に帰還できるのだ。そして、大坂と江戸で対峙することになる。

やがて、その謀略が実行された。

第三章　アマルガム

一、歌舞伎踊り

上杉景勝を大坂、伏見に引きずり出す策が動き出した。

慶長五年（一六〇〇）正月の挨拶に上洛するようにとの、家康の誘いに上杉景勝は応じなかった。

この頃既に、石田三成と上杉景勝は気脈を通じ合っていた。景勝の重臣直江兼続が動いていたのだ。

二月になると越後領主堀秀治が、会津の上杉景勝が武備を整え、謀反の疑いがあると訴えた。

五大老筆頭の家康は問罪使として、伊奈昭綱を会津に差し向け、堀秀治の訴えの真偽を糾した。

三月になると上杉景勝の重臣藤田信吉が、会津を出奔して江戸に現れ、景勝に叛意があると訴えた。

この事態で情勢が急に暗転した。

家康は西笑承兌に景勝の上洛を促す手紙を書かせ、再び、伊奈昭綱を会津に派遣して弁明するよう要請した。上杉景勝も豊臣政権の五大老の一人だ。

上杉景勝と直江兼続は家康の謀略を見抜き、二人は石田三成と連携して家康の要請である上洛を拒否した。

この時、直江兼続が西笑承兌に送った手紙を直江状と言い、家康の振る舞いを非難する内容になっていた。

確かに、家康は秀吉が禁止した大名間の婚姻を積極的に進めたり、秀吉の蔵入り地である豊臣家の領地を、勝手に諸大名に加増するなど、看過できない行き過ぎた振る舞いがあった。

秀吉の禁止令に明らかに違反している。

家康の言い分は、秀吉に任されたと言うものだが、誰が見ても家康の振る舞いは少々強引に過ぎる。

もちろん、全て家康と正信が敵味方を判別するため、考え抜いて仕掛けた巧妙な謀略なのだ。

この謀略に気づき反発した直江状に、ここぞとばかりに激怒した家康は、四月に会津の上杉討伐を決定する。

これは、石田三成を戦場に引きずり出すための家康と正信の策だった。

会津討伐は大坂の秀頼に対する、上杉の謀反だとの名目である。

秀頼と家康は建前上は一体であり、それに抗(あらが)う上杉景勝は謀反人だと言う名分での戦いだ。

これでは大坂城の秀頼は動きが非常に難しい。

秀頼のために戦うのが家康の名分だから、秀頼が挙兵すれば家康を後ろから蹴飛ばすことになる。

大坂城はなかなか踏ん切りの付かない状態になった。

大坂城の真の実力者は、お袋(ふくろ)さまと呼ばれる秀頼の母茶々姫(ちゃちゃひめ)なのだ。茶々は家康から暗黙の圧力を受けていた。

秀頼が動けば豊臣家を滅ぼすと言う、脅迫に近い圧力で茶々は家康に恐怖さえ感じている。秀頼に鎧(よろい)は着せられない。

この頃、家康は大坂城の二の丸に住んでいて秀頼と同居同然だった。

秀吉は自分が死んだら茶々を抱いてもいいと言ったことがある。だが、家康は二の丸に移って来ても茶々を抱かない。

それは秀吉が仕掛けた秀頼安泰の、最期の仕掛けだと家康は分かっていたからだ。

その頃、佐和山城に蟄居(ちっきょ)している石田三成は、上杉と連絡を取り合い、家康と戦う時の旗印は黄金の千成瓢簞(せんなりびょうたん)と秀頼だと考えていた。

秀頼が鎧を着て大坂城の庭に布陣、千成瓢簞を立てるだけで、そこにいるのは秀頼ではなく太閤(たいこう)秀吉なのだ。

豊臣恩顧の諸大名が馳(は)せ参じると三成は考えていた。

秀頼が立てばそれは間違いない。

その三成の誤算は大坂城の主が秀頼ではなく茶々だと言うことだ。

秀頼大切だけで戦いのしようも知らず、戦略も分かっていない総大将だ。

わがままに育った茶々の、その時々の感情だけでは戦いはできない。三成は秀吉の妻北政所(きたのまんどころ)お寧(ね)を愛し、育てられてきたので茶々とも親しかった。

その茶々の心の動きを三成は読み切れていない。天才によくありがちな人の心を理解しない、理解できないという欠点だ。

五月中に江戸へ帰還する支度を整えた家康は、六月二日に関東と周辺の諸大名に会津征伐の陣触れを発した。

「上さま、いよいよでございますな？」

「正信、佐和山(さわやま)の動きはどうなっている？」

「半蔵(はんぞう)たちが佐和山城の動きを捕捉しております」

「この戦いは三成を一撃で倒すことだ。長引いては余が不利になる。大坂城の秀頼が動き出したら手の打ちようがなくなる」

「千成瓢簞が出てくるでしょうか。佐和山からあちこちに書状が飛んでおります。間違いなく、三成は動きますが……」

「余が江戸に行けば三成が挙兵する。東と西の睨(にら)み合いだな？」

「御意、東西の決戦になりましょう」

「決戦の場所は？」

「尾張か、美濃か？」

「治部(じぶ)（三成）が尾張まで出て来るか？」

「清洲(きよす)城か岐阜(ぎふ)城が布陣の前線になるかと、ただ清洲城は福島正則(まさのり)の城……」

「それなら、三成の地の利は岐阜だろう」

「岐阜城には織田宗家、岐阜中納言秀信さまがおられます？」

「太閤に苦しめられた岐阜中納言は、会津征伐に向かうことになっているが、中納言は景勝の甥だとの噂があるから、どう振る舞うかだな？」

「御意、それに岐阜城は攻め難い山城ですから……」

三法師こと岐阜中納言は、景勝の正室菊姫が三法師の母松姫の妹になるため、中納言は景勝の甥になるというのだ。

「三成が挙兵すれば江戸から反転して西上する？」

「そうなる」

「後ろに上杉景勝がおります。三成と景勝に挟まれますが？」

「上杉には伊達と最上が襲い掛かる。上杉は決して西には動けない。その前に三成に味方する西国の武将を割っておくことだ。まとまると厄介だぞ……」

「抜かりはございません」

　家康は既に伊達政宗と密約を結んでいた。

　正信は三成に反発して襲撃騒ぎを起こした加藤清正、藤堂高虎、細川忠興、黒田長政などと、西国の吉川、小早川などを抱き込んでいる。

「こう言う時は十兵衛が当てになる。大坂城の七百万両には及ばないが、江戸城に百万両を超える軍資金を蓄えおった。三成と一戦交えるには充分な軍資金だ。十兵衛は余が思っている以上のことをやりおる。あのような者があと二人もいれば、たちまち天下が取れるのだが……」

家康があまり長安を褒めると正信は年甲斐もなく嫉妬する。

それは、政敵である本多一族と大久保一族が不仲で、熾烈な主導権争いをしていたからだ。徳川家も決して一枚岩ではないのだ。

やがてこの抗争が火を噴くことになる。

「上さま、十六日に出陣で？」

「うむ、予定通りだ。全軍で江戸に帰還する。急ぐ旅ではないぞ」

「畏まりました」

六月六日、家康は大坂城二の丸で会津征伐の評定を行った。家康の動きを近江佐和山城の石田三成が見ている。

三成も着々と挙兵の支度を整えていた。狸の家康と天才三成が天下の大権をめぐって激突する戦いに向かっている。

六月八日、後陽成天皇が家康に晒布百反を下賜した。家康は内大臣である。内大臣の出陣を祝っての下賜だ。

六月十五日、大坂城の秀頼から家康に黄金二万両と米二万石が与えられた。家康は秀頼の五大老の筆頭である。

名目上は秀頼に代わって家康が出陣するのだ。

翌六月十六日、家康は大坂城から出陣して伏見に向かった。

六月十八日に伏見城を発った家康は東海道を東へ向かう。伏見城の留守居には鳥居元忠を置いた。

三成が挙兵すればいち早く攻められるだろう城である。

十六日、大坂城から伏見城に来た家康は、その夜、鳥居元忠と二人だけで酒を酌み交わした。

「彦右衛門、余は見ての通り手勢が不足でな、そなたには三千人ばかりしか置いてゆけぬ。苦労をかける……」

元忠は家康が今川の人質だった頃からの側近だ。家康がまだ竹千代と呼ばれていた頃からである。

「上さま、この先、上さまが天下を取る時は一人でも多い家臣が必要になります。この城が大軍に包囲された時は、城を焼き払い討死するしかございません。

多くの家臣をこの城に残すことは無駄にございます。なにとぞ、一人でも多くの家臣を連れて城を出ていただき、江戸城にご帰還くださるよう願い上げまする」

「彦右衛門、相すまぬ」

「何の、今川での日々など、それがしには身に余る楽しい日々でございました。ここに死に場所を与えていただき感謝いたしております」

「余は必ず天下をとる考えだ！」

「そのお言葉をお聞きしこの老骨、死に甲斐があると言うものでございまする。天下安寧のため、徳川家のため死んで行けまする」

「彦右衛門、飲め……」

家康は股肱の老臣に何度も酌をした。別れの酒だ。家康も元忠も伏見城の重要さは分かっている。

三成が挙兵すれば、まず血祭りにあげられるのがこの伏見城なのだ。

「彦右衛門、余は江戸に幕府を開くぞ！」

「江戸に？」

「うむ、江戸は海に近く、水が豊かで米もよくとれる」

「なるほど、東のみやこになりまするか？」

「京や大坂より大きくする」

「何と、豪儀なことで……」

元忠が嬉しそうにニッと笑った。

家康は心に秘密にしていることを全て元忠に話した。家康は五十八歳、元忠は六十二歳で、互いに心の中を知り尽くしている。

「ご武運を……」

「うむ！」

家康は西国の徳川軍を率いて伏見城から離れた。城門まで出て鳥居元忠が家康と永（なが）の別れをした。

徳川軍は急がなかった。

家康が見ているのは佐和山城の石田三成である。

六月二十三日、東に向かう家康は浜松（はままつ）に宿営した。

二十四日には島田（しまだ）、二十五日に駿府（すんぷ）、二十六日に三島（みしま）、箱根（はこね）を越えて二十七日に小田原（おだわら）、二十八日に藤沢（ふじさわ）に到着した。

家康は東海道を離れて、二十九日に鎌倉鶴岡八幡宮（かまくらつるがおかはちまんぐう）に赴き参拝。厳しい戦いを見すえ戦勝祈願をした。

七月二日に家康は江戸城に帰還した。

長安は江戸の西の六郷（ろくごう）まで家康を迎えに出た。

この日、西国では備前（びぜん）宰相宇喜多秀家（うきたひでいえ）が、豊国（とよくに）神社に赴き家康討伐の出陣式を行っていた。西国の風雲が動き出した。

三成は大坂城から家康がいなくなると、毛利輝元（もうりてるもと）を西軍の大将に担ぎ出し、宇喜多秀家を副大将にした。

大谷吉継（おおたによしつぐ）は三成では西国はまとまらないと考え、三成を説得して毛利輝元と宇喜多秀家を前面に出したのだ。

七月十七日、ついに石田三成が挙兵した。

家康は三成の動きを待つように江戸城から動かない。長安は長期の戦いのため兵糧や武器武具の調達、軍資金など徳川軍の兵站（へいたん）を担い忙しかった。

大軍が動く場合、最も大切なのが兵站である。後方から切れ目なく、兵糧などの物資が、前線に届かないと戦いにならない。

七月十九日、家康は嫡男秀忠（ひでただ）を総大将に、大軍を会津に向けて出陣させた。家康は絶えず京と大坂の動きを気にしていた。

この日、大坂城の増田長盛（ましたながもり）から家康に書状が届いた。その内容は三成らが家康打倒の謀議をしていると言うものだった。

早くも家康が仕掛けた寝返りや裏切りが動き出している。

家康と正信は大坂を離れる前に、秀吉の養子で殺されなかったが、秀頼誕生後にいじめ抜かれた小早川秀秋、毛利本家を大切と考える吉川広家など、西の味方か東の味方なのかはっきりしない者たちに謀略を仕掛けていた。

七月二十一日、遂に家康が江戸城から会津に向かって出陣した。

その家康が下野小山にいる二十四日、伏見城の鳥居元忠から急使が到着した。

その知らせは石田三成、大谷吉継らが挙兵したというものだった。

家康が今日か明日かと待っていた知らせだ。

家康は即刻会津征伐を中止、その夜、家康と正信は黒田長政を呼んで、福島正則を反三成軍に味方するよう説得して欲しいと依頼した。

説得する条件は、大坂城の秀頼には何があっても家康は手を出さない。三成が挙兵するなど、秀頼のためにならないから討つのだと言う。

翌二十五日、小山で評定が開かれた。

西国で挙兵した三成にどう対応するかだ。

評定の結果は、反転して西国に向かい、石田三成を討ち取るべきだと言うことで一決した。

秀吉の一族でお寧に育てられたが、三成嫌いの福島正則が黒田長政の説得に応じ、家康に味方した。

そのため真田昌幸など数人を除き、評定に参加した大名がドッと反三成軍に鞍替えした。正則の裏切りが功を奏したのだ。

急遽、上杉景勝の抑えに結城秀康を残し、伊達政宗と最上義光に上杉景勝討伐を任せ、全軍が西上して三成を討伐するため動き出した。

上杉討伐が一晩で三成討伐に切り替わった。

これこそが家康の狙いだった。

徳川秀忠軍三万八千の大軍は、家康本隊とは別に中山道を西に向かい、徳川軍本隊と諸大名軍は東海道を西に進むことになった。

家康は一旦、江戸城に入り、諸大名軍が先に続々と西に向かい、福島正則の清洲城に集結する。

三成の西軍は大垣城、岐阜城、犬山城を防衛の前線にした。

この三つの城の連携はバラバラで、大垣城からは早々に逃げ出し、犬山城もいち早く東軍に寝返り、結局、福島正則や池田輝政の大軍と戦ったのは、生真面目な三法師こと岐阜中納言一人だけだった。

このことによって織田秀信は、家康によって高野山に流され、織田宗家は滅ぶことになる。

その頃、長安は伊奈忠次と秀忠の中山道軍にいた。

三万八千と言う大軍の兵糧、衣服、武器弾薬など軍事物資の全てを運ぶ任務に就いていた。

この中山道軍に榊原康政や本多正信もいた。

ところが、この秀忠の中山道軍はとんでもない事態に陥る。

秀忠が上田城に籠る真田昌幸の三千人を無視して素通りすれば、まったく問題は起こらなかった。

しかし、戦略、戦術を熟知した真田昌幸をよく知らない秀忠はだまされた。

真田昌幸の嫡男信之は東軍で秀忠に同行していた。

小山評定の時、近くの犬伏で昌幸、信之、幸村こと信繁は話し合った。昌幸は妻が三成の妻と姉妹、信繁の妻は大谷吉継の娘だった。

信之の妻小松姫は本多平八郎忠勝の娘である。

そのため、三人は犬伏で生き残りを話し合って別れた。昌幸と信繁は西軍、信之は東軍となった。

　どちらが勝っても真田家は残るという作戦だ。

　九月三日、真田昌幸の上田城に接近した徳川軍に、信之を通じて昌幸は助命嘆願をしてきた。

　昌幸の謀略とは気づかず秀忠はこれを受け入れた。ところが翌日には昌幸が態度を急変させて秀忠を挑発したのだ。

　老獪な昌幸の策略だが、知らぬふりで通過すればいいものを、若い秀忠にはそれができず大軍を頼みに戦闘状態に入った。

　三万八千の大軍でわずか三千の真田軍を踏み潰せると考えた。若い勇気は貴重だが真田昌幸は並の武将ではない。

　昌幸のことを知らな過ぎた。

　五日に信繁の砥石城に兄の信之軍を派遣して、信之が本当に家康と秀忠の味方なのかを試した。

　ところが、信繁は兄弟で戦うことを嫌い、あっさりと砥石城を信之に明け渡して上田城に引いてしまった。

　これは、真田軍の同士討ちを回避するための昌幸と信繁の作戦だった。

素通りすればいいものを、秀忠は小さな勝利に大軍ゆえの過信をした。

八日、徳川軍が上田城下の稲刈りを始めた。

これは、真田軍を上田城から引きずり出す作戦だったが狙い通り、真田軍数百が城から飛び出して来た。

そこに潜んでいた徳川軍が襲い掛かった。不意を突かれた真田軍が慌てて敗走、徳川軍が大手門まで追って行った。

「放てッ！」

隠れていた真田の鉄砲隊が一斉に徳川軍に反撃した。真田軍が逃げたのは昌幸の罠だったのだ。

徳川軍は反転して逃げようとしたが、後ろから続々と味方が押してくるため大混乱になった。

「押すなッ！」

「この野郎ッ、押すなッ、押すなッ！」

ダーンッ！

「ここから逃げろッ！」

ダッダーンッ！

城から弾丸が飛んでくる。

徳川軍の大混乱を見計らって、信繁が二百人の兵を率いて上田城を飛び出し、秀忠の本陣に向かって突進する。

鉄砲を撃ちかけながらの奇襲を仕掛けた。

「殿ッ、この馬で一旦小諸(こもろ)へッ！」

家臣が差し出す馬に飛び乗って、秀忠は危機一髪、本陣を脱出して小諸方面に逃げ出した。

危なく、秀忠は信繁に討ち取られるところだった。

その様子を本陣の後方にいる長安は見ていた。何とも危なっかしい戦いぶりだった。ところが秀忠の苦難はここからだった。

九日に秀忠は軍を一旦小諸まで引いた。

そこに家康の書状を持った使者が到着した。

その書状には「九月九日までに、美濃赤坂(みのあかさか)に着陣すべし」と言うものだった。

既にこの日が九日で、秀忠軍は美濃赤坂にいなければならないのだ。

「しまったッ！」

秀忠軍は大騒ぎになった。

「殿、ここは上田城に抑えの兵を残して、美濃赤坂に急ぐしかございませんッ！」

榊原康政の進言で眼が覚めたのか、秀忠は大慌てで取り敢(あ)えず大急ぎで西に向かうことにした。

運の悪い時は仕方のないものだ。

上田城で散々遅れただけでなく、中山道は悪天候の雨のため、あちこちで道が寸断されドロドロで、思うような行軍が全くできない。

泣きっ面(つら)に蜂(はち)だ。

遅れに遅れた秀忠は、家康と三成が対決した九月十五日の関ケ原の戦いに、大幅に遅参して参戦できなかった。

家康が仕掛けた謀略で、小早川秀秋や吉川広家が寝返り、なんとか東軍が勝ったから事なきを得た。

三万八千もの大軍を擁していながら、大切な戦いに遅参するなどとは、前代未聞の情けない出来事だった。

五日も遅れて二十日にようやく大津(おおつ)に到着した秀忠は、遅参の弁明をするべく家康に面会を求めたが、怒っている家康は面会を拒否した。

秀忠が腹でも切ってしまいそうな様子に、榊原康政や本多正信が家康と秀忠を仲介して、三日後になんとか親子の対面ができた。

関ケ原の家康と三成の戦いは、北は伊達、最上から西は四国、九州まで波及して戦われた。

家康が望んでいた野戦での一撃で、見事な勝利の決着だった。

九月二十六日に家康は大津城から淀城（よどじょう）に移った。大坂城に近付いて来た。三成を倒したことで家康の権力は絶大なものになった。

天下の実力者は徳川家康ただ一人と定まった。

二十七日、堂々と大坂城に入った家康は秀頼と茶々に会った。三成から出陣の要請があっても茶々は秀頼の出陣を許さなかった。

秀頼が鎧を着た、千成瓢箪が立ったということを聞いただけで、東軍は四分五裂して家康は江戸に逃げただろう。

大切な秀頼が殺されると怯（おび）える茶々は、女の浅知恵で三成の願いである秀頼出陣を拒否したのだ。

家康は上機嫌で秀頼と茶々に会い、図々しくも秀頼のための戦いだったと祝詞（しゅくし）を述べたのだ。家康らしい狡猾（こうかつ）さだ。

秀頼可愛やの茶々は西軍を見捨てたことで、豊臣家が風前の灯火になったと気付いていない。

家康はすぐ井伊直政、本多忠勝、榊原康政、本多正信、大久保忠隣らに命じて、論功行賞の調査を始めた。

長安は家康の命令で九月に大和代官となった。

大坂に入った長安はある考えを持って堺に向かった。関ケ原で家康が勝ったことで天下は既に家康の手にあると判断した。

長安は岩石から効率よく、金銀を取り出す新しい精錬法があると聞いたのだ。

堺で、長安はポルトガル人から効率よく金銀を取り出す、アマルガム精錬法というものを学んだのだ。

十月に長安は石見銀山検分役になった。これも家康の命令だった。

十一月には佐渡金山接収役になった。

いよいよ武田家の長安から、徳川家の長安として大きく飛躍する時がきた。

秀吉の金山銀山が次々と家康のものになり、人材不足で山に詳しい長安に全ての仕事が回ってきた。すべて兼務だ。

八王子九万石の他に莫大な役料が入るが、騎馬隊を率いて東へ西に、北へと猛烈に忙しくなった。

長安は銀山接収とアマルガム精錬法を試すため、彦坂元正と十一月に西国石見銀山に向かった。

「行くぞッ！」

五十騎の騎馬隊を率いて山陰道を一気に西に向かった。

山師たちを抑え込むのは、なかなかに骨の折れる仕事なのだ。黒川金山の善兵衛のような男ばかりなのだ。

一筋縄ではいかない荒くれたちだ。

この水銀を使う精錬法は熱を加えると水銀が蒸発、水銀中毒を起こしやすいため鉱山では、三十歳まで生きれば赤飯で祝うと言われることになる。

銀山を検分し接収することは急ぐ仕事なのだ。

長安は室戸金太夫、吉岡長三郎、尾花九郎右衛門、田辺庄右衛門、田辺市郎左衛門、瀬女、権太、金吾、猿橋、小兵衛、滝沢五郎太、野口三左衛門ら騎馬隊を引き連れて、石見銀山に入った。

まず、山師の安原伝兵衛と面会した。

長安が伝えたことは秀吉が支配していた時と何も変わらないこと。家康の直轄領となること。新しいアマルガム精錬法を試すこと。新たに間歩(まぶ)を増やすことなどだ。

長安は銀山の近くに陣屋を置いた。

この石見銀山の銀が家康の朱印船貿易を支えることになる。

新たな精錬法と、新たに釜屋(かまや)間歩や大久保(おおくぼ)間歩が開かれて、長安は大量の銀生産に成功する。

慶長六年（一六〇一）の春、長安は甲斐(かい)奉行に就任する。

喜んだのは佐左衛門(すけざえもん)と於紋(おもん)だ。於紋などは子供たちと「やった、やった……」と小躍りして喜んだ。

八月には初代石見銀山奉行就任、九月に美濃代官になった。

最早(もはや)、常人ではない。

長安は関東代官頭、大和代官、美濃代官、甲斐奉行、石見銀山奉行、佐渡金山接収役など全て兼務なのだ。

一人一役でも手に負えないのにもう言葉にならない。

これにやがて老中、勘定(かんじょう)奉行、伊豆(いず)奉行などを兼務するのだから、殺人的で家康という男はひどい男なのだ。

家康の家臣にこのように仕事のできる人材は長安一人だ。

武辺者（ぶへんしゃ）などと気取っても戦い以外、何の役にも立たない。自分の知行地さえ治められない者がいるのだ。

歴史上でもこんなに仕事を兼務した怪物はいない。

その上、家康に六千五百万両以上も蓄財させ、遺産金を抱かせるのだから江戸幕府を金で支えた怪物と言うしかない。

徳川家では異例中の異例で、長安自身が戸惑うほど次々と出世した。家康の信頼が絶大だった。

家康に大量の金銀を持って来るのだから当然だ。

長安は死にそうなほど忙しい。

東奔西走（とうほんせいそう）、あちこちに屋敷を持ち、陣屋を持って走り回った。家康の家臣で最も忙しいのが長安である。

それでいて相変わらず女好き、酒好き、酔うほどに陽気に舞う。

翌慶長七年（一六〇二）、家康は従一位に上階した。

その翌年、慶長八年（一六〇三）二月十二日に右大臣、征夷大将軍、源氏長者になり江戸に幕府を開いた。

家康が征夷大将軍になると同時に、長安は従五位下石見守に昇進した。その上で、家康の六男松平忠輝十二歳の家老に抜擢された。

最早、言語道断、笑止千万というしかない。家康はなんでも長安にやらせればいいと思っているようだ。

徳川幕府は寝ても覚めても長安、長安で大久保長安の幕府かと思われる有り様で、家康の代理人のような長安なのだ。

頭脳明晰で陽気な天才は、人情深く女が好きで酒が好き、何十人もの遊女を引き連れた行列でのし歩く。あきれ返って誰も何も言わない。

怪物長安のお通りなのだ。

好きにしてくださいというしかない。長安の昇進は止まらない。

七月には佐渡奉行兼務、十二月には幕府の勘定奉行に就任、同時に幕府の年寄老中に就任した。

徳川幕府二百六十年の中で徳川家の親藩、譜代以外で老中まで昇進したのは大久保長安ただ一人である。

信玄に育てられた猿楽師の長安は、その優れた頭脳によって、徳川幕府の屋台骨を支える人材になった。

この後、長安は家康が残すことになる遺産金六百五十万枚を、あちこちの金山や銀山、直轄領の年貢から蓄えることになる。

天下の総代官と呼ばれ、家康の金蔵の番人、家康に九千万両を抱かせた男、と言うに相応(ふさわ)しい働きをしていくことになる。

慶長九年(一六〇四)十二月、巨大地震に襲われ、関東から九州まで巨大津波が襲来、その被害は計り知れないほど甚大だった。

そんな時、痘瘡(とうそう)と麻疹(はしか)が大流行して、江戸だけでなく全国でバタバタと人々が倒れ亡くなった。

慶長十年(一六〇五)五月八日には、家康によって高野山に流罪となっていた、信長の嫡孫三法師こと織田宗家の中納言秀信が二十六歳の若さで亡くなった。信長の死後二十三年で織田宗家は滅亡した。

そんなことを知るや知らずや、長安は久しぶりに八王子(はちおうじ)陣屋に戻り、信松院(しんしょういん)の松姫(まつひめ)に挨拶に出た。

「姫さま、ご無沙汰を致しておりまする」

「何の、お忙しい身でよくおいでくだされた。見性院(けんしょういん)さまからご出世のことは聞いておりますす。何よりも嬉しいことです」

「恐れ入りまする」

「西国石見から越後の佐渡島まで差配なさるとか、幕府のお年寄、そうそう、石見守さまになられたとか、見性院さまもたいそう喜んでおられました」

「姫さまと見性院さまに喜んでいただけるのが何よりも嬉しく思います」

「苦しい時も精進なさったからじゃ」

松姫はニコニコとわがことのように喜んでいる。

「姫さまは出雲の阿国と言う名を聞いたことがございましょうか?」

「はい、確か、念仏踊りとかなさると聞きました。どのような踊りなのか?」

「そうです。歌舞伎踊りなどとも言い、賑やかで、女踊りゆえ少々なまめかしく、あちこちで評判になっております。西国で知り合いになり、江戸にも来るとの話ですので、八王子に呼んで姫さまはじめ、千人同心たちにも見せてやりたいと思ったのですが?」

「楽しそうですこと……」

「では、お許しをいただいたと言うことで?」

「お許しなどと……」

長安は松姫から阿国の歌舞伎踊りを行う許しを得た。

千人同心たちのことを考え、信松院境内でやるか、八王子陣屋でやるか考えなければならない。

もちろん、今年中に実現するか来年になるか分からない。

長安はその夜、瀬女、権太、金吾、猿橋の四騎を連れて、脇街道の陣馬街道から和田峠を越え塩山に入った。

甲斐奉行となって初めての甲斐入りである。

甲斐奉行として甲府入りする前に、佐左衛門と山師の善兵衛とだけは会っておきたかった。

もちろん、黒川金山のことである。

幕府の眼は海の向こうの佐渡金山に向かっているが、甲斐の黒川金山も充分に金を産出していた。

アマルガム精錬法で増産される金銀の一部は長安のものになる。家康の江戸城金蔵に金銀が貯まれば、長安のところにも金銀が流れ込んできた。

「権太、久しぶりの甲斐だな?」

長安が和田峠を上りきって権太に話しかけた。

「関ケ原が終わりましてからの殿の忙しさは何と申しますか、東奔西走、息つく暇がないと言うに相応しい有り様でした……」

「それがこれからも続くのだ」

「はい、覚悟はしておりまする」

「江戸に戻って、佐渡に行くことになる。佐渡から石見に船で行ければ速いのだが？」

「そのようなことができますので？」

「うむ、佐渡から能登に渡り、能登から若狭、若狭から石見と行けば近い」

「馬よりも？」

「風さえ良ければ馬の何倍も速い。ただ、海が荒れると何日も動けなくなる」

「船が沈むようなことはないので？」

「嵐でも来れば船は沈むな」

「南無八幡大菩薩、沈むようではやはり船は好きになれません……」

間者の頭領だが、権太は高いところと、船のような乗り物が苦手だった。

　その時、和田峠に巣を作っている盗賊が、バラバラと長安たちの行く手を塞いだ。松明が一本だけ燃えている。

「誰だッ、盗賊かッ？」

権太が誰何（すいか）すると、金吾と猿橋が馬を進めて長安の前に出た。

「旅のお侍、銭を置いていけッ！」

十人ばかりを従える盗賊の頭が言ったが、どことなく、気弱そうな盗賊なのだ。

「うぬらにやる銭などないッ！」

金吾が怒って怒鳴った。

「そんなことはあるまい、五人とも立派な馬に乗っておるではないか？」

「黙れッ、盗賊ッ！」

「そこの大将、頼む、わずかな銭でよいのだ……」

盗賊の頭は長安が大将だと分かるのだ。

「おのれッ、無礼者ッ！」

金吾が太刀を抜いた。

「金吾、待て！」

長安が盗賊の頭に斬りかかろうとする金吾を制して馬を前に出した。

「そなた、名は何と言う？」

「名などない！」

「そうか、余は大久保石見守長安じゃ」

「ゲッ、天下の総代官と言われる大久保さまで？」

「そうだ。その長安だ。今度、甲斐奉行になったで、真夜中のお国入りじゃ！」

「何ともはや、恐れ多いことで……」

「うむ、分かればよい。この中に余と同じ武田の旧臣だった者はおるか？」

「足軽でもいいのか？」

「足軽でも家臣は家臣だ！」

「おぬしそうだろう？」

長安の言葉に年寄りの盗賊がモゾモゾと前に出て来た。

「名は何と言う？」

「作兵衛と申します。小山田信茂さまの足軽で……」

「小山田さまならこの近くの岩殿城であったな？」

「はい、城はもうなくなりました」

「うむ、作兵衛、余の家来にならぬか？」

「殿さまの家来に。……宜しいので？」

作兵衛は信じられない顔で長安を見上げた。

「他にも、余の家来になりたい者は、作兵衛についてまいれ。猿橋、作兵衛をそなたに預ける！」

「畏まりました！」

長安が馬を進めると、腹をすかした盗賊たちがゾロゾロついてくる。結局、腹をすかして行き場がないのだ。

瀬女が時々後ろを見て気にした。

二、佐渡(さど)相川(あいかわ)金山

長安は塩山の田辺家で休息して、金吾と猿橋を残し、瀬女と権太だけを連れて黒川金山に向かった。

山国の秋は寒さが早い。

長安には久しぶりの黒川金山だ。

家康が関東に移封(いほう)され、長安が甲斐を退散して以来の入山になる。

若い日に抜擢され、信玄の命令で金山に入った頃を思い出す。黄金に群がる老若男女(ろうにゃくなんにょ)の凄(すさ)まじい迫力に圧倒された。

もたもたしていれば殴り殺されるような殺気が山々に満ちていた。人間の欲望が剝き出しになってぶつかり合う。

死人が出るような喧嘩が絶えなかった。黄金の威力は凄まじく、人間を狂気に引きずり込む魔性の輝きなのだ。

そんな荒々しい人々の命の輝きも長安は見てきた。

それは決して醜いものではない。むしろ、必死に生きようともがく命の輝きは荘厳ですらある。

女好きの長安は女だけではなく、人間そのものが好きなのだ。キラキラ輝く命が好きなのだ。

和田峠で拾った盗賊にも必死に生きようとする命の輝きを見た。

悲しいまでに生きようとする貧しい者たちを長安は愛した。遊女や盗賊に長安はそんな命の輝きと必死さを感じる。

長安一行三人が黒川に入ると、海老屋の女将が飛び出して来た。

「殿さまッ、お奉行さまッ！」

「おう、女将、生きておったか、良い女はいるか？」

「旦那好みのいい女ばかりだッ……」

「そうか。お香は江戸城におるぞ！」

「へぇーッ、それは大出世だッ……」

長安が馬を止めると女将が満面の笑みで近づいて来た。そこに善兵衛と赤牛の吉三が飛び出して来た。

「殿ッ、お奉行さまッ！」

「善兵衛、達者か？」

「へい、お陰さまで……」

「だいぶ貯まったか？」

「へい、殿さまが戻って来そうな気がして、穴倉に入り切らないほど貯めておきました」

「そうか。有難く頂戴しよう。赤牛、そなた乱暴はしていないな？」

「へーい、殿さまの言いつけを守っておりやす……」

「よし、今夜は飲もうぞ。善兵衛、女将、無礼講じゃ。金掘も女も総上げだッ、金山の女全部買ったッ、抱きたいだけ抱けッ！」

「おおーッ！」

「山中の酒を全部持って来いッ！」

「よーしッ！」

長安は金山の女郎屋を全て貸し切りにした。

酒を飲みたい者、踊りたい者、女を抱きたい者、美味（うま）いものを食いたい者など全て集まれと言う大盤振る舞いだ。

「その前に間歩（まぶ）を見たい。善兵衛、案内せい！」

山は既に長安の兵が入って接収されている。長安は関ケ原で家康が勝利すると、間をおかずに黒川金山を抑えたのだ。

「善兵衛、どれほど掘り出している？」

「殿がいなくなってからは、徐々に産出を減らし、今は三十貫目ほどにございます」

「お館さまの時の半分以下か？」

「へい、山が枯れては一大事でして……」

「うむ、余は佐渡奉行でもある。雪が降る前に佐渡に行くが、万一の時はみなを佐渡に移らせてやる」

「有り難いことで……」

金山に入って長安は最も金を出している間歩に入った。鉱脈に枯れるような気配はまだない。

「善兵衛、大丈夫そうだな？」

「今のところは心配しておりません」

長安は三つの間歩を点検して山を下りた。長安は一睨みで山の様子が分かる。

長安が甲斐奉行になって再び黒川金山は活気づき、信玄の最盛期に近い百貫目を産出するようになる。

「無礼講だ。山にありったけの酒と肴を集めろッ！」

「女はどうしたッ！」

長安の命令で山を上げての大宴会が始まった。

瀬女と権太の父娘はあきれて陣屋で寝てしまった。

海老屋の大広間が本陣で、長安は酔うほどに舞い、舞うほどに酔う。あちこちの女郎屋から続々と金掘や女たちが長安に挨拶に来る。

人の出入りが入り乱れて海老屋が崩れ落ちそうに揺れる。

女を担いで歩く金掘、金掘にぶら下がって奇声を発する女、海老屋の前の通りは大混雑になった。

広間で飲み倒れた者は廊下に引きずり出され、道端に放り出される。中には庭に捨てられても抱き合っている金掘と女がいた。

表通りに引きずられて捨てられる金掘が続出した。

「赤牛、飲み腐れた金掘と女を山の穴に捨てて来い！」

「へーい……」

収拾困難な大宴会になった。

みな、長安が山に帰って来たことが嬉しいのだ。長安ほど山の者たちの気持ちの分かる武家はいないと思っている。

「女将、飲め！」

「殿さま、酔ってしまっては……」

「女将、江戸に出ろ、江戸は女が足りなくて困っておる。女がいないと男は殺気立っていかん。江戸は喧嘩ばかりでむさ苦しいわ！」

「さようで、女を五百人も集めて行けば大儲(おおもう)けができる？」

「業突(ごうつ)く張(ば)りな女め、まだ儲けたいか？」

「女が一人で生きて行くには、何が何でも銭、そうでしょう殿さま？」

「ふん、女将を抱く男はいないのか？」

「ええ、殿さまが抱いてくだされば……」

「そうか、余に抱かれたいか、よし、裸になれ、ここで抱いてやる！」

長安が女将の着物をつかんで引きずり込んだ。

悲鳴を上げて、女将は逃げようとするが、善兵衛や赤牛、金掘たちが捕まえて逃がさない。あっと言う間に女将は着物をはぎ取られ丸裸にされた。

そこにたくましい裸の赤牛がのしかかって行った。女将がギャァギャァ騒いでもどうにもならない。

長安は知らぬふりで酒を飲んでいる。

赤牛のことが終わると女将が半死半生で大広間をなんとか逃げ出した。このことが切欠（きっかけ）で女将と赤牛が夫婦になる。

大乱痴気が終わったのは明け方だった。

長安が陣屋に戻ると寝所に瀬女が寝ていた。長安が横になって瀬女を抱いた。

「お帰りなさいませ……」

「目を覚ましたか？」

「お帰りをお待ちしておりました」

「そうか、余は少し寝る」

そう言って長安は一刻半（約三時間）ほど仮眠を取った。

六十一歳になって、この頃は少し酒が弱くなったと思う。だが、女にはまだ衰えを見せていない。

瀬女は慎み深い女で長安に決して無理はさせない。

目を覚ますと長安は善兵衛の屋敷に行って穴倉の黄金を確かめた。

「どれほどある？」

「数えてはおりませんが、黄金三千枚、銀がどれだけありますか、全てで五千は超えているかと思います」

「ずいぶん貯め込んだな。余にどれだけ出せる？」

「全部、お持ちになってください」

「いいのか？」

「はい、楽しみで集めたものの、こんなものが手元にあると夜も安心して眠れません。お館さまにお返ししようかと考えておったところです」

「そうか、ならば五千、遠慮なく頂戴しよう。塩山に運んで佐左衛門に渡してくれ！」

「畏まりました」

善兵衛には妻も子もいない。金山で荒くれて過ごしてきたのだ。

　長安より七つばかり年上の善兵衛は、少し寂しくなってきていた。それでも、海老屋の女将が女を薦めても、一、二度は寝るが妻にしようとはしなかった。

　長安は二日目も善兵衛の案内で金山に入った。飲んだくれた金掘たちがフラフラしながら働いている。

「あの金掘たちは危なくないか？」

「間歩に入れば、シャキッとします。金掘とはそんなもので」

「ならいいが、少し飲ませ過ぎたな？」

「殿さま、山の者たちは、殿さまが帰って来られたので嬉しいのですよ……」

「そうか？」

「夕べのはしゃぎようはそのあらわれです。他の役人ではそうはいきません。金掘たちは警戒してあのように酒を飲むことはありませんので……」

「なるほど、余は信用されているか？」

「弱い人間は誰かを頼りたいものでして……」

　善兵衛は金掘たちが長安を信頼していると言いたいのだ。そんな気持ちを長安は分かっている。

　信玄が金掘を戦に連れて行くと言えば、喜々として金掘たちは山を下りた。

どこにでも信玄について行った。そして、城の下に穴を掘り、水を止めて簡単に城を落とした。

金山の金掘たちの得意技であり自慢でもあった。

金掘とさげすまれても信玄はそう言う扱いをしなかった。過酷で長生きできない金掘たちを大切にしていたのだ。

山を検分して、その夜、長安は善兵衛の屋敷で権太と三人だけで酒を飲んだ。

「殿、佐渡の金山は大きいので？」

「うむ、大きい。今は石見銀山の方が大きいな。佐渡はこれからだ。他にも伊豆の金山、生野銀山、湯之奥金山、駿河の金山、出羽の延沢銀山などがある。余が全部差配することになる」

石見銀山、生野銀山、延沢銀山は三大銀山と呼ばれ大量の銀を産出していた。

「まだ見つかっていない金鉱脈もありますか？」

「ある。山師たちが深山幽谷に分け入って探している。金鉱脈も銀鉱脈も見つかる。出羽の延沢や秋田は優良だと聞いておる」

「全て徳川さまの直轄に？」

「そうなる。金銀は一括して管理しないと値が不安定になって、世の乱れを招くことも考えられる。金銀の値段がバラバラでは幕府の威信にかかわる」

「なるほど、それで殿さまが全部の差配をする？」

もちろん、長安一人で管理することは難しい、多くの役人が入って仕事をしているが、天下の総代官として長安が統括している。

他にも、家康の関東直轄地百五十万石も長安が差配している。

金山、銀山奉行の他に、大和代官、美濃代官、甲斐奉行、幕府の老中、勘定奉行など、多くの役職を兼務している。

八面六臂（はちめんろっぴ）の活躍と言っていい。

翌早暁（そうぎょう）、黒川金山を出た長安は塩山の田辺家に入った。

長安には江戸に七人の息子がいた。

既に、石川康長（いしかわやすなが）や池田輝政（いけだてるまさ）の娘と婚姻の話が進んでいる。於紋の五人の子どもたちは江戸とは関係なく育てられた。

「佐左衛門、金山から善兵衛が金銀五千を持って来る。これは余と善兵衛の金だ。一両金にしてどれぐらいになるか分からぬが、また預かってくれ？」

「はい、一枚の板金から二十両になりますか三十両になりますか、承知致しました。また、山の中に隠しましょう。場所を書いてお胤（たね）に預けておきます」

「先の八十五万両は八王子の信松院の地中にある。今度はどこにするか？」

「殿のお指図があればどこへなりと運びます」

長安は夜遅くまで佐左衛門と黒川金山のことを話し、佐左衛門に金山経営を任せて佐渡に向かうことになった。

早朝、塩山を出た長安は瀬女と権太の三騎で江戸に向かった。金吾と猿橋は和田峠の盗賊たちと江戸に向かった。

江戸に到着した長安は大行列を仕立てた。

佐渡金山には関ケ原が終わった慶長五年の十一月に、佐渡金山接収役になってすぐに入ってから、毎年、長安は現れた。

初めて長安が佐渡に足を踏み入れた時、本格的な山師は三人ほどしかおらず、金や銀の本格採掘がはじまったばかりだった。

それまでは越後領で掘られてきた。

特に、二年前の慶長八年七月に佐渡奉行になってからは、佐渡金山が長安の直轄になった。

山師が開いた金山や銀山は別として、新たに開かれた金山は長安の直轄で山師と同じ権利が長安にある。

佐渡の金山が本格的に開かれたのは長安が奉行になる二年前で、黒川金山などに比べて全く新しい金山だった。

長安が本格的に佐渡金山の開発に乗り出したのだ。

やがて、最盛期の佐渡の金山、銀山は一年間で金百貫目以上、銀一万貫以上を産出することになる。

佐渡金山は黒川金山とほぼ同じ百貫目の金を産出する。信玄が開発した黒川金山がいかに優秀な金山だったかが分かる。

佐渡は金山と呼ばれるが、むしろ、莫大な銀を産出した銀山なのだ。

その金銀は江戸に運ばれ、江戸城の金蔵や金座、銀座に運ばれて貨幣になった。

「殿、支度が整いましてございます」

「総勢で何人か？」

「家臣と兵、人足で三百五十人ほどになります」

朝粥(あさがゆ)をすすっている長安に庄右衛門が報告した。傍(そば)にお稲(いね)が座っている。

「権太に渡したか？」

「はい、先ほど三千両渡しました」

お稲が答えた。長安の金蔵はお稲が管理している。そのお陰で大久保一族はお稲に頭が上がらない。

「余に小粒金の革袋を二つ出せ……」

「畏まりました」

お稲が部屋から出て行った。

お稲が管理する金蔵には金が三千貫ほど積まれている。ほとんどが一両金と小粒一分金だ。三十万両の黄金は大金である。

それは不正な金ではない。長安の正当な取り分なのだ。

他にも長安には兼務している役職に役料、扶持(ふち)、役金などがついた。

奉行であれば役料が千俵(びょう)から千五百俵、扶持が五十人扶持か百人扶持、役金が二千両から三千両がついた。

その役料、扶持、役金だけで兼務の長安の実入りは大きかった。

長安はそれ以上の仕事をした。

江戸城の金蔵に五百万両以上の金を蓄(たくわ)えている。他に、金座や銀座に多くの金銀を運び込んだ。

家康が遺産金として残す六千五百万両のほぼすべてを長安が蓄財したのだ。

それを三代将軍家光がほとんど使い果たすのだから、凄まじい。まさに浪費家の暗愚将軍というしかない。

お稲が一分金の革袋を庄右衛門に渡すと長安が部屋を出た。

「帰りは暮れになる」

そうお稲に言って歩き出した。

「庄右衛門、革袋一つ、瀬女に渡せ、一つは余の鞍に結べ……」

長安は行列を点検した。

最後尾に荷駄隊が付いている。野営のできる支度である。

「殿、殿の革袋は甲州一分金八百枚二百両、瀬女さまの革袋には慶長一分金四百枚百両にございます」

「うむ、相分かった。この時期、海が荒れねばいいがな、行ってくるぞ」

長安が馬に乗ると、先頭の金吾と猿橋が馬腹を蹴った。長安が江戸を離れた五日後に八丈島が大噴火した。

十一月には前年に続いて浅間山が大噴火する。

江戸を発った長安一行は中山道を北上した。歩きなれた街道である。宿場ごとに遊女を拾って行った。

長安は行列を七十人ばかりの遊女たちで派手やかにした。馬に乗った遊女たちはみな美しい。

本庄、松井田、追分と進んで北国街道に入った。

女たちは一分金を二つ三つもらえば喜んで元の宿場に戻って行く。女好きな長安が女たちを助けているのだ。

小諸、善光寺、野尻、高田、柏崎と北国街道を北上して出雲崎に出た。

出雲崎から船で佐渡に渡る。秋の日和に恵まれて海は静かだ。佐渡の小木に渡った長安一行は相川に向かった。

長安は鳴子銀山にあった代官所を相川に移していた。

金北山に大金鉱脈が見つかって佐渡は活気づいている。長安は相川に移した陣屋を佐渡奉行所とした。

他に、佐渡の島内五カ所に代官所を設置して、長安は一手に佐渡の全てを管理し掌握した。

佐渡で一年間に掘り出された金銀のうち、家康には金四十貫目、銀四千貫目ほどが運ばれて行く。

長安が導入したアマルガム精錬法こと水銀流し法は、金を鉱石から取り出すには実に有効だった。

　金が水銀に溶け込むことを利用した抽出方法で、全く無駄なく金を取り出す技術だ。

　相川には金掘相手の商家や遊女屋が続々と建ち始めている。

「瀬女、相川の金山が素晴らしいのは露頭掘り（ろとうぼ）りができることだぞ」

　長安は瀬女を抱きながら酒を飲んでいた。

　二人だけの静かな夜だ。こんな時は滅多にない。

「露頭掘り？」

「うむ、露天（ろてん）掘りとも言う。穴ではなく、山に金鉱脈が露出しておるのだ。そのまま掘ってしまえばいい……」

「まあ、山ごと金なのですか？」

「山が丸ごと黄金に輝いておるのだ」

「ではどこからでも見えますね」

「そうだ。山がピカピカ光っておる……」

「まあ……」

　そんなことはない。

瀬女が驚いて長安を見た。長い間、長安の傍を離れずついて来た愛妾(あいしょう)であり女間者だ。妻以上でもある。

「早い話がそう言うことだ」

「あの高い山の頂上から金を掘るのですか？」

「そうだ、もう掘り始めているから、二、三十年もすれば山が真っ二つに割れることになる。この島は金と銀でできているのかも知れぬな？」

「まあ、島が全部？」

瀬女が長安の大袈裟(おおげさ)な言い方にまた驚いた。そんなことはないのだ。瀬女が酌をすると長安がグイッと飲んだ。

瀬女が心配なのは、十年ほど前から長安が大酒すると、足の親指の付け根がはれ上がり、ひどく痛がって苦しむことだった。

医師には痛風(つうふう)と言われていた。

その激しい痛みが近頃は足首と膝にも及んでいた。だが、不思議なことにその激しい痛みは、二、三日もすれば嘘(うそ)のように消えるのだ。

長安の傍にいる瀬女は気をつけていて大酒をさせなかった。

「明日、山に行って見るか？」

「いいのですか？」

「構わぬ……」

長安は盃（さかずき）を放り出すと瀬女を抱きしめた。

何度抱いたか分からない古女房だ。西国の銀山検分にも瀬女は同行する。長安の影が瀬女なのだ。

「お休みになられますか？」

「うむ、これ以上飲むと足が痛むでな……」

「瀬女もそれを心配しております」

「持病ゆえ、だましだましだな？」

「大酒をしますと痛みが出るようですから……」

「大酒はいかんな……」

そう言って長安がニッと笑って瀬女の乳房をつかんだ。瀬女は長安を抱きかかえるように、隣室の寝所にもつれて倒れ込んだ。

翌朝、長安と瀬女は金吾と猿橋の護衛で奉行所を出た。

露頭掘りの金山を見に行くのだ。

奉行所を出た長安は東に向かった。奉行所から一里足らずの山麓に、長安は大（だい）

安寺の建立を始めていた。

長安の寺で、播州姫路から名番匠水田与左衛門を招いていた。

佐渡では金掘のことを大工といい、建物を建てる大工を番匠と呼んだ。

「与左衛門殿、来春には寺も完成しそうだな?」

「さようにございます。夏まで長引くことはござるまいかと……」

「開山には京の知恩院から信誉上人がお越しになられるとの知らせじゃ」

「それはそれは、京からわざわざお越しくださるとは、有り難いことで……」

長安は与左衛門と暫く立ち話をした。相川は平地の少ない土地柄で、長安の大安寺も山裾に建つことになった。

他にも、長安は支配地の伊豆や石見銀山にも大安寺を建立した。

長安には役料、役金の他に、支配する金山、銀山からも金銀が取り分として納められる。

八王子の九万石の知行地からも三万五千石余の米が納められた。この米が二万七千両以上になる。

知行米、役料、扶持、役金、金山銀山からの取り分などで、長安の実入りは十万両を越えていた。

天下の総代官と呼ばれる長安は、表向きは八千石の役人だが、その実力は家康の家臣では最大の、三十五万石に匹敵する大大名だったのだ。

それでいて格式は八千石でいいのだから、長安の金蔵には黄金が貯まる一方だ。

その分、黄金が遊女たちに回って行く、金は天下の回り物だ。人、物、銭が回れば回るほど天下は豊かになる。

長安一行四人は大安寺から北に向かい、川沿いに山に入って行った。

露頭掘りは相川金山の一番奥の山で始まっていた。佐渡相川金山はこの露頭掘りの周辺南北に広がって開発される。

「殿、この山は実に固い山で難儀しておりまする」

奉行所の役人が長安に言い訳をした。

「金の山はどこも固いと言うのが決まりだ。ここだけが特別固いと言うことではないぞ！」

増産を目指している長安は、役人の泣き言に耳を貸さない。金も銀も固い鉱石に含まれている。

それを手掘りで岩盤の鉱石を砕いて運び出す。

「殿、昨日、このような珍しい金塊が見つかりまして……」

　別の役人が握り拳ほどの岩に、びっしり金が張り付いたものを長安に差し出した。

「あの山からか？」

「はッ、露天掘りの大工が見つけて、届けてまいりました。これより金の張り付きが少ない石があと二つございます」

「なかなか珍しいものだな」

「宜しければお持ちになってください。残りの二つは溶かして金を取り出します」

「そうか、もらおう……」

　長安は金塊を瀬女に渡した。見た目よりずしっと重い石だ。

「この周辺の山にはまだ金鉱脈があるはずだな」

「はい、連日、山に入って探索しておりまする……」

「江戸の城下を整備するにはここの金銀が必要だ。江戸は大きくなる。そのためには人、物、銭が集まらねば困る。ここの金銀が大量に必要だ。黄金は人を呼ぶからな！」

「御意！」

「ただし、金は欲しい。だが、大工に無理をさせてはならぬ。金山の者たちは短命だと言うが、穴の中で一生の半分を過ごすのだ。そこを分かってやれ……」

「はッ、胆に銘じまする！」

「温過ぎても厳し過ぎても困る。仕事は意欲がなければはかどらぬ。そこの加減が大切なのじゃ！」

「はい、お言葉、有り難く存じまする」

長安は露頭掘りの金山を検分すると奉行所に戻った。

この長安が開いた佐渡相川金山が、金二万貫、銀六十万貫を産出して、徳川幕府二百六十年の土台を支えることになる。

三、独眼竜の娘

長安は十二月に入って、海が荒れ始めると江戸に戻ることにした。

金三十貫、銀三千貫を島から運び出す。

小木港まで運ばれた金銀は船で出雲崎に運ばれ陸揚げされる。

長安一行は小木港で海の様子を見た。波の高い海に漕ぎ出すのは危険だ。御用金を積んだ船が沈めば重大なことになる。

「金太夫、九郎右衛門、春まで島を頼むぞ！」

「はッ、ご無事で江戸にお帰りください」

「今日は海が静かだ。出雲崎に上がれば江戸まではすぐだ！」

長安は次々と港を出て行く船を見てから船に乗った。冬の北の海は風が強く荒れることが多い。

「瀬女、暫くの辛抱だ……」

長安は船が苦手な瀬女を励ました。

瀬女はこれまで何度も船に乗ったが、その度に船酔いに苦しんだ。だが、島に行くのが嫌だとは決して言わない。

瀬女は長旅でも音をあげたことがない。

江戸に戻った長安は金三十貫、銀三千貫を江戸城の金蔵に運び込んだ。

この年四月、家康は将軍職を秀忠に譲っていた。

将軍職を辞した家康は大御所と呼ばれ、その権力はまだ絶大で、豊臣秀頼を見張って京や伏見、大坂にいることがほとんどだった。

江戸には二代目将軍として秀忠がいる。

家康の傍には側近として本多正信がいた。

秀忠の傍には側近として大久保忠隣がいる。徳川家の主導権争いが密(ひそ)かに水面下で進んでいた。

本多と大久保は以前から不仲で、家康と秀忠の二元政治になったことで、両者の主導権争いが激しくなっていた。

本多正信が気にしていたのは、大久保一族の資金源とも言える大久保長安の存在であった。今や金銀を自在に動かす幕府の重鎮である。

正信は長安が大量の金銀を持っていると睨(にら)んでいた。だが、謀略家の正信でも家康の寵臣(ちょうしん)に手は出せない。

徳川家の莫大な軍資金を、長安一人で集めていることを家康と正信は知っていた。その能力は正信といえども太刀打ちできるものではなかった。

家康のために五千万両を越える金銀を、江戸城の金蔵に蓄財した長安の働きは、誰も真似(まね)できないことだ。

それを家康は高く評価していたのだ。そのことに異論を言うことは正信でも失脚する恐れがある。

今や長安の実力はそこまで大きくなってきていた。

その長安の黄金に支えられた実力と、三河以来の徳川家譜代の名門が手を組んでいるのは、正信には不愉快この上ないことなのだ。

大久保忠隣は小田原六万五千石を領している。家康から上野高崎（こうずけたかさき）十三万石への加増を打診されても、断るような頑固者でもある。

西の伏見城にいる本多正信と、東の江戸城にいる大久保忠隣は不仲で徳川家を二分していた。

大坂に豊臣家が健在で、家康しかその対応ができない以上、徳川幕府が二元政治になるのは避けられない。

長安は本多と大久保の不仲は知っていたが、そこまで深刻だとは深く考えていなかったのだ。大久保一族といっても、長安は徳川家に来て大久保になった。

それまでは土屋（つちや）だった。

大久保忠隣が寄り親になったので大久保を名乗っただけだ。

一年の半分以上を、支配地廻（まわ）りや役向きの旅で暮らしている長安には、そんな争いなど無縁だった。

大久保一族の対応はお稲に任せていた。一族のどこにどれだけの金銀が出ているのかさえ長安は知らない。
お稲は結構浪費家ではなかった。むしろ、金銀を貯め込んで喜んでいる。
お稲は結構渋くて、長安が考えているほど、一族に金銀を出していない。
それでも、正信から見れば、大久保一族は潤っているように見えるのだ。そこ
が黄金の怖いところだ。威力でもある。
長安は江戸城の金蔵にどれぐらいの貯えがあるか、いつ、どれだけ入れたか、
その詳細を必ず家康に報告していた。
その報告を家康は楽しみにしていたし、家康はケチなところがあって、どこに
どれだけの金銀や米があるのか分かっていた。
細かいところまで報告して来る律儀な長安と、それを楽しみに受け取る家康は
気が合うのだ。数字の報告は人を安心させる。
長安の女好きや大酒飲みは家康も知っている。家康も後家殺しなどと言われて
結構な女好きなのだ。
正月に江戸城の将軍に挨拶に上がると、秀忠が長安に何か言いたそうなはっき
りしない態度でいる。
怪訝に思ったが側近の忠隣からも特に話がなかった。

本丸を下がって、二の丸の見性院のところへ挨拶に行って、秀忠の不審な態度の原因が分かった。

見性院はお香たち侍女を人払いして、二人だけになって話し出した。

「十兵衛殿、実はな、将軍さまからわらわに、恐れ多くも相談があってな……」

「将軍さまから？」

「うむ、もそっと寄ってくだされ……」

二人は額がぶつかりそうになって密談を始めた。

「将軍さまが奥方さまの侍女に手を付けられたのじゃ」

「何と、あの奥方さまの？」

長安はお市の方の娘で、大坂城の茶々の妹江が秀忠の年上の妻になって、その悋気が激しいと聞いていたのだ。

女にはよくあることだ。頼朝の妻政子、尊氏の妻登子、義政の妻富子などは、天下の悪女と言われるほどの悋気持ちだった。

「その侍女が将軍さまの子を孕んでいるのじゃ。知れれば奥方さまに殺されると言うので、わらわが預かって匿っておる……」

「それは危ない。奥方さまは本当にご存じないので？」

「将軍さまの言うには、知らないと言うのだが？」

「何とも危ない話で！」

「危ないが、将軍さまに頼まれては断りもなるまいが……」

見性院が尻込みする長安を睨んだ。

「十兵衛、わらわからこの話を聞いてしまったのだから逃げられぬぞ！」

「何とも困った話で……」

金銀でなんとかなる話ではない。万一にも奥方に睨まれたらとんでもないことになるのは必定だ。

「その侍女の名はお静さまと言う。今は神田の知り合いに隠してある。そこでお産させるつもりなのだ」

見性院が長安を無視して話を進めた。

「この五月ごろには生まれる。生まれたら、八王子の信松院に預けたいのじゃ！」

「暫く、その話を松姫さまはご存じで？」

「まだ誰も知らぬ。将軍さまとお静さまとわらわだけじゃ。それと、今、そなたが知ったことになる」

話を聞いた長安も一蓮托生（いちれんたくしょう）だと見性院は言っている。

「姫さまに聞いてみないことには？」

渋る長安を見性院が睨んだ。

「そなたに説得を頼みたい！」

「それがしが姫さまを説得するので？」

「できぬか？」

見性院が乗り気でない長安に怒っている。

「上さまのお成りにございます」

お香の声がして二人が慌てて平伏した。そこに将軍秀忠が一人で入って来た。

近習（きんじゅ）は廊下に並んでいる。

「石見守、見性院から話を聞いたか？」

「はッ、只今（ただいま）、お聞きしたところでございまする」

「ならば、見性院の言うとおりにせい！」

「はッ、畏まって候……」

将軍は長安に尻を拭けと言っているのだ。

「お静には、既にお墨付（すみつ）きと脇差（わきざし）を与えてある。余の子に間違いない。見性院がどこぞに隠した。それがどこか余も知らぬ。石見守、頼んだぞ！」

「承知仕りました……」

「見性院、いいな！」

「はい、ご心配なく、お静さまもお元気にございます」

「そうか、石見守、奥は知らぬぞ！」

将軍秀忠がニヤリと笑った。

複雑な笑顔なのだ。悋気の江を出し抜いたと言う笑いであり、少々照れている笑いでもある。

将軍には江の産んだ竹千代と国松と言う男子がいた。

後の家光と忠長である。

将軍は複雑な笑顔で部屋を出て行った。

「それでは見性院さま、母子ともに、松姫さまがお預かりすると言うことで、話を進めますれば？」

「それで結構です……」

将軍直々の命令では、どんな尻でも拭かなければならない。

長安は正月早々、瀬女と金吾、猿橋の三人を連れて八王子に馬を飛ばした。

江戸から八王子までは十三里二十町（約五四・二キロ）。

早暁に屋敷を出て夕刻には信松院に到着した。

いつものように、松姫はにこやかに長安を迎え、将軍秀忠の秘事を聞いて、こころよく納得、見性院と長安の願いを聞き届けた。

どんな時でも優しい松姫なのだ。

「将軍さまもお困りでしょう」

松姫はどこまでも優しい。

将軍ではなく、十兵衛もお困りでしょうと、長安のことを言っているのだ。この秘密の子は松姫に育てられ名君になる。

二月になると、長安は伊豆奉行になった。

それまで、伊豆奉行は彦坂元正（ひこさかもとまさ）だったが、伊豆の土肥（とい）金山の金産出が芳（かんば）しくなかった。そこで家康は彦坂から長安に奉行を変えた。

土肥金山は足利幕府の直轄だった金山だが、出水の激しい山で温泉も出ることから、坑道が熱くて入れない。

金を掘るのが難しい山だった。

海が近いため金鉱脈が海の底に向かっているかも知れない。足利幕府も難儀した山だった。

　家康は長安なら新たな水抜き法と、金抽出の水銀流し法で、金を増産するはずだと考えて任命した。

　長安は全国の金山銀山の責任者となった。

　急遽、佐渡に行くのを延期して、長安は五十人ほどの行列で土肥金山に向かった。

　東海道を西に行き、箱根山を越えて三島から伊豆に入った。長安は土肥に入るとすぐ金山を検分した。

　金山や銀山は出水する山がほとんどだ。土肥金山には五カ所の間歩（まぶ）がある。中には熱い温泉の出る間歩もあった。

　長安は間歩を全て検分して、どの間歩にどのような方法を使うか検討した。

　家康が長安を伊豆奉行にしたのはその能力の高さからだ。その家康の期待に応えて長安はたちまち土肥金山を蘇（よみが）えらせた。

　金が出れば人は集まる。

　やがて、土肥金山は佐渡金山につぐ大量の金を産出する。土肥千軒と呼ばれ、その賑（にぎ）わいは佐渡を凌（しの）ぐまでになる。

ところが、この山は短命だった。土肥金山は金一万貫、銀十万貫を産出する。長安は伊豆にも大安寺を建立した。

土肥金山再生の目途をたてて、長安は甲斐に向かった。

相変わらず、遊女を五十人、三十人と連れて歩くのだ。それを瀬女は気にしない。

一行は身延山から北上して甲斐に入った。長安も瀬女も甲斐の出身者は、信玄を慕い甲斐が大好きなのだ。

だが、いつも忙しく長居はできない。

長安には江戸からの各街道の整備をするよう家康から命令が出ていた。

東海道、中山道、甲州道、奥州道など、重要な街道の里程を決めなければならないと考えた。

長安は一里ごとに目印を作ることを考え、それを一里塚とした。

そのために一里は三十六町、一町は六十間、一間は六尺と確定した。

それによって宿場と宿場の間が一里二十一町三十間（約六・三キロ）などと確定した。これは街道発展のために大きな役割を果たした。

長安が江戸に戻ると伊達政宗から屋敷に招かれた。

「石見守殿、お呼びだてして相すまぬな……」

隻眼(せきがん)だが四十歳の政宗は眼光鋭く、六十二歳の長安を押し込んで来る気迫がある。

「伊達さまにお呼びいただくなど恐悦至極(きょうえつしごく)にございまする!」

「金銀を産出する山は、やはり、佐渡金山が一番かのう?」

「金は佐渡金山と黒川金山がほぼ同じ百貫目、銀は佐渡金山と石見銀山がほぼ同じ一万貫と言ったところでしょうか。生野銀山が二千貫、出羽の延沢銀山は生野銀山より多いようです。延沢はまだ検分しておりませんので何とも……」

長安は家康と自分しか知らないことをサラッと言った。隠しても、この程度のことは政宗ほどの男なら知っていると見たのだ。

「伊豆の金山も有望だと聞いたが?」

「おそらく、佐渡と黒川につぐ金山になりましょうが、熱い間歩もありますので二年ほどはかかるかと見ております……」

「温泉か?」

「さようです……」

政宗は長安の人柄を見極めようとするかのように、時々、隻眼で長安をじっと睨んでいる。隻眼で射貫くような眼光だ。

政宗の領地である奥州は藤原秀衡以前から金が出る。

古くは砂金が大量に京へ運ばれた。長安は政宗の腹を探ろうと考えながら話した。

「ところで、石見守殿に聞きたいのだが、辰千代さまとはどのようなお方か、家老のそこもとに忌憚なく話してもらいたいのだが？」

政宗の隻眼がギラッと光った。

長安は政宗の用向きはこれだと直感した。政宗には五郎八姫と言う奇妙な名の長女がいる。その姫のことかと思う。

他に何か政宗の狙いがあるのかと長安は慎重になった。

「辰千代さまは大御所さまに嫌われて育ちました」

長安は政宗の狙いが五郎八姫との婚姻だけなのか考えた。

「嫌われた理由は単純明快、生まれた折に色黒く、目尻の吊り上がった面貌が長男三郎信康さまと酷似しておられたためとか？」

政宗は瞬きもせず長安を睨んで話を聞いている。

「辰千代さまをお産みになられた茶阿局さまの身分が低かったからと、噂する者がおりますが、それがしはやはり前者であろうと考えております」

家康の子には長男信康や次男で秀吉の養子になった結城秀康、六男松平忠輝のように顔も奇怪で性質も荒々しい子たちがいる。

その一方で、三男秀忠や四男忠吉などのように美男で温厚な子たちがいた。家康は前者を嫌い後者を寵愛した。

中でも四男松平忠吉は美男子で、諸大名が忠吉のためなら、命も惜しまぬと言うほど人望があり、勇敢で聡明な男だった。

家康の後継者と見られていたが、運の悪いことに関ケ原で重傷を負い、江戸で長く病臥している。

この政宗と長安の会見の翌年に忠吉は惜しまれながら亡くなる。

「不満を言うわけではないが、老人の愚痴と思って聞いていただきたい。六男忠輝さまは信濃川中島十二万石、九男義直さまは甲斐府中二十五万石、十男頼宣さまも常陸水戸二十五万石、末子で十一男の頼房さまでさえ、四才で常陸下妻十万石でござる」

そこまで言って長安がニヤリと笑った。

「伊達さまの姫さまはお幾つにございまするか？」

「十三じゃ」

「それは結構でございまする。忠輝さまは十五歳になられました。少々乱暴ではございますが、実に聡明にて気迫も充実しておられます」

「天下を睨める男か？」

野心家伊達政宗の本心がチラッと顔を出した。長安がまたニヤリと笑った。

「武家であれば天下を望むは当たり前のこと？」

「そうか、面白い話を聞いた！」

長安は政宗の野心に好感を持った。

やがて忠輝は五郎八姫と結婚し、政宗と長安の支援で、政宗の六十二万石を超えて七十五万石の大大名になる。

「余も酒は相当にやるが、石見守殿の酒は尋常でないと聞いたぞ」

「近頃は痛風が出ますので、だいぶ控えめにやっております」

「そうか、では控えめにやろう。酒を持てい！」

政宗が近習に命じると支度ができていたようで、すぐ、肴(さかな)と盃(さかずき)の乗った膳が運ばれて来て長安の前に据えられた。

「石見守殿、朱印船貿易は石見の銀が支えておるそうだな？」

「そのようでございます」

二人は近習の酌で酒を飲み始めた。

「余は南蛮に興味がある。信長公の天正使節のような若者を、南蛮に送り出して新しいことを学ばせたいと考えておる」

「それは誠に結構なお考えにございます」

「これからは広く海の彼方とも交易をして、国が豊かにならねば民は貧乏のままじゃ」

政宗の考えは七年後に大船を建造して、支倉常長ら百八十人をローマにまで派遣して実現する。

ところが、幕府の考えは逆で交易を絶ち鎖国に向かうことになる。

「肴を仕りましょう」

長安がフラッと立って腰の扇子を抜き、得意の大蔵流猿楽を舞い始めた。

広間には政宗と長安の他に茂庭綱元が仏頂面で座っているだけだ。近習五人ばかりが部屋の隅で長安の舞を見ている。

この後、長安は頻繁に伊達屋敷を訪ねるようになる。

危険な考えだが、長安は徳川家康より若い伊達政宗の方が、天下人に相応しいと考えるようになるのだ。

秀吉も家康も禁教令を出す中、政宗は広く国外にまで目を向け、その文化を吸収しようとするなど意欲的である。信長に似ている。

長安にそう思わせるほど政宗は魅力的な男だった。

長安が伊達屋敷を辞して戻ると、庄右衛門が大玄関で長安を迎えた。

「殿、見性院さまから使いがまいりまして、二の丸にお越し願いたいと言うことです」

「うむ、いよいよか？」

「何か？」

「何でもない。少し酔いを醒ましてからまいる」

「畏まりました。支度をしておきます」

長安が見性院に会う時は、庄右衛門が必ず絹だったり木綿だったり反物を用意する。他に百両持参する。

お香たち侍女の生活を長安が賄っていた。この日、長安は昼酒で寝てしまい登城できなかった。

江戸城の門限は早く暮れ六つ（午後六時頃）には誰も通れなくなる。

眼を覚ました長安は江戸城ではなく忠輝の松平屋敷に向かった。長安は忙しい中でも時々顔を出して忠輝の成長を見て来た。

長安が座敷に入ると忠輝は近習二人と、お竹(たけ)と言う側室とも愛妾(あいしょう)とも言える女を相手に酒を飲んでいた。

「爺(じい)、何しに来た？」

酔眼で忠輝は少し荒れている。

「昼酒とは結構なご身分で……」

「なにッ、喧嘩を売りに来たかッ？」

忠輝が怒鳴ると近習が太刀を持ってサッと逃げた。忠輝に小言を言えるのは長安しかいない。お竹が忠輝にしがみついた。

「喧嘩を買いますかな？」

「ふん、こととしだいによっては買う！」

「爺の喧嘩は高いですぞ……」

忠輝の前に長安が安座で座った。

「金掘が、偉そうに！」

「さよう、爺が怒れば辰千代さまなど一ひねりでござるよ」

「くそッ！」

忠輝は長安の実力を知っている。

外様でありながら徳川幕府の屋台骨を支えている。それが黄金だけではないと分かっていた。

「大切なお話がございます」

お竹が立とうとした。それを忠輝がはなさない。

「お竹殿……」

「は、はい……」

長安に睨まれお竹が忠輝の手を振り払って逃げて行った。

「ちッ、爺ッ、卑しい女が産んだ子は卑しいかッ？」

「そのようなことはございません」

「みながそう言っておるわッ！」

「殿、男の器量とはそのようなことでは決まりませんぞ」

忠輝を睨んだ。

「爺は六条河原(ろくじようがわら)の歌舞伎者に等しい猿楽師の子にございます。武田信玄さまに拾われて育てていただきました。今や徳川幕府の年寄老中、人は天下の総代官と呼びます。人はどこにどのように生まれたかではありませんぞ」

諭すように言う。

「どのように生きたかに価値があるのです。殿は徳川家に、大御所さまの子として生まれました、それに少々甘えておられる。ほどほどになさるお年かと思いますが?」

長安は家柄を重んじる武家とはだいぶ違う考えを持っていた。

「余が甘えているだとッ?」

「さよう、不幸を言い立てるは甘えにございます。命一つ、いかに生きるか、まずそれをお考えいただきたいと思います」

「余にどう生きろと言うのだ!」

「それは殿ご自身が考えること、爺はその手助けを致しまする」

「くそッ!」

「悔し泣きは男の甲斐性でございまする。よくよくお考えいただきますよう……」

忠輝の母茶阿局はお久と言い遠江の女だった。

夫を亡くし、お久は鋳物師の後妻になった。お久が美人だったため代官が横恋慕して、あろうことか鋳物師の夫を殺してしまう事件が起きた。

お久は三歳の於八と言う娘を連れて、夫の仇を討ってもらおうと、鷹狩に来ていた家康の前に飛び出した。

お久の直訴に家康は代官を処罰すると約束した。

ところがお久の美貌に一目惚れの家康は、後家好みで強引にお久と娘を拉致して浜松城に連れ帰り、強姦同然にお久を抱いて茶阿局と呼んで寵愛した。そこに生まれたのが忠輝だった。

お久は確かに遠江金谷の百姓の娘だった。そのことが卑しい出の女として忠輝を苦しめているのだ。

「今日の用向きは何だッ！」

「殿にご正室さまを迎えていただきたいと思い伺いました」

「余にはお竹がいる……」

「お竹殿は側室にございます。この爺には正室が一人、側室が六十人おります」

「ろ、六十人だと？」

「さよう、それでも正室は一人にございます」

「余の正室は誰だと言うのだ！」

「伊達さまの姫にございます」

「ど、独眼竜(どくがんりゅう)の娘か?」

「はい、独眼竜政宗さまの長女にて五郎八(ごろはち)姫さまと申します」

「ご、五郎八だと?」

「十三歳の聡明な姫さまにございます」

「奇妙な名だ……」

「名は尊いもの、奇妙などと言ってはなりません。またの名を五郎八(いろは)姫と申します」

「いろはか、分かった……」

「では、将軍さまに願い出て話を進めます」

「お竹は側室だな?」

「それは殿がお決めになれば宜しいこと。酒はほどほどになさいますよう、では御免……」

　長安が酔っている忠輝をジロリと睨んで座を立った。どうあがいても忠輝は長安に歯が立たない。

四、石州丁銀

長安は将軍の側近大久保忠隣を通じて、秀忠に面会を願い出た。忠輝と五郎八姫の縁組であることは忠隣に知らせてあった。

秀忠は忠輝と伊達の縁組を納得しないようだったが、秀忠はお静のことで長安に大きな借りがある。

伊達は加賀前田、薩摩島津につぐ三番目の大大名なのだ。将軍でも迂闊なことはできない。

間に長安が入っていればなおさらである。

「石見守、伊達との縁組のこと、承知したが、余の一存と言うことはできぬ。大御所さまに伺ってからの返事になる」

「承知致しました」

「見性院に会ったか？」

「これから二の丸にお伺い致しまする」

「そうか、見性院の話をよく聞いてやれ！」

そう言って将軍の主座から消えた。長安は将軍の子が生まれたと敏感に感じた。

「十兵衛殿、見性院さまに何かござるのか？」

将軍の話に不審を感じた忠隣が長安を咎めるように聞いた。

「格別なことではござらぬ。八王子の信松尼さまとのことでございまする」

「そうか、八王子の姫さまは見性院さまの妹と聞いておるが？」

「はい、誠に仲の宜しい姉妹にございます」

「それは誠に結構……」

忠隣がニコニコと部屋から出て行った。長安は二の丸に向かった。大きな江戸城本丸は間もなく完成するところまで来ていた。

「十兵衛殿、いつも気を遣っていただいて相すまぬことです」

見性院が木綿と百両の礼を言った。お香が長安の傍に座った。初音とお妙もその傍に座った。

「お香は十兵衛殿に抱いてもらいたいのかえ？」

見性院がきついことをサラッと言った。それに、うつむいたお香がコックリとうなずいたのだ。

長安が慌てた。

「どうなさる十兵衛殿？」

「お香、連れて帰るか？」

「はい……」

そう言ってお香がニッコリ笑った。そんな気はないのだ。若いお亀と木乃美は数年前に二の丸を出て嫁に行った。

お香は長安が見性院と密談に来たことを分かっていて、初音とお妙を連れて部屋から出て行った。

お香たちも将軍とお静のことは知らないのだ。

「五月七日に生まれました」

「やはりそうでしたか……」

「男児さまにございます。上さまは幸松丸と名付けられました」

長安は男が生まれたと聞いて、厄介なことになるのではないかと思った。

女であれば嫁に出せばいいが、男は新しい家を立てなければならず、大名として遇さなければならないのだ。

隠し切れなくなる。

「お静の方さまは板橋の実家に戻りたいようなのですが、そうはまいりません。幸松丸さまと八王子に行っていただきます」

お静は板橋の大工の娘だった。

奥方の侍女と言うのは嘘で、鷹狩に行った秀忠が美人のお静を見初めて手を付け、子ができたのだ。

将軍はそうも言えずに奥方の侍女と言ったのだ。

「八王子へはいつ頃をお考えですか？」

「十兵衛殿の宜しい時に……」

「それでは佐渡に行く前が宜しいかと思います。四、五日後に？」

「分かりました。そのように支度をします」

五日後、長安は急遽、駕籠を二丁用意して見性院と、幸松丸を抱いたお静の方を乗せて八王子に向かった。

この幸松丸は十二歳までは八王子信松院で育ち、元服と同時に名目上は保科正光の子になり、信濃伊那谷の高遠城に入る。

お静の方も保科正之と名乗ったわが子と高遠城に行き、やがて、保科正之は水戸の徳川光圀、岡山の池田光政と並ぶ三名君と呼ばれるようになる。

八王子から江戸に戻った長安は五十人ほどの行列を仕立てて佐渡に向かった。いつものように瀬女が一緒だ。

長安は佐渡から京に出て家康と会い、生野銀山と石見銀山を検分して甲斐に戻り、伊豆の土肥金山を見て、できれば出羽の延沢銀山まで行きたいと考えていた。

天下の総代官に休息を取るゆとりはなかった。

長安は佐渡金山を見回ってから、行列の人数を三十人まで減らして京に向かった。人数が少なければ行軍が速い。

三十人の騎馬であれば日に十七、八里（約六八～七二キロ）は行ける。急げば二十里（約八〇キロ）も可能だ。長安一行は越後から越中、越前、近江と急いで京に入った。

家康は伏見城にいた。

家康はほとんど大坂に行くことがなくなり、将軍を秀忠に譲って、将軍職は徳川家の世襲と宣言して大坂の秀頼を無視した。

天下は徳川幕府を中心に動き始めていたが、江戸城の将軍と伏見城の大御所の二元政治になっている。

「おう、十兵衛、よく来たな、石見に行くのか？」

「はッ、明日には但馬(たじま)の生野銀山に向かいまする！」

「そうか、生野はまだ開発がこれからのようだが、石見は順調のようだな？」

「はい、生野もやがて月に百三、四十貫は掘れるようになるかと存じます。石見は今現在、年五千貫ほどは大御所さまにお納めしてございます」

「うむ、伊豆の金山はどうだ？」

「春に見てまいりました。良い金山にございます。ただ、あの辺りは温泉が湧きますので、間歩(まぶ)の中にも熱湯が出ます。厄介にございます。そこに充分な手当てをしてまいりました」

「江戸の金蔵にどれほど入っている？」

長安は辺りを見回してから懐紙(かいし)を取り出し、矢立(やた)ての筆で五千四百万両と書いて家康に差し出した。

「相分かった。これからは駿府の金蔵にも入れるように……」

「畏まりました」

「江戸の将軍から問い合わせのあった件だが、あれは以前に余と政宗が約束したことだ。婚約のような形になっておるが、将軍から伊達の姫が十三と聞いて、辰千代の嫁にちょうどいいと思う。話を進めてよいぞ」

「はッ、有り難いことにございまする」

本多正信はブスッとして面白くなさそうだ。

長安と政宗が近づくことを警戒しているのだ。長安は忠輝の家老だと言う顔で知らぬふりをした。

「十兵衛、やるか？」

「有り難く頂戴致しまする」

「うむ、酒を持ってまいれ……」

家康はだいぶ太っていた。

戦がなくなり腹のあたりに脂がついたのだ。長安の酒量は落ちたが、酔うとすぐ舞うことが多い。

「大御所さま、肴を仕りまする」

長安の舞を家康は盃を置いて眺めていた。いつも、長安は酔うほどに舞い、舞うほどに酔うのだ。

酒をほどほどにして、伏見城を辞した長安は早々に瀬女を抱いて寝た。

翌朝は暗いうちに起きて三十騎で、伏見から丹波(たんば)に入り但馬生野銀山に向かう。生野銀山は平安初期の発見で、以来、時の権力者が直轄地としてきた。

信長も秀吉も直轄地にしたがあまり開発が進んでいなかった。

息の長い銀山だ。

生野銀山は鉱脈が深く広範囲だったため掘り出すのが難儀だった。

この後、長安の水抜き法などが導入され最盛期を迎えることになる。

それでも、年に二千貫ほど掘り出すのが精いっぱいだった。

古くから生野銀山は竹田城（たけだじょう）に見張られていて、竹田城の攻防は生野銀山の攻防でもあった。

長安一行は生野奉行所に十日ばかり滞在して、奉行所を出ると因幡（いなば）、伯耆（ほうき）、出雲（いずも）と西に向かい石見に入った。

佐渡からの長旅で三十騎は疲れ果てて石見銀山に到着した。長安に遊女たちを連れて歩く元気がなくなった。

石見奉行所に入った長安は何よりも先に寝所で寝た。長安は無理のできない年になっている。

若い瀬女と市郎左衛門は元気がいい。

石見銀山は鎌倉期に発見された山で、生野銀山より五百年ほど新しい山だ。採掘の最盛期を迎えていて年に五千貫の運上を出すことができた。

大森銀山、佐摩銀山と言われる石見銀山は、博多の豪商神屋宗湛の曽祖父神屋寿貞が、海上から光る山を見付けて掘ったと言う。

当初は鉱石のままで鞆ケ浦や沖泊に運ばれ、船で博多に運ばれて行った。

そこに灰吹き精錬法が導入され、大量の銀が抽出されるようになるが、鉛中毒が蔓延して三十歳まで生きるのが難しくなった。

無事、三十歳まで生きると鯛と赤飯で祝った。金山銀山はどこも鉛中毒、水銀中毒で過酷なところが多い。

長安は奉行所で体を休め、回復すると山師安原伝兵衛の案内で山を検分した。

伝兵衛は誠実な男で、家康は伝兵衛を気に入り、備中の名と、着ていた辻が花染の胴服を与えたほどだ。

銀山は厳重に警備されている。

銀を盗んだりすれば首切り場で処刑される。斬首か磔にされた罪人は千人壺と呼ばれる井戸墓地に投げ込まれる。

どこの山も金銀を産する山の警備は厳重だ。

「伝兵衛、余の間歩からも銀が出ておるようだな?」

大久保間歩と呼ばれている穴だ。

「はい、なかなかに優秀な間歩にございます」

「そのようだな、山全体で年に五千貫の運上は厳守じゃ。伏見で大御所さまに約束してまいった」

「承知致しました。それで、お帰りの際、お持ちになりますか？」

「うむ、どれほどか？」

「百五十貫目ほどは整えてございます」

伝兵衛はいつも長安の取り分を用意していた。銀百五十貫目は金ではほぼ三千両である。銀一貫目がほぼ金二十両だ。

銀は大坂を中心に西国で流通している。石州丁銀（せきしゅうちょうぎん）は一つ四十五匁（もんめ）ほどでほぼ金一両と同じだ。

金は江戸を中心に流通している。

したがって、大坂では金を銀に直して使う。逆に江戸は銀を金に直して使うことが多い。そのため、それぞれの銀相場、金相場にずれがあった。

長安と伝兵衛は間歩の中まで検分して回った。家康の海外交易を支えている重要な銀なのだ。

「余は年内に出羽の延沢銀山まで行って見るつもりだ。途中、伊豆の金山と甲斐の金山に寄ってみる」

長安はまだ幕府のものではない延沢銀山に以前から興味を持っていた。

「出羽までとなると、なかなかの長旅で？」

「石見から京に出て、江戸に戻り、奥州路を出羽に入ることになる」

「殿さまは、一年のうちほとんどを旅の空ではございませんか？」

「そう言うことだ」

長安が苦笑した。

長安は石見銀山にも十日間滞在して京に向かった。

馬を乗り潰してしまうかと心配になる長旅だ。瀬女が長安にぴったりついている。疲れて落馬でもしたら大怪我（けが）をする。

長安は帰りも伏見城に立ち寄って家康に挨拶した。

休むことなく京から近江、美濃、信濃と通って甲斐に入った。

いつ来ても甲斐は素晴らしい。

落ち着く。瀬女は水を得た魚の如（ごと）く、生き生きと馬を飛ばして行く。長安は久しぶりに府中尊躰寺（そんたいじ）に顔を出した。

信玄の父信虎（のぶとら）の開いた寺である。しばしの休息を取って三十騎は塩山に向かった。

「ずいぶんお疲れのようで？」

長安を佐左衛門が心配そうに出迎えた。

「石見銀山からじゃ」

「何と、石見銀山からとは無茶をなさる、於紋（おもん）、寝所の支度じゃ！」

長安は佐左衛門と於紋に運び込まれるように田辺家に入った。

「殿さま、あまりご無理をなさらぬように願いまする」

「分かっているが、山を見ぬと気が落ち着かぬ。山師の性（さが）じゃな」

「そうは申しましても、お体が第一にございます」

「そうじゃな、於紋、湯漬けじゃ」

長安は於紋に湯漬けを命じて佐左衛門と密談した。

「例の？」

「はッ、あの五千枚となんだかんだで二十万両に……」

「ほう、二十万？」

「金山からまた運んで来まして……」

「なるほどその二十万両だが、甲府の尊躰寺に埋めてくれ、あの寺は信虎さまの寺だ。大御所さまとの縁もある」

「畏まりました」

　この話は実現する。

　駿府で長安が亡くなると、翌年、尊躰寺に長安を供養する卵塔（らんとう）が建立される。その下に黄金二十万両は眠ることになる。

「殿、銀を持って行かれますか？」

「銀？」

「はい、二百貫ほど用意してございます」

「二百貫、実はな佐左衛門、石見から百五十貫運んで来たのじゃよ……」

「やはり、積み荷は銀でしたか？」

「その二百貫、子らのため、そなたに預けておこう」

「分かりました。金で二千両用意して、銀百貫目はお預かりいたしましょう」

「うむ、金は一両金と一分金にしてくれ」

「はい、それで黒川金山にまいりますか？」

「二、三日休んでからじゃ」

長安は湯漬けを流し込むと寝てしまった。

暑い盛りの旅は人も馬も消耗する。七月に入って猛烈に暑くなってきた。二日間塩山で休んだ長安は黒川金山に向かった。

川沿いの山の中は涼しい。

黒川金山に入ると、海老屋の女将と一緒になった、赤牛の吉三(きちざ)が目聡(めざと)く迎えに飛び出して来た。その後に女将が続いた。

「女将、吉三はいい亭主か?」

「旦那、浮気者で困っております」

「何だと、赤牛ッ、おぬしは女将を手籠めにしながらッ、ここに直れッ、手討ちにしてくれる!」

長安が馬から飛び降りた。

「殿さま、勘弁、ごめんなさい……」

土下座して謝る姿に暴れ赤牛の面影がない。

「うぬは、女将にのしかかって行ったのだったな。それで浮気をするとは不届きな!」

長安が太刀を抜いた。

「だ、旦那、亭主は小心者で、ご勘弁を……」

海老屋の女将が長安の足元にうずくまって助命を懇願した。

割(わ)れ鍋(なべ)に綴(と)じ蓋(ぶた)なのだ。なんだかんだ言いながら、女将は強姦した赤牛に惚れているのだ。

「そうか。ならば許してやるが赤牛、二度はないぞ！」

「へーい！」

そんな路上でもめているところに善兵衛が現れた。

「赤牛、だから女将を泣かせるなと、何度も言っただろ！」

善兵衛にも叱られて赤牛は散々だ。

「女将、昼酒はあるか？」

「はい、朝酒、昼酒、夜酒、どんな酒でもございます」

亭主を叱ってもらった女将は上機嫌だ。

「昼酒をくれ……」

「へーイ……」

女将は赤牛が店の女に手を出すので怒っていたのだ。にわか亭主の赤牛は、店の女に尻を振られると転がってしまう。

その度ごとに、店の女が言いふらすものだから、女将が怒って赤牛と夫婦喧嘩になるのだ。

「善兵衛、やろう……」

長安は善兵衛を相手に昼酒を始めた。瀬女、権太、金吾、市郎左衛門、猿橋は陣屋に入って休息した。

「殿、この金山から出羽の延沢銀山に移った者がおります」

「ほう、何人だ？」

「四人ばかりです……」

「佐渡には？」

「佐渡は海の向こうと言うことで今のところは……」

「土肥金山には？」

「伊豆は山が違うようで、ずいぶん熱い湯が出るとか？」

「うむ、土肥は間歩が熱い。余はここから伊豆に出て出羽の延沢まで行くつもりじゃが、伊豆は後回しにしようかと思っている……」

長安は塩山から八王子に出て江戸に入り、身軽になって出羽に向かうことを考えていた。信松院の幸松丸を見ておきたいとも考えていた。

将軍に呼ばれて幸松丸のことを聞かれた時、様子を話さなければならない。

女将の機転でまだ眠そうな女たちがゾロゾロ部屋に入って来た。赤牛が道端で長安に叱られた一件で目を覚ましたのだ。

夜の遅い女たちは昼過ぎまで寝ている。

まともに見てはいけないような素の顔の女ばかりだ。。眉がなく血の気が全くない。病なのかと心配するほどだ。

「座れ、座れ、まだ眠そうだな……」

そう言いながら長安は女を左手で抱いて口に盃を運ぶ。

「殿さま、江戸に行きたい……」

「そうか、江戸は女不足で困っておる。そなたは美人だからすぐ嫁に行けるな？」

「本当かい、殿さま、江戸に行きたいよう……」

「女将がそなたを手放すか？」

「この間、赤牛さんと寝た時、お前なんかいらないから出て行けってさ……」

「それは女将の亭主を寝取るからだろ？」

「だって、あの赤牛、凄（すご）いんだ。あれは牛じゃなくて馬なんだもの……」

「お吉(よし)、いい加減にしろよ！」

女があまりに下品なので善兵衛に叱られた。ケッケッケと奇妙に笑って、長安の腕にすがりつき股間に手を伸ばした。

「殿さま、元気ないね？」

「ああ、遊んでやってくれ……」

長安がニッと笑って盃を干した。

無礼講で長安の座敷はいつも女たちの独壇場だ。長安は決して女を叱らない。

わずかな年貢を払えず売られてきた女たちなのだ。

そんな不幸を受け入れている女が長安は可愛(かわい)いのだ。

叱る気になれない。

「殿さま、ここに入れておくれな？」

着物をはいで太ももを見せる。股間が丸見えだ。

「夕べはお茶っぴきでさ、寂しいんだ……」

「そうか、そうか、後で入れてやる」

「本当、殿さま好きだよう……」

「お吉、いい加減にしろ！」

善兵衛がまたお吉を叱った。

「悪兵衛め、殿さまはあたいのものだからな！」

悪態を言う。

「お前、夕べ、何かあったのか？」

お吉はなじみの金掘を若い女に横取りされて荒れていたのだ。山の女郎屋ではよくあるもめ事だ。

「善兵衛、お吉を叱るな。今夜、抱いてやる。そのつもりでたっぷり化粧しておけ、いいな？」

「あいよう……」

お吉は機嫌を直して長安にお酌した。

「殿さま、あたいも抱いておくれな……」

「お玉ッ！」

善兵衛が長安にもたれて甘える女を睨んだ。

「だって、姉さんが独り占めじゃずるいよ、いいでしょ殿さま？」

「うむ、お吉と一緒にまいれ、抱いてやる。善兵衛、分かっておるな？」

「はい、承知しております」

女たちに元気が出て賑やかな酒になった。

長安が夕刻まで酒を飲んで、善兵衛が海老屋の女全員に一分金の大盤振る舞いをした。それでお吉もお玉も大満足なのだ。

長安はフラッと立って奉行所に戻り、瀬女を抱いて早々に寝てしまった。

翌日は善兵衛が差し出した帳簿を見なくていいと断り、善兵衛の案内で金山の検分に山に入った。

「瀬女さま、砂金と言うものをご存じですか？」

歩きながら善兵衛が瀬女に聞いた。

「はい、以前、川で見たことがあります」

「その砂金が手に入りましたので、瀬女さまに献上したいのですが？」

善兵衛はいつも長安の傍にいる瀬女が好きなのだ。善兵衛は孫娘のように思っていた。

「砂金などは……」

「瀬女、善兵衛の気持ちじゃ。もらっておけ！」

「はい、有り難く……」

砂金入りの革袋を善兵衛が瀬女に差し出した。

「昔、ここの黒川から採れた砂金です」

「そのような大切なものを、かたじけなく存じます……」

「善兵衛、余にはないのか？」

「はい、殿さまの分まではございません」

砂金を集めるのはたいへんな労力なのだ。

長安と善兵衛は間歩を一つ一つ見て回った。中には鉱脈が細くなり、明らかに枯れると思える間歩がある。

二人は間歩の鉱脈を見ながら深刻な顔で話し合った。

五、五百年の泰平

甲州道から離れて陣馬街道に入った長安一行は和田峠に上った。

一行は石州丁銀百五十貫で金三千両分と、佐左衛門からの露一両金千両と甲州一分金千両分を持っている。

峠から恩方（おんがた）に下りた長安一行は、八王子陣屋の周辺に数千の徳川軍がいるのに驚いた。

「権太ッ！」

「はッ！」

権太と猿橋が飛び出して八王子陣屋に向かった。

長安は何事かと馬を止めて休息を命じた。

何が起きているのか長安にも分からない。瀬女と金吾が心配そうに長安の傍に寄って来た。長安は徳川軍に包囲されるような覚えはない。

四半刻（約三〇分）後、権太と猿橋が戻って来た。

「将軍さまの鷹狩にございますッ！」

そう叫んで権太と猿橋が馬から飛び降りた。

長安は事態を一瞬で理解した。将軍秀忠が鷹狩を名目に、お忍びで幸松丸とお静の方に会いに来たのだと察した。

「よし、急いで陣屋に戻る！」

長安は馬に飛び乗ると猛然と駆け出した。瀬女が後を追った。土煙をあげた一団が坂道を下って行く。

「どうッ、どうーッ！」

長安は手綱を引いて陣屋の前に馬を止めた。瀬女、金吾、権太と続々到着する。陣屋から大久保忠隣が飛び出して来た。

「十兵衛ッ！」

「おうッ！」

長安が馬から飛び降りて忠隣の傍に駆け寄った。

「石見より戻ってまいりました……」

「うむ、石見とは大儀じゃな。今日は将軍さまの鷹狩でな。近習だけを連れて信松院に向かわれた」

「では、それがしもご挨拶に……」

「うむ、よかろう」

長安は馬に飛び乗ると瀬女と金吾を連れて信松院に向かった。信松院は秀忠の近習五十人ほどに包囲されていた。

「大久保石見守長安でござる！」

馬から降りた長安が門の前で近習頭に名乗った。

「将軍さまと信松尼さまにご挨拶申し上げたい！」

近習たちが集まって来て、汚れた長安をジロジロ見回した。

「誰も通すなと言われておりまする！」

「余は八王子陣屋を預かる大久保石見守じゃ。通さぬとは不埒千万ッ！」

長安が太刀の柄を握った。

「暫くッ、誰か、石見守さまをお通しすると寺に伝えてまいれ！」

「承知ッ！」

近習一人が寺に走った。

「ご無礼仕った。お通りくださるよう……」

「うむ、忝い！」

長安は腰から大小を鞘ごと抜いて金吾に渡した。長安について瀬女が寺に入ろうとした。

「暫く、失礼ながら……」

瀬女が近習に止められた。

「余の妻である。通してもらいたい！」

近習が男装の瀬女を不思議なのか疑いの眼で見ている。

「腰のものをお預かりしたい！」

「これは失礼を……」

瀬女が慌てて大小を金吾に渡して長安を追った。そこへ寺に走った近習が戻って来た。

「本堂にお通りくださるよう……」

近習たちも長安が幕府にとっていかに重要な人物なのか分かっている。

全国の金銀を一手に握って、天下の総代官と呼ばれていることも、伏見の大御所の格別な寵臣（ちょうしん）であることも知っている。

長安と瀬女が近習に案内されて本堂に上った。

「石見守、大儀！」

「はッ！」

長安と瀬女が平伏した。

「面（おもて）を上げい、ずいぶん汚れておるのう！」

「恐れ入ります。只今（ただいま）、石見より戻ってまいりました！」

「うむ、伏見で大御所さまと会ったそうだな？」

「はッ、行きと帰りに伏見にてご挨拶申し上げました！」

「それは良かった。例の件は聞いたな？」

「勿体（もったい）なくも、大御所さまから直（じか）にお聞きしてございまする」

「ならば余から言うまでもなかろう？」

秀忠は幸松丸とお静の方に会って上機嫌なのだ。だが、将軍はそのことに触れない。

傍にお静の方が座り、幸松丸を抱いた乳母が座っている。見性院と松姫もにこやかに座っている。

「見性院と石見守には格別に世話になった。改めて礼を言う」

「勿体ないお言葉にございまする」

「余は三千の兵を連れての鷹狩じゃ。冬にまた来る！」

夏の鷹狩など珍しい。鷹狩は獲物の多い冬にするものだ。夏では兎（うさぎ）や雉（きじ）などの獲物しかいない。

忍びで幸松丸を見に来たことは明白だ。

「冬になればこの辺りは鶴や鴨（かも）などの狩場として良いところにございます」

「うむ、五日も狩りをすれば充分か？」

「御意、運びきれないほど捕れるかと存じまする」

「楽しみじゃな。それで、江戸に戻るのか？」

「はい、江戸に戻り、すぐ、出羽の延沢にまいりまする」

「出羽か？」

「はッ、出羽の延沢銀山も良い山との噂にございます」

「石見守、ここに寄れ……」

秀忠が扇子で眼の前の畳を叩いた。

「はッ、御免くださりませ……」

長安が傍に寄ると秀忠が小声で江戸城の金蔵に入っている金の量を聞いた。長安は秀忠が家康から聞いていないのだと思った。

二人は睨み合ったが長安が懐から懐紙と矢立てを出した。大御所の許しがなければ言えないことなのだ。

それは秀忠も分かっている。

長安は五千四百万両と書いて秀忠に渡した。

秀忠が驚いて長安を睨んだ。

「誠か？」

「はい、大御所さまにもそのように申し上げました」

「これから、どれほどになる？」

「それは……」

長安は暫く考えて八千万両と書いて渡した。

家康が亡くなった時、遺産金は六千五百万両と言われたが、実高は江戸と駿府で九千万両近くあったのだ。

それを三代将軍家光から浪費することになる。

湯水の如く幕府金蔵から流れ出るのだ。

そんなに黄金があるとは思っていない秀忠は、信じられないと言う顔で何度も長安を睨んだ。

本堂に緊張が走ると秀忠がニッと笑う。

「出羽までとは大儀じゃな。気をつけて行け！」

長安は将軍に挨拶が済むと寺を辞した。

その日、秀忠は八王子陣屋に戻ることなく信松院に泊まった。

忠隣は兵二千人を連れて信松院を包囲、長安も陣屋の兵と千人同心を連れて将軍の警護に当たった。

翌朝は暗いうちから動き出して大規模な鷹狩が始まった。鷹を使っての狩りははかどらず、兵を総動員しての巻き狩りになった。

熊や猪（いのしし）や鹿など山の獲物を一網打尽（いちもうだじん）にした。

何も持たずに手ぶらで江戸城には帰れない。兵たちは四足でも喜んで食べる。

山の中で獲物がさばかれて料理された。

香ばしい肉の匂いが山を包み込む。

昼過ぎ、狩りが終わって徳川軍が一斉に八王子から消えた。大量の獲物が江戸城に運ばれて行った。

長安は八王子陣屋で三日間の休息をとり、見性院と江戸に向かった。

江戸屋敷で長安はお稲に銀百五十貫、金二千両を渡すと身軽になり、新たに騎馬隊二十騎を編成した。

瀬女、権太、金吾、猿橋、小兵衛の五人は変わらない。

江戸で十日ばかり仕事をして、長安は出羽に向かった。

奥州道を北上して会津から出羽に入り米沢に到着した。関ケ原以後、会津百二十万石の上杉景勝は米沢三十万石に移封された。

知行地が激減したにもかかわらず、上杉景勝と直江兼続は家臣を解雇することなく、家臣団を全て引き連れて米沢に移った。

家臣団は百姓をしながら上杉家に奉公している。それを長安は知っていた。

北国の米沢は夏が寒ければすぐ飢饉になる。それを上杉家の家臣団は、凄まじい気迫と精進で何度も乗り切るのだ。

出羽路を北上した長安一行は六田街道をなお北上、関山街道に出て背中炙峠を越えて東の山に向かう。

やがて石見、生野と並ぶことになる延沢銀山は奥羽の山裾にある。

この頃、延沢銀山はまだ幕府のものではなかった。

延沢城主野辺沢光昌の支配下にあった。

良い山であることは分かっていたが、光昌の父野辺沢満延が秀吉に銀を献上する程度で、まだ開発された山ではなかった。

この延沢銀山が最盛期を迎えるのは二十年後、寛永五年（一六二八）幕府の天領となってからである。

長安は少人数で密かに山を見に来たのだ。

野辺沢光昌に銀山を本格的に開発する力はなかった。

長安が銀山を見た後、この山は新庄藩の戸沢政盛のものになったり、山形藩主鳥居忠政のものになったり、領主が定まらずに幕府の天領になって、ようやく本格的に開発される。

最盛期には山奥に二十万人以上の人が集まり、寺が四十八カ寺まで増えた。だが、この山は短命だった。

最盛期は七十年ほどで、突然の大崩落で閉山となる。

長安は延沢銀山が噂にたがわぬ、良い山だが開発がこれからであること、山は大きいが銀鉱脈が露天掘りではないことなどを確認して山を下りた。

この年、秋田久保田藩の佐竹義宣が、藩内の湯沢に院内銀山を発見したとの噂を長安は耳にしていた。

全く新しい山で、翌年家康に院内銀として献上されて表沙汰になる。

長安には山師たちの話として耳に入ったのだ。

発見されたばかりの新しい院内銀山に行ってみたいが、年内に江戸に戻れなくなる恐れがある。

他にも長安が見たい銀山があった。上杉景勝が会津百二十万石に入って、本格的に開発が始まった国見の半田銀山だ。景勝は会津百二十万石から米沢三十万石に移って、財政的に半田銀山からの銀産出が重要になっていた。

長安が見たいと言えば、上杉家は見せるだろうが家康と景勝の関係から、波が立つのではないかと警戒した。

奥州には長安が見たいと思う金山銀山がいくつもあった。

盛岡の大ケ生金山、東大寺大仏を作ったと言われる秋田の尾去沢金山や大館の大葛金山や長慶金山、奥州平泉の黄金文化を支えたと言われる気仙沼の大谷金山や、伊達政宗が幕府に没収されることを嫌い、隠したと噂のある玉山金山などだ。

玉山金山が黄金の国ジパングと言われるもととなった金山なのだ。

これらはどの山も幕府のものではなく、深入りすれば問題にされそうな山ばかりだ。長安は考えた上で佐渡に回って江戸に戻ることにした。

長安は出羽から越後に入り、佐渡に渡り、越後から信濃に入り、甲斐から伊豆に回って十一月に江戸に戻って来た。

江戸に戻ると長安は伊達政宗と会って、松平忠輝と政宗の娘五郎八姫の婚姻を十二月二十四日と決めた。

暮れの押し詰まった結婚式になった。この結婚によって長安は政宗と急速に親しくなった。

この長安の振る舞いを警戒して見ている男がいた。本多正信である。

年が明けると長安はまた大行列を復活、百人ほどで伊豆の金山に向かった。

寒い一月でも伊豆の日差しはどこか柔らかい。

佐渡から見れば天国だ。長安は途中の宿場で遊女八十人ほどを集め、華やかに行列に加えて西に向かった。

長安はまず伊豆の瓜生野（うりゅうの）、大仁（おおひと）金山に入った。

狩野川（かのがわ）沿いにある金山は天正（てんしょう）年間に発見された新しい山だが、長安は伊豆奉行になって開発に力を入れていた。

ただ、この瓜生野金山も温泉の出る金山だった。熱い湯が出れば間歩の中は熱くなる。土肥金山にもこのような間歩があった。

長安は瓜生野金山で半月を過ごし土肥金山に入った。土肥金山は長安の苦労が実って最盛期を迎えていた。

土肥には龕附（がんつき）金山と言う変わった名の間歩があった。

この間歩は穴の最深部に金鉱脈が見つかった。

金掘たちがこれ以上掘り進むと祟（たた）りがあると言って、穴の奥に女陰形を掘り女陰形金脈龕と言う風変わりな山の守り神を祀（まつ）った。

金掘たちはいつも山を恐れている。

穴の崩落が最も怖い。

金掘にとって命を預ける間歩はまさに女陰なのだ。

長安には金掘たちが山の祟りを恐れる気持ちが分かる。女陰形金脈龕は土肥金山にしかないが、どこの山の金掘も山の神を崇拝していた。

　金掘たちが松明（たいまつ）一本で間歩に入ってしまえば、そこは山の神の怒りで地獄に変貌するかもしれないのだ。

　長安はそんな金掘たちの心情を考え、女陰形金脈龕には何も言わなかった。

「権太、富士（ふじ）金山に先乗りしてくれ……」

「はッ、畏まりました」

「四、五日後には余も行く……」

　長安は身延山の湯之奥（ゆのおく）金山の中山（なかやま）金山と、同じ金鉱脈に属している富士金山を検分することにした。

　この金山は今川義元（いまがわよしもと）が掘り、武田信玄が支配し穴山信君（あなやまのぶただ）が管理、その後は北条（ほうじょう）家が支配し、今は徳川家康の金山になっている。

　このように短期間に次々と支配者が変わった金山も珍しい。

「富士金山の次は駿府梅ケ島（うめがしま）金山を検分する」

「承知致しました」

　奥州にはあちこち金山銀山が多いが、富士山の周辺にも伊豆、駿河、甲斐と金山が広がっている。

富士金山も梅ケ島金山も砂金採取から始まった金山だ。ことに駿府の梅ケ島金山の発見は仁徳帝の御世と言うから古い。

安倍川流域に広がる梅ケ島金山は、日影沢金山、関之沢金山、湯ノ森金山などの間歩の総称である。

他に近くの笹山金山、井川金山などは別に安倍金山と呼ばれていた。

駿府の金山は家康の地元である。

古い金山だが金採掘の技術が未熟で、この山も長安が差配して砂金採取から間歩採掘になって、多くの金を産出した。

駿府に金座が設けられ慶長小判などが大量に鋳造された。

この年、四月に家康の次男結城秀康が亡くなると、家康は駿府城に隠居した。

大坂の秀頼も西国の諸大名も家康に歯向かう力はなくなっていた。むしろ、家康に反抗すればひねり潰される。

長安は富士金山と梅ケ島金山を検分して一旦江戸に戻った。

家康が駿府城に入ると、長安は駿府城下にも屋敷を与えられた。

大仁金山、土肥金山、富士金山、湯之奥金山、黒川金山、梅ケ島金山などから掘られる金は、駿府城下の金座に運び込まれ小判に鋳造される。

その小判は一旦、駿府城の金蔵に入ってから、必要に応じて家康の命令によって江戸に送り出された。

駿府城に家康が隠居したことで、江戸の将軍と駿府の大御所の、二元政治がより明確になった。

それにしても、大御所とは天皇の上に立つ呼び名で不敬だ。

その批判は多かったが、家康は過去の将軍にも、大御所と呼ばれた人がいると言い張って改めなかった。

江戸幕府の将軍は秀忠だが、幕府の実権は駿府城の家康が握っている。

家康の傍には本多正信の嫡男、正純や成瀬(なるせ)正一(まさかず)の嫡男、正成(まさなり)などの若手、天台(てんだい)僧天海(てんかい)や臨済(りんざい)僧金地院崇伝(こんちいんすうでん)、学者の林羅山(はやしらざん)などが仕えていた。

江戸の秀忠には本多正信、大久保忠隣、青山忠成(あおやまただなり)、土井利勝(どいとしかつ)などの重臣が仕え、本多正信は家康の代理で見張りみたいなものだ。

相変わらず、正信と忠隣は犬猿の仲で嫌な雰囲気だった。家康にしてみれば、将軍秀忠が暴走しないための布陣だった。

江戸城の将軍は幕府の直轄領と譜代大名を統治する。

駿府城の大御所は外様大名を見張る、とその仕事は分かれていたが、大御所の権威は絶大で、将軍は何かあればすぐ家康にお伺いを立てた。

江戸城と駿府城の間を早馬が、砂塵（さじん）を巻き上げひっきりなしに駆け抜けている。

「十兵衛、伊豆も駿河も金山は順調のようだな？」

家康は駿府城に伺候（しこう）した長安を上機嫌で迎えた。

事実、各地の金山銀山は順調に黄金や銀を産出して、多くの金銀が江戸城と駿府城に運ばれ家康のものになっている。

「駿府城の金蔵にもだいぶ入っておるようだな？」

「はッ、間もなく、五百万両ほどになるかと思いまする」

「全て小判か？」

「はい、小判にするのが間に合わず、のべ板金のままが少々……」

「そうか、小判鋳造の金座も忙しそうだな？」

家康は関ケ原で勝利した頃から、全国統一の小判鋳造の構想を持っていた。

大判では使い勝手が悪く、精々、贈答用や報奨などに使うだけだった。

そこで家康は一両小判や一分判金、二分判金など、使い勝手のいい金貨を大量に鋳造させた。

二分判金二枚で一両、一分判金四枚で一両である。

多くはないが八両大判金なども鋳造された。大判一枚が八両に両替できる。

一両小判や一分判金、二分判金などの金貨は、国内流通が少なくほぼ十万両、海外に流出したのが四百十万両と考えられる。

日本の金銀は質が高く、世界中の貿易商が欲しがった。鋳つぶして自国の金貨、銀貨に鋳造し直すのだ。

石見銀山の銀が世界の経済を支えたとまで言われる。

まさに黄金の国ジパングだったのだ。

家康は小判鋳造を、京の三長者の一人後藤四郎兵衛の職人で、腕のいい庄三郎光次に任せた。

美濃の出身で庄三郎光次の姓は橋本だったが、家康は後藤を名乗ることを許し、京の後藤宗家もこれを認めた。

後藤庄三郎光次は早くから（文禄四年《一五九五》頃）江戸に出て、その役宅は後藤役所とか小判座と呼ばれ、後に金座になる。

光次は後に佐渡にも後藤役所を置くなど、長安が開発した金山銀山の黄金の後継者となっていく。

慶長期に鋳造された小判には光次の印判が押されている。それだけ後藤庄三郎光次は家康から信頼された。

慶長小判とか慶長金と呼ばれる金貨は、最上級で純度が高く、金貨としての品質が抜群に良かった。

江戸後期の万延(まんえん)小判などは小判と言えないほど最悪の品質だった。慶長小判百両に対して万延小判は五百四十八両で両替された。

金が潤沢(じゅんたく)だった慶長小判は千五百万両以上鋳造された。慶長小判は一両の純度八十六の金含有量だった。

まさに金無垢(きんむく)の小判だ。

「そろそろ枯れる金山もあるのではないか?」

「はい、今のところ、そのような金山は見当たりませんが、金山も銀山も無限に産出することはございませんので……」

「一度枯れると復活はないか?」

「はッ、掘り残しがあれば再び産出いたしますが、ほとんどの場合は閉山と言うことになりまする……」

「そうか、閉山か……」

「その分、新たな金山が発見されることもございまする」

「だが、修験の山伏や山師と言う者たちが、全国の山々を探索しておるそうではないか、そう易々と発見できるものでもあるまい？」

「はい、金山は多くの場合、川の砂金などが所在を知らせます」

「砂金といえば、奥州藤原の頃から砂金の採取をしておったようだな？」

「御意、平泉三代の藤原氏を支えたのは砂金にございます」

「一千万両で幕府をどこまで支えられると思うか？」

「難しいご下問にてそれがし如きがお答えすることは無理かと存じまする」

「石見守、遠慮するな！」

「はッ、それでは存念を申し上げまする。ただいまの金であれば、五百年の泰平は可能かと存じます……」

「そうか、今それほど金があるのか、栄枯盛衰もあろうが、五百年泰平であれば余は満足じゃ。中には浪費する将軍も出るであろうな？」

家康がそう言って可笑しそうにニッと笑った。実際は長安が予測した半分の二百六十年で徳川幕府は終焉する。

「小吉、酒の支度をしてまいれ……」

家康が成瀬正一の嫡男正成に酒の支度を命じた。

家康は長安の舞が見たいのだ。

長安の盟友、成瀬正一は関ケ原以後、戦死した鳥居元忠の後を受けて、伏見城の留守居役を長年務めている。

今も伏見城に常駐していた。

六、堂々たる秀頼

翌慶長十三年（一六〇八）、大久保長安は家康に願い出て佐渡奉行を辞任した。六十四歳になり持病の痛風が時々痛むようになっていた。

激痛に襲われると馬での旅などは不可能だ。

駕籠でも痛みにうずくまって耐えるしかない。宿で痛みが消えるのを待って病臥（びょうが）するしかなかった。

そんな時、瀬女は献身的だ。長安の傍を離れず看病した。

長安は三十代から痛風と戦ってきた。発作が起きると数日はほとんど動けない。

近頃は膝まで傷んで厠が難儀だった。

そんな長安を心配して、瀬女は長安がどこに行く時も必ずついて歩いた。長安も瀬女がいれば安心だった。

佐渡奉行は重職で、役料が千五百俵、百人扶持、役金三千両の役職だ。組頭、同心、与力、兵など三百人が配下である。

年間一人一石八斗で一人扶持、それを百人分集めたものが百人扶持である。この実入りは大きい。だが、長安は兼務している役職が実に多かった。

佐渡奉行を引くことには誰も反対しない。寒い佐渡に渡れば痛風に悪いと、一族も家臣団も誰もが分かっていた。

「佐渡奉行をお引きになられ、ようございました。そろそろ長い旅は毒になる頃ですから……」

お稲はそう言って暗に年なのだから無理をしないようにと忠告した。だが、佐渡奉行を辞したからと言って旅が終わったわけではない。

伊豆、駿河、甲斐などの金山を検分する仕事が残っていた。生野、石見などの遠い山には行かない。

長安の代わりに行く者が何人もいた。

東海道を西に宿場を伝って行く。長安の道中に遊女は欠かせない。

三島から伊豆に入って四、五日を検分で過ごして駿府に向かう。

家康が駿府城にいれば挨拶に上がり、報告をし、駿河の多くの金山を一つ一つ検分してから甲斐に向かう。

甲斐の身延金山を詳細に検分して、塩山に入り黒川金山まで行き、塩山に戻って四、五日ゆっくり休養する。

塩山から八王子に入って信松院を訪ね、松姫や幸松丸やお静の方を見舞う。

そして江戸に戻って来る。

年に二、三度、二カ月ほどをかけ、女たち七、八十人を連れて、豪勢にこのような旅をする。女たちも数日の鬱憤晴らしになる。

旅をした上にお足を頂戴できるのだから石見守様々なのだ。

「石見の爺さんが来る頃だけどねえ……」

「あの爺さん、いいよね……」

「豆金をもらえるからだろ？」

「うん、あと二つで二十個になるんだもの……」

「へえ、貯め込んだね……」

「おっかさんにあげるの……」

奈落に落ちたやさしい女が必死に生きている。そういう人間を長安は愛した。

ある時、路傍に転がっていた母子の乞食を側室に拾ったこともあった。

「爺さん、早く来ないかなあ……」

「そうだねえ……」

駿府城に家康がいれば長安の滞在が長引くことになる。

翌慶長十四年（一六〇九）、長安の最初の正室お菊の父下間頼龍が五十八歳で死去した。

この年の二月、海の彼方のマカオで大事件が勃発した。この事件は四年にわたって尾を引き、長安も少なからず巻き込まれる。

本多正信の嫡男正純の重臣岡本大八と、九州肥前の日野江藩主有馬晴信が起こした大事件である。

この事件はやがて大久保長安事件や大久保忠隣の改易事件につながる。本多正信の大陰謀家の本領が剝き出しになる。

その始まりはマカオだった。

慶長十四年二月、肥前日野江藩主有馬晴信の朱印船が、ポルトガル領マカオに寄港した折に、配下の水夫が交易の取引を巡って、ポルトガルのマードレ・デ・デウス号の船員と騒動を起こした。

この騒動をマカオ総司令官のアンドレ・ペソアが鎮圧した。

その際、日野江藩の水夫が六十人ほど死んだ。この騒動で有馬晴信はペソアに恨みを残した。

家康が進める生糸交易にも影響を及ぼしそうになった。

その頃、国内でも長安の身近で問題が起きた。

父親の家康に愛されず、不満を抱える松平忠輝は、大酒を飲んで酒乱淫行の奇行が目立った。

これを憂慮した家老の皆川広照（みながわひろてる）ら古い家臣たちが談合して、何を血迷ったのか忠輝の素行不良と幕府に訴え出た。

この皆川広照らの後ろには、伊達政宗と大久保長安のつながりを警戒する本多正信の影がちらついていた。

家老たちの動きにいち早く気付いたのは同じ家老の長安だった。長安は伊達屋敷に急行して政宗と面会した。

「石見守殿、まいられたか？」

そう言って隻眼がニヤリと笑った。

「少々、不快な話を持ってまいりました」

「辰千代殿の家老衆のことでござるかな？」

政宗は松平忠輝家の乱れを見逃していなかった。

五郎八姫を嫁がせる時、その侍女に切れ者の老女美影を送り込んでいた。政宗は家老皆川たちの動きを正確に捕捉していた。

「恐れ入りまする」

「余はいち早く本多正信殿と大久保忠隣殿に書状を差し上げてある。よもや、余の考えを無視することもあるまいが、幕府の権威を見せつけようと愚か者が何を考えるか分からぬでな、少々気になっておった」

「姫さまに万一のことがございましては……」

「石見守殿、辰千代殿と五郎八に何かあれば、余は将軍と一戦交える覚悟じゃ。大御所が出てくれれば幕府を転覆してやる！」

隻眼がギラギラと光る。凄まじい気迫だ。政宗の本心なのだ。

「まずはそれがしが将軍さまにお目通りして、家老としての責任を明らかにいたしましょう。その上で……」

「承知した！」

長安は座を立つと伊達屋敷を辞して江戸城に向かった。

長安は将軍秀忠の股間を握っているのだ。

幸松丸とお静の方が長安の手の中にあるのと同じだ。長安が口を開けば、江戸城の奥は大混乱、奥方の江が何をするかわからない。

そうなれば家康が何を言い出すか分からないのだ。

通常、長安のような外様が登城しても、その日に将軍と会えるとは限らない。

それは幕府の年寄でも同じだ。

だが、長安が伺候したと聞いて、秀忠は大広間ではなく小座敷に長安を案内させそこに姿を現した。

こういう自分の知らないところでの話し合いを正信は非常に嫌う。だから必ず同席を願い出る。そうなれば大久保忠隣が黙っていない。

「石見守、忠輝のことだな？」

「御意、何を血迷ったか家老どもが上さまのお手を煩わせるなど言語道断、なにとぞ、お取り上げになられませんよう願い上げまする」

座敷には将軍のほかに本多正信と大久保忠隣だけがいた。

「うむ、年寄たちがそうするだろう。ところで石見守、忠輝になにか屈託があるのか？」

「恐れながら、上さまに申し上げまする。屈託と言うほどではございませんが、二つだけ心当たりがございまする……」

「そうか、聞こう！」

「有り難く存じまする。一つはこのように申されたことがございます。余を産んだ女が卑しければ余も卑しいのかと、何か悔しいことがあったのか涙をためておられました。そのようなことはないと申し上げましたが、ご納得いただけましたかどうか？」

将軍も正信も忠隣も家康と茶阿局（ちゃあのつぼね）の経緯は知っている。

美人のお久（ひさ）を拉致し強姦同然に自分のものにしたのだ。その時、お久は身分違いを訴え家康を拒否したのだった。

秀忠が困った顔になった。正信と忠隣を見たが二人は知らぬ顔だ。家康の振る舞いにかかわることで、もの言える人は誰もいない。

「他の一つは？」

「はい、もう一つはご兄弟の所領のことにて、それがし如きが口にできることではございません」

　座敷に緊張が走った。

　長安が重大なことを指摘したのだ。

　六男忠輝が十二万石、九男義直が二十五万石、十男頼宣が二十五万石、十一男頼房が十万石ではつり合いが取れていないと誰でも分かる。

　それは、家康の辰千代嫌いによるものなのだ。

　それを天下の大御所としてこの不つり合いは、みっともないと長安は暗に将軍秀忠に訴えている。

「石見守、先の一つだが余は何も言えぬ。後の一つは将軍として忠輝の兄としてよくよく考えてみる。年寄たちも考えるだろう。話がまとまれば大御所さまに余から申し上げてみる」

　長安の後ろに忠輝の義父伊達政宗がいると将軍はわかっている。もちろん正信も忠隣もわかっている。

「有り難き幸せに存じまする……」

「二人とも石見守の申し状、分かったな？」

　秀忠が正信と忠隣を睨んだ。それで話が決まった。

本多正信はなぜ将軍がこんなにあっさりと、長安の申し出を独断で認めたのか大いに不満だった。

それでも家康気に入りの長安で、忠隣が寄り親で、独眼竜まで出て来るとなると、さすがの正信も沈黙するしかない。

「話は変わるが、伊豆と駿河の金山が順調だそうだな？」

「はい、お陰さまで大御所さまにもお褒めをいただきました。身に余るお言葉にございます」

「ところで、異なことを余の耳に入れた者がおる」

「異なこと、金山にございますか？」

「うむ、伊豆の土肥に龕附と言う金山があって、見た者は少ないが噂だけは広がっている金山だそうだ。その者も見ておらぬゆえ説明できぬと言っておったが？」

「そのようなことを上さまのお耳に入れるとは、不届千万、言語道断にございまする。お耳の穢（けが）れになりまする」

「そなたも言えぬのか？」

「上さまのお耳の穢れになりますれば、ご容赦を……」

「聞かねばわかるまい？」

「聞いては穢れになりまする」

「石見守、勿体つけずに話せ！」

秀忠は面白そうな話だと思っているのだ。

「ご命令とあらば、らちもない話ですが申し上げまする」

長安が正信と忠隣をチラッチラッと見た。

二人とも仏頂面で聞きたくないという顔だ。聞きたくなければ、サッサと部屋を出ていけばいいのに頑固に座っている。

「その金山は土肥にございます。金鉱脈の良い金山にございますが、金掘が何を感じたのか、これ以上掘り進めては祟りがあると採掘を止め、穴の奥の岩に女陰を掘りましてございます。それを山の神と言って拝み祀っております」

「なるほど、穴の奥に女陰龕か？」

「金掘は穴に入れば孤独にございます。いつ地獄に変わるかわかりません」

「うむ、仏龕ならあちこちにあると聞くが、女陰龕とは金山の穴だけに納得じゃ、少々、大きすぎる穴だがな？」

冗談など絶対に言わない秀忠が下品なことを、大真面目な顔で言ったものだから忠隣がニッと笑った。

正信は何が気に入らないのか相変わらず仏頂面だ。

「その女陰龕は今もあるのか？」

「はい、金山の堅い岩に掘ったものゆえ消えることはないかと思います」

「どこの山でもそのようなことをするのか？」

「いいえ、その穴一つにございます」

「そうか、金山の女陰じゃ。金掘たちを守ることだろうな」

「はッ、金掘にとって事故は命取りになりまするゆえ……」

秀忠と長安の話が終わって、秀忠が消え正信が消えた。長安が忠隣と四半刻話し込んで江戸城を出て伊達屋敷に入った。

この政宗と長安の働きかけが功を奏して、幕府に忠輝の素行不良を訴えた皆川広照ら家老たちは、家老として不適格だと幕府から叱られ失脚した。

翌慶長十五年（一六一〇）五月、マカオ事件が進展した。

マカオから総司令官アンドレ・ペソアが長崎に来て、長崎奉行の長谷川藤広（はせがわふじひろ）に事件の調書を提出。

ペソアは駿府に出向いて、家康に直に事件の陳弁（ちんべん）をすると申し出た。

ところがポルトガルとの交易縮小を恐れた藤広が、事件の真相を伏せて代理人を駿府に派遣してしまった。

この藤広の態度に不満なペソアが強引に駿府に行こうとして、イエズス会から止められる騒ぎを起こした。

このペソアの振る舞いに怒った藤広が、マカオ事件の報復を考えている有馬晴信をたきつけ、家康にペソアと商船の捕縛を嘆願させた。

この時、晴信は藤広が家康から珍品の伽羅沈水香木を所望され、それを入手できずに困っていることを知っていた。

そこで有馬晴信は先回りをして、伽羅沈水香木を入手する、朱印船の出港許可を願い出ていたのだ。

家康もポルトガルとの交易が途絶えることを心配していた。

その頃、スペインやオランダとの交易が活発になり、ポルトガルとの生糸の輸入や伽羅沈水香木の輸入を急いでいた。

そんなことで、結局、晴信にマカオ事件の報復の許可を与え、その報復実行の検分役として、本多正純の家臣である岡本大八を送り込んだ。

ペソアには駿府に召喚する命令が出た。

事件を知った家康から、日本船のマカオ寄港禁止の朱印状を渡された。

その上、長崎に留め置かれたままになり、ペソアは命の危険を感じて、家康の召喚命令を無視し、強引に長崎から出港しようとした。

そこに有馬晴信が朱印船団を引き連れて入港して来た。長崎港外でペソアと晴信は鉢合わせになった。

水夫六十人を殺されている晴信は、藤広と大八の見ている前で、マードレ・デ・デウス号に攻撃を開始した。

「火を放てッ！」

「沈めてしまえッ！」

十二月十二日から四日四晩の猛攻に、船が炎上し逃げられなくなったペソアは、弾薬庫に火を放ち自爆した。

このデウス号事件で、ポルトガル船が来航しなくなり交易が絶えてしまう。

この年、前年の家老失脚事件で、伊達政宗と大久保長安の支援したことが良かったのか、松平忠輝は十二万石から越後高田七十五万石に加増された。

薩摩島津七十二万石を抜いて、加賀前田百万石に次ぐ大大名になった。

慶長十六年（一六一一）三月二十日に家康の九男義直十一歳、十男頼宣十歳、

十一男頼房九歳が叙任し、後の御三家の片鱗が見えた。

二十七日に後陽成天皇が政仁親王に譲位して後水尾天皇が即位した。

翌二十八日には二条城で家康と大坂の秀頼の会見が実現した。

天皇の即位にからんで大坂城から、加藤清正らに守られ豊臣秀頼が上洛、これは家康が強引に望んだ会見だった。

徳川が豊臣より上だと満天下に知らしめる会見だ。その目的は達せられたが家康はすっきりしない。

家康が秀頼に殺意を感じたのはこの会見の後だ。

家康は数年、秀頼と会っていなかった。子どもは二、三年も顔を見ないとその変貌に仰天する。

大女の茶々から生まれた大男の秀頼は十九歳になり、堂々たる体格で立ち居振る舞いも水際立って、どこの公達かと居並ぶ大名たちが圧倒されたのだ。

家康も大男とは分かっていたがひっくり返るほど驚いた。秀頼の義父、将軍秀忠は小柄で貧弱に見えた。

秀頼は六尺（約一八〇センチ）を越える巨漢で、二十貫（七五キロ）を越えて太っていた。

確かに今や徳川は豊臣を圧倒しているが、若く堂々としている秀頼を見れば、家康は醜悪な老人でしかない。

徳川家には秀頼に対抗できる大男はいない。

「あの小男の太閤（たいこう）から何んであんな大男が生まれるのだ。あの美男子は織田の血だろうか、どこも太閤に似ていないではないか、やはり、太閤の胤（たね）ではないと言う噂は本当なのではないか？」

家康は秀頼が本当に太閤秀吉の子だろうかと疑いを持った。

この疑惑は秀頼が生まれた時からあった疑惑なのだ。太閤の側室茶々が公家（くげ）と遊んでできた子だとささやかれていた。

秀頼が生まれた時、茶々と遊んだ公家は流され、一緒に遊んだ侍女たちが大量に処分されたと噂された。

「正信、秀頼をどう見た？」

「はッ、殺すしかないと見ておりました……」

正信の答えは単純明快ではっきりしている。

「大坂城から出すだけでは駄目か？」

「そのような温いことでは、先々、幕府の命脈がいつ尽きても仕方ないかと思いまする」

　謀略家の本多正信は本気で秀頼を殺そうと考えていた。

　あのような男が生きていたのでは、徳川幕府はいつ潰されるか分からないと考え始めていた。

「どうやって殺す、暗殺か？」

「さて、大坂城から出ないのでは、半蔵に殺させるしかないかと思います」

「大坂城に入れるか、あの城は二重三重に警備されておる。半蔵といえども無理だな……」

「ならば、戦を仕掛けまする」

「戦だと？」

「どんなに大きな城でも、人が作ったもの、必ず落ちます」

「余はあの城の落とし方を太閤から直に聞いた」

「何と、大坂城の落とし方を？」

　正信は驚いて家康を睨んだ。

　家康は本当に太閤から聞いていたのだ。

　秀吉と言う男は不思議な男で、度量が大きいと言うか、人を食ったことを平気で言ったりすることがあった。

小田原征伐の折には遅参してきた伊達政宗に、二人だけの時に小便をするから持っておれと太刀を渡したのだ。

政宗が秀吉を一刀のもとに斬り捨てることも可能だった。だが、政宗は秀吉を斬れなかった。

信長も驚く秀吉の度胸だった。

家康にも大坂城は二度に分けて攻めること、大坂城の南東の角が弱点だなどと教え、攻めてみるかと言いニッと笑ったのだ。

「どのようにして落とすと？」

「それは余と太閤の秘密じゃ、誰にも言わぬ……」

「そうですか……」

正信が不愉快そうな顔で家康を睨んだ。

「太閤の遺産金七百万両が厄介にございます」

「うむ、大坂城にある遺産金はもっと多いのではないか？」

「なんとかその黄金を使わせる方法はないかと考えております。地震で壊れた寺院の修復などであれば反対も少ないかと思います」

「どうしてもやるつもりか？」

「やります。このままでは枕を高くして眠れませんので……」

正信は家康の迷いを敏感に感じ取っていた。

家康はだいぶ以前から秀頼を大坂城から出して、大和あたりに知行地を与えたいと考えていた。

それが、秀頼と会ったことで迷い始めた。六十九歳の家康はあまりにも堂々たる秀頼に驚き慌てたのだ。

家康の殺意も正信の殺意も消し難いものになっていた。

秀吉の二百二十万石は、家康によって今や六十五万石に縮小していた。

「大坂城の六十五万石だけならば恐れることもないのですが、遺産金があまりにも大き過ぎまする。放置すれば禍（わざわい）になります」

「この国を江戸と大坂に二分することはできぬな……」

「御意、この国を統治する征夷大将軍はただ一人でなければなりません。豊臣家を残しておくことはその征夷大将軍の権力が弱くなることです。この度の会見で諸大名は太閤の亡霊を見たことでしょう」

「太閤の亡霊？」

「そうです、大坂城にいるのは何の力もない太閤の亡霊です。その亡霊に力があるように見えるのは誠に迷惑にございます」

「なるほど……」

「人心を惑わす亡霊は取り除くしかありません。いつまでも、幕府に悪さをするようでは困ります。取り除いて始末するしかありません」

「一口に取り除くと言うが、失敗が許されぬことだぞ？」

「承知しております」

正信は秀頼を見た時、しまったと思ったのだ。もっと早く仕掛けるべきだったのではと後悔した。

既に七十四歳の正信は余命幾ばくもなく、その不安が噴き出してきた。十九歳の秀頼はあまりにも若く光り輝いていた。

若いということはそれだけで充分な武器なのだ。

第四章　大謀略

一、天下を睨（にら）む黄金

慶長十六年（一六一一）六月四日に徳川家康が最も恐れ、死んだらあの世で酒を飲んでみたい、とまで言った宿敵真田昌幸（さなだまさゆき）が、高野山（こうやさん）の九度山（くどやま）で亡くなった。

そのことが家康に伝えられた。

最も恐れていた男の死だ。

関ケ原の戦いで家康の敵に回った真田昌幸を、戦い後に、家康は切腹を命じて殺そうとした。

ところが徳川家の四天王、本多平八郎忠勝（ほんだへいはちろうただかつ）の娘お稲（いな）こと小松（こまつ）姫を、真田昌幸の嫡男信之（のぶゆき）が正室にしていた。

そのため、平八郎と信之が家康に助命嘆願した。そこで罪一等を減じ、処刑されることなく昌幸と信繁こと幸村は高野山に流罪にされた。

その真田昌幸が死んだことの意味は大きい、大坂城の秀頼を城から出したい家康には好都合だった。

万に一つ、真田昌幸が大坂城に入ったら、どんな大軍でも落とせないと家康は考えたことがある。

秀吉と真田昌幸を一緒に敵に回す、そんな化け物相手の戦いはしてはならないと思ったものだ。その昌幸が死んだ。

天祐だと家康は思った。

その頃、日本との交易を絶ったポルトガルは、日本とマカオの交易を再開すべく、艦隊司令官マヨールを派遣してきた。

そのポルトガルは交易だけでなく外交も絶って、日本とのわずかな手掛かりすらなくなっていた。

マヨールは薩摩島津氏の援助と仲介で、駿府城の家康と、江戸城の秀忠と謁見することが許された。

マヨールはマカオ事件の弁明をした上で、不誠実な長崎奉行長谷川藤広の罷免と、炎上して沈んだデウス号の賠償を求めた。

幕府はマヨールの要求に、全てペソアの責任だと主張して取り合わなかった。

だが、交易をすることだけはよいと認めた。

この交渉結果は岡本大八（だいはち）と有馬晴信（はるのぶ）から家康に報告された。

有馬晴信は代々龍造寺（りゅうぞうじ）家との争いで領地の一部を失っており、その旧領を回復することを悲願としていた。

既に領地を奪い合う戦いは、秀吉の惣無事令（そうぶじれい）によって私闘とみなされ、厳しく罰せられるようになっていた。

マカオ事件の報復を実現し、家康から命じられた伽羅（きゃら）沈水香木の献上もでき、晴信は家康から旧領回復の沙汰があるのではと期待していた。

長崎奉行の藤広と晴信は生糸の取引をめぐって不仲だった。

そんな時、藤広は晴信がデウス号を沈めるのに、四日間もかかったことを手ぬるいと批判した。

これに腹を立てた晴信が次は藤広を沈めてやると口走った。

狡（ずる）い岡本大八はこの有馬晴信の不満や旧領回復の悲願につけ込んだ。

誰もが認める天下の実力者本多正信（まさのぶ）の嫡男、本多正純（まさずみ）の重臣である岡本大八を晴信は信用した。

　大八と晴信の二人はともにキリシタンだった。

　晴信が大八を饗応すると、家康が恩賞に旧領復活を考えているようだと、大八がでたらめを晴信に伝えた。

「その話、まことでござるか？」

「何んで嘘を言う必要がある」

「相すまぬ、そこもとを疑うつもりはない、許されよ」

「それがしが主人正純さまに仲介していただき、より確実になるよう取り計らうことにしましょうか？」

　晴信の弱みにつけ込んだ真っ赤な嘘だった。虚偽とは思えず晴信は同じキリシタンの大八を信じた。

「忝い、旧領回復は余の悲願である」

「うむ、ところで、仲介の軍資金を、少々ご用意いただきたいのだがいかがであろう？」

「おう、それは当然でござる」

　晴信は家康側近の本多正純の働きかけがあれば、旧領回復は間違いないと大八を信じてその要求を受け入れた。

その仲介料は六千両だった。

こうして岡本大八は有馬晴信から大金をだまし取った。大八は準備周到で家康の偽の朱印状まで用意していたのである。

マカオ事件が決着せずにずるずると尾を引いていたのだ。

十月十日、大久保一族に激震が走った。

小田原城にいた大久保忠隣の嫡男忠常三十二歳が不可解な死を遂げた。

家康の長女亀姫の一人娘を正室に迎えていた忠常は、若年ながら人柄に申し分ないと言われていた。

「その権威すこぶる高し、本多佐渡守正信の右に出たり、佐渡守大いに嫉妬する」と噂される逸材だった。

正信の嫡男正純など足元にも及ばぬ秀才だったのだ。

そんな忠常を放置しておく正信ではない。

大久保一族は油断した。

大久保忠常の急死は、本多と大久保の権力争いの中で、正信と正純親子が仕掛けた毒殺だった。

それにいち早く気付いたのは亀姫だ。だが、本多親子を疑い罪に落とす明確な証拠がなかった。

いくら家康の長女とは言え、証拠もなく訴えることは難しい。

この疑いは正信の本多一族が断絶するまで晴れなかった。

大久保一族と権勢を争った本多正信が、この忠常暗殺だけは数々仕掛けた謀略の中でも、唯一大失敗した謀略だった。

拭い去れない疑惑を残した。

正信系本多一族に暗くのしかかり、徳川一の秀才を暗殺したとの烙印は消えなかった。

一時、大久保一族は忠常の死に打ちのめされ、忠隣は気力を失い改易になり、流人になるがその子孫が復活する。

大久保忠常を殺して、権力争いに勝ち、大久保一族を失脚させたかに見えた本多一族だが、こういうことをする者たちには悲劇が降りかかる。

天網恢恢疎にして漏らさず。

こういうことを因果応報という。

「何ッ、新十郎さまが亡くなっただと、でたらめを言うと斬るぞ！」

「嘘ではない。小田原城で急にお亡くなりじゃ！」

「まことか、くそッ！」

「急ぎ、小田原に行かねば！」

急なことに忠常を慕う者、忠常に恩義のある者、友人知人は実に多く、大挙して慌てて小田原城に向かった。

衝撃を受けたのは忠隣と長安だった。

秀才は秀才を知るで、長安は徳川幕府の将来を背負うのは、新十郎忠常だと強く信じていた。

それがまさか三十二歳で亡くなるとは考えてもいなかった。当然、長安も本多正信と正純親子の仕業と言う噂は聞いた。

この忠常の死を聞いて卒倒しそうになった忠隣は茫然自失、腑抜けのようになって屋敷から出なくなった。

大御所家康も将軍秀忠も譜代の出頭人として、大久保新十郎忠常に絶大な期待をしていた。徳川家の家臣団にはじめて現れた大秀才だった。

「権太、佐渡守を殺せぬか？」

「殿……」

「殺せぬか?」

「ご命令とあらば猿橋と二人で仕掛けますが、仕留められるかは五分五分、おそらく、今は、この事件で近づくことすら困難かと考えられます」

「くそッ、油断したッ!」

「仕掛けますか?」

権太の問いに長安は答えなかった。

今は権太の言う通り警戒が厳しく、暗殺は成功しないと判断したのだ。暗殺というのは口で言うほど簡単にはできない。

権太のような忍びでも命がけなのだ。

花魁の五郎平こと五右衛門が秀吉暗殺に失敗している。

「権太、小田原に行く。その足で伊豆から駿府に入る。供揃いは二十人でよい。大急ぎだ。騎馬にしよう!」

「承知しました!」

長安は珍しく馬で行くことにした。このところ、駕籠が多く、長安は馬に乗っていない。

「殿さま……」

「心配するな。そなたが傍にいれば安心じゃ」

そう瀬女に言ってニッと笑う。

その夜、長安一行は江戸の屋敷を飛び出し小田原城に向かった。

この日、小田原城に弔問に行った者で、上司に届けを出さず無断だった者は閉門処分を受けた。

正信と正純は勢いに乗ってここぞとばかりに攻め立てた。

弔問に行って閉門とはこれまで聞いたことがない。

日下部定好の息子日下部正冬、三千石の大身で忠隣の姪を正室にしている森川重俊などは、無届弔問だと正信親子に難癖をつけられて閉門になった。

正冬は正信から処分を受け榊原康勝にお預けとなる。

まるで罪人扱いだ。

本多正信、正純親子の大久保一族の追い落としは凄まじかった。

一方、一人娘の亭主を殺された亀姫の怒りも凄まじかった。

家康の長女で将軍秀忠の姉でもある亀姫の恨みは、正信の死後に宇都宮城釣り天井事件として、正純に襲い掛かることになる。

小田原城へ弔問に訪れた者の数は尋常でなかった。

多くのものが忠常の人柄と、その優れた能力を惜しんで泣いた。その無念さは一族の末席にいる長安も同じだった。

小田原城で弔問が終わると、長安は箱根山を越えて三島から伊豆に入った。長安は鬱々として気が晴れなかった。

「本多佐渡には気をつけねばならぬな。あの者は謀略好きで人を信じると言うことのない男だ。いつか、余も狙われるだろう……」

いつだったか、伊達政宗が正信をそう評したことを長安は思い出した。

そんな本多正信だが、ただ一人家康だけは信じている。家康に対しては絶対服従であり、家康が手を出さない汚いことも平気でしてきたのだ。

家康にとっては実に都合のよい、何んでも飲み込んでくれる汚れ役の家臣だった。

長安は晴れない気持ちを吹き払うように、三島宿で遊女を総揚げして盛大に遊んでから大仁金山に入った。

土肥金山、富士金山と回って長安が駿府に入った頃、マカオ事件が岡本大八事件に変貌して姿を現そうとしていた。

六千両もの大金を、岡本大八に渡した有馬晴信は、大八から音沙汰のないことに業を煮やし、晴信自ら旧領回復を正純に談判しようと駿府に向かった。

駿府城下の安倍川上流にある梅ケ島金山の周囲には、あちこちに多くの温泉が湧き出している。温泉の嫌いな人はいない。

どこの金山や銀山にも温泉はつきもので、温泉の湧き出していない山は非常に珍しいぐらいだった。

長安は瀬女と温泉に入るのが好きだ。

瀬女も嫌がることはなく長安と一緒に喜んでいる。

瀬女と金吾は忠常死亡事件以来、長安の膳にのぼるものは全て毒見をした。酒も例外ではない。こうなると油断も隙も無い。

黄金に守られているとはいえ、長安が狙われる可能性は異常なほど高いのだ。

正信の狙いが大久保一族の将来を一身に背負っていた忠常から、大久保一族の資金源とも言える長安に移ってくることが考えられた。

ただ、長安にすぐ手を出せないのは家康の黄金を一手に握り、将軍の直轄領百五十万石を、最も良く知っているのが大久保長安だからだ。

家康の金銀を支えてきた長安は家康の別格の気に入りでもある。

既に六百万枚六千万両を超える黄金を、家康のために蓄財した長安の実績に、正信といえども迂闊（うかつ）に手は出せない。

長安は黄金に守られている。

そんな長安の話を家康はいつも楽しみにしていた。

特に京の二条城（にじょうじょう）で秀頼と会見し、いつか殺すことになると思い始めてからは、大坂城を落とすには莫大（ばくだい）な軍資金が必要になると考えていた。

「十兵衛、伊豆、駿河（するが）、甲斐（かい）の金山から、毎月のように運上が納められておる。余は相当な大金持ちじゃな？」

「御意……」

家康は長安を石見守（いわみのかみ）とは呼ばず、親しみを込めて十兵衛と呼ぶ。

「泰平のため天下を睨む黄金が必要にございまする」

「そうか、天下を睨む黄金な？」

「人は死にますが、黄金は使わぬ限り、百年でも二百年でも千年でも残りまする」

「うむ、そうだな……」

「九千万両の軍資金があれば、その黄金に戦いを挑む者はおりません。黄金の威力は誰もが知っております」

「確かに、十兵衛は面白いことを言う。黄金に戦いを挑むか？」

「御意、もの言わぬ黄金は凄まじい威力をうちに秘めておりまする」

「確かに……」

家康は長安と黄金の話をする時は、あの仏頂面は消えてニコニコといつも上機嫌なのだ。

「大坂城には七百万両の黄金があると言う噂じゃ。太閤の領地は二百二十万石から六十五万石に小さくなったが、もの言わぬ黄金七百万両が余を睨んでおるわな……」

「御意、大御所さま、大坂城に黄金があとどれほど残っているとお考えでしょうか？」

「難しいことを聞くのう……」

家康が少し考えた。

「うむ、ほとんどそっくり残っているか？」

「御意……」

「太閤がどれだけの黄金を残したかはっきりしたことは誰にも分からぬのよ。黄金七百万両を超えていることは事実だろう……」

「大御所さま、秀吉の黄金は大坂城にそっくり残っております。黄金を使った気配がありません。だが、黄金は使い始めるとたちまち消えます。黄金とはそういうものです」

「なるほど、使い始めるとたちまちか……」

「御意、最も黄金を食うのが戦にございます。戦はどんなに黄金を食っても腹が膨れませんので……」

「そういうことだな……」

家康の傍で九男義直と本多正純が話を聞いている。南光坊天海、金地院崇伝、林羅山など、家康の政治顧問と言える面々が揃っていた。

「大坂城にそのような大量の金があれば、厄介なことになりかねません。いつかその黄金に群がる者たちが現れましょう」

「十兵衛もそう思うか？」

「はい、黄金の輝きと威力は人心を惑わせ、その魔力に狂う者さえ出てまいります」

「黄金は人を狂わせるか？」

「御意、黄金をめぐる戦いは古よりございます」

家康が長安を睨んで考え込んだ。

まさに、長安が言うように大坂城の黄金こそ難敵なのだ。

七十万枚とも百五十万枚とも言われる得体の知れない黄金が眠っている。

だが、この豊臣家の莫大な黄金は、大坂城が落城し秀頼が自害した時、わずかに黄金二千枚、二万両余しか残っていなかった。

結局、豊臣家は軍資金が尽きて滅んだのである。

「十兵衛、光次の小判は評判が良いぞ。慶長金など言われて蓄財する者が多いそうだな」

「それは困ります」

「うむ、なぜだ？」

「恐れながら、小判は天下を回ってこその小判にございます。金持ちが貯めてしまっては小判もただの金塊に過ぎません。天下は人、物、銭の動きでできておりまする」

「そうだが、余が一番貯めておるぞ？」

「大御所さまの小判は天下を睨む小判にて、市井を回る小判とはその意味合いが大きく違いまする。いくら貯めても問題の起こらぬ小判にございます」

「うむ、そういうことだな。小判だけでなく一分判金、二分判金も評判が良いぞ」

「はい、一両小判より、一分、二分判金、一朱、二朱金の方が庶民には使い勝手が良いかと思います。市井では小判など使うことは滅多にございませんので……」

長安の言う通りだ。庶民が黄金を持つことなど珍しい。銭で生活している。銀を使うことすらない。

大判金は一両小判金十枚、一両小判は二分判金二枚、一分判金四枚、二朱金八枚、一朱金十六枚と決められていた。

銀は一両小判が銀五十匁から六十匁、その時の相場で変動した。

一両小判は一分銀四枚、二朱銀八枚、一朱銀十六枚だった。枚数では金と銀は同じだが、一分判金と一分判銀では大きさが全く違っていた。

庶民の多くは一文銭や四文銭などの銭貨で暮らしている。一朱金と一朱銀はそれぞれ二百五十文である。

一両小判は四千文、一分判金が千文だった。

庶民が一両小判や丁銀を手にすることなどほとんどない。もちろん、この貨幣価値は変動していた。

他にも渡来した銭など色々な貨幣があった。

庶民の手に金貨や銀貨が入ればまさにお宝だ。

長安は甲州金の露一両金や甲州一分金を大量に持っている。八王子（はちおうじ）陣屋、江戸屋敷、駿府屋敷で五千貫以上の金を持っていた。

小判にすれば百二十万両近い大金である。

その半分近くが貴重な甲州金だった。他にも八王子信松院（しんしょういん）に八十五万両を埋め、塩山（えんざん）の田辺佐左衛門（すけざえもん）に二十万両を預けてある。

長安は二百万両を超える黄金を持っていた。

上杉謙信の遺産金黄金二万七千枚と等しいほどの黄金を長安は持っていたのだ。

この黄金は長安の当然の取り分だった。

家康との約束は産出金を四分六分にすることだ。百貫目採掘すれば家康に四十貫目を納める。

山の経費は全て長安と山師が負担することになる。

鉱山運営の資金は莫大で、事故でも起これば長安は持ち出しになる。

そこで新しいアマルガム精錬法を導入するなどして、長安は飛躍的に金の増産に成功した。

その分、家康の取り分も増えたが、長安の取り分も多くなったのだ。

「十兵衛、生糸などの交易は石見の丁銀だが、銀が尽きることはあるまいな？」

「はッ、石見銀山は大きな山にて、枯れることは当分ございませんが、銀鉱脈が太ったり痩せたりすることがございますので、多少、産出量に幅があるのは仕方のないことと思いまする」

「うむ、それは当然だな。天海、十兵衛に聞くことはないか？」

家康が天海に聞いた。

天海は長安を徳川家一の切れ者と知っている。この時、天海は七十五歳を超えていた。百八歳まで生きたと言われる怪僧だ。

天海と長安の出会いは古く甲斐の甲府だった。

信長に比叡山を焼かれ、天海こと随風（ずいふう）は甲斐の武田家に助けを求めた。その時に二人は出会ったのだ。

「それでは、一つだけ大久保殿にお聞きしたい。金は産出する山によって質の良し悪しがござろうか？」

「僧正さまにお答えいたします。金は山によって多少色目が違うとも聞きますが、金の質そのものに良し悪しはございません。むしろ、金を無駄なく岩石から取り出す精錬法が重要にございます。現在は水銀流し法と言う方法で取り出しておりまする」

「そうですか、納得でござる」

「水銀流しとは水銀に金を溶かすのであったな？」

家康は金の精錬法を知っていた。

「御意、金は水銀に溶ける性質を持っております。その水銀を熱で飛ばしますと金が残りまする。古くからある精錬法にございます」

家康は長安と金や金山の話をするのが好きだった。

大量の金銀が駿府城の金蔵に運び込まれると見に行った。

その金塊が小判に鋳造されて戻って来ると、今度はその黄金の輝きを見に行った。人は家康を吝嗇家（りんしょくか）と言う。

長安は家康と違って、金銀を湯水のごとく使うが、家康のケチを悪いとは思わない。

長安の正室、お稲（いね）もケチな女だがそれを悪いとは思ったことがない。黄金の価値が分かればこそケチなのだ。

家康は長い今川家での人質生活の中でケチを身につけた。それは美徳だ。家康は吝嗇を自慢している節がある。

「十兵衛、やるか?」

「はッ、喜んで頂戴いたしまする」

家康はいつものように長安の舞を見たい。

長安はほろ酔いで気持ちよく舞いたいのだ。飲むほどに舞い、舞うほどに飲む。

長安の大蔵流猿楽の舞は名人の域に達していた。

酒に酔えばどこでも気持ちよく舞う。家康の前であろうが遊女の前であろうが長安に分け隔てはない。

その頃、駿府城下の安倍川河畔に権太と猿橋と滝沢五郎太がいた。

「殿に本多佐渡守さまを殺せぬかと聞かれた。暗殺の命令など初めてのことだ。小田原の忠常さまの死を毒殺と見ておられる。下手人は本多さまだ。その本多さまの暗殺の成功は五分と殿にお答えした……」

「五分より厳しい。おそらく、服部半蔵との戦いになる。半蔵の配下は二百人以上だ。見つかれば逃げ切れないな……」

　猿橋が言う服部半蔵は鬼半蔵と言われた正成ではない。鬼半蔵は、十四年前の慶長元年十一月に死んで、その息子正就が三代目半蔵を名乗っていた。

「半蔵が動いていれば、暗殺はほぼ不可能だ……」

「調べてくれるか？」

「承知！」

「無理をするな、しくじれば殿に迷惑をかけることになる」

「分かった。三代目半蔵はこの顔を知らないはずだ。鬼半蔵には武田の間者と知られていた。三代目は鬼半蔵ほどの腕ではないと聞いたが、どうか？」

「油断するな。鬼半蔵の配下がまだ大勢生き残っているはずだ。やれそうか調べるだけだ。五郎太、猿橋を支援してくれ……」

「承知しました」

「二人とも江戸の屋敷には近づくな。警戒して駿府に戻って来い。この河原で会おう」

「お頭、腕は鈍っておりませんよ……」

　猿橋がニッと笑った。

目の見えない猿橋の妻鶴子(つるこ)は八王子の陣屋にいて、時々、信松院に顔を出している。子もできていた。

「二人に三十両ずつ用意した。使い果たしても江戸の屋敷には近づくな。必ず、駿府に戻って来い」

「二人で六十両あれば充分です」

「うむ、これからすぐ発(た)て……」

「承知！」

話がまとまって屋敷に戻ると、猿橋と五郎太が徒歩で江戸に向かった。

その夕刻、長安が城から戻ると権太は、猿橋と五郎太が江戸に向かったと伝えた。

それだけで、長安は猿橋と五郎太がなぜ江戸に行ったか理解した。長安はうなずいただけで何も言わなかった。

十二月になって九州から有馬晴信が駿府に現れた。

晴信は駿府城下の本多屋敷に赴いて正純に面会を求めた。岡本大八は江戸に出ていて駿府にはいなかった。

「何んだと、大八が旧領回復の仲介をすると言って六千両だと？」

「いかにも、旧領を回復できればそれでいいが、六千両をだまし取ったならば話がこじれます。ご存じないと言われるか？」

「そのような賄賂のことはあずかり知らぬことだ。旧領回復も仲介料六千両など と言うことも初めて聞いた！」

正純は自分と父正信の権威に傷がつくと考えたが、隠しておけるような話ではない。突然の重大事の出来に驚愕し慌てた。

状況は複雑だった。

有馬晴信の嫡男直純は慶長五年に、十五歳の時から家康の側近として仕えている。

小西行長の姪マルタを妻にしていたがこれを離縁し、猛将本多平八郎忠勝の長男本多忠政の娘国姫を、家康の養女にして直純は継室に迎えていた。

本多平八郎は前年に亡くなっていたが、同族の本多正信とは不仲で、あのような不忠者は本多一族ではないと公言する始末だった。

正信が父親と一緒に一向一揆に加担して、家康に背いたことを平八郎は根に持っていた。三河の一向一揆は激しく、鎮圧するのに家康も平八郎もひどく難儀したのだ。

その平八郎の孫娘が家康の養女になって有馬家に嫁いでいる。

正純は同じ家康の側近として有馬直純をよく知っていた。国姫のことがあって
とても正純は判断できない。

「ご存じなければ仕方のないこと、岡本大八をここに出していただきたい」

「大八は江戸に出て不在でござる」

「早速、呼び戻していただきたい。ことと次第によっては斬り捨てる！」

岡本大八にだまされたと知った晴信は怒った。だが、晴信にも賄賂を払って旧
領回復を画策した弱みがある。

旧領回復に賄賂を使うなど不届千万だと言われても仕方がない。

それを見抜いての大八の仕業なのだ。

「大八を江戸から呼び戻し、話を聞くことは当然だ。同時に、大御所さまにもご
相談しなければならぬ……」

判断を誤れば正純の進退にかかわる。

慎重になった正純は江戸に使者を出して、大八を呼び戻すとともに、家康の傍
に上がって相談し採決をゆだねた。

二、魔の手

家康は駿府町奉行の彦坂光正（ひこさかみつまさ）を城に呼んだ。光正は三河（みかわ）譜代の家臣で彦坂元正（もとまさ）の一族である。

「九兵衛（きゅうべえ）、直純の親父（おやじ）が九州から出て来た。正純の家臣岡本大八との揉（も）め事だ。大八め、余の朱印状を偽造して晴信から六千両だまし取ったということだ……」

「六千両も？」

「うむ、有馬の旧領を回復させると言う話が絡んで厄介かもしれぬ？」

「旧領回復にございますか？」

「その旧領は龍造寺のものだ。厳しく詳細に調べ上げろ……」

「ははッ、畏（かしこ）まってございまする」

「こう言う話は両者に言い分があるものだ。判断は余がする。調査の内容を速やかに持ってまいれ！」

「はッ！」

家康は厄介なことだと思ったが、朱印状の偽造が絡んでおり放置はできない。

もし、それが事実なら死罪に値する重罪だ。

問題は有馬晴信の処分だ。

大八だけを処分すれば正純に傷がつく。大八に連座して正純まで処分となれば最悪の事態になる。

彦坂光正が下がると家康は一人で考え込んだ。

国姫のことがあって、正純が判断しなかったのだと家康は思う。

そうでなければ全て正純が調べて、正信と相談の上、このように処分すると言ってくるはずだ。

それを聞いて家康がいいだろうと、了承すればいいだけなのだ。だが、今回はそうはいかない深刻な状況だ。

早速、有馬晴信が駿府町奉行所に呼び出され詮議が始まった。

家康お声がかりの調査、詮議である。言葉を改める彦坂光正は大名といえども容赦しなかった。

詮議は微に入り細にわたって事情を聴取した。

だまし取られたと思っている晴信は、厳しい調べに不満だが、訴え出て奉行の手を煩わせており不満を口にできない。

年が明けて江戸から岡本大八が戻って来た。

大八は強情で事情聴取に協力的ではなかった。

何を聞いても知らぬ存ぜぬの一点張りで、何日も何日も言を左右にして言い逃れようとした。

いよいよ大八の疑惑が濃くなった。

大八の不誠実な態度に激怒した町奉行の彦坂光正は、本多正純の許しのもと岡本大八を二月に捕縛した。

捕縛後は詮議ではない。

厳しい拷問である。

両手首と両足首をまとめて海老反りに吊るし上げる。

その背中に石を載せて、吊るした縄を回転させる拷問は、後に駿河問いとか彦坂九兵衛拷問と呼ばれ、恐れられた。

いかに強情な岡本大八でもこの拷問には悲鳴を上げて泣き叫んだ。だが、光正は白状するまで泣こうが叫ぼうが容赦しない。

奉行所の役人たちが顔をそむける凄惨な拷問になった。

「白状などせずともよいわ、死なぬ程度に毎日責め続けてくれる。うぬの悪事など聞きたくもないわ！」

そう言って光正の拷問は続けられた。

「お、お奉行、下ろしてくれ、は、白状する……」

「白状するならそこで白状せい！」

「た、頼む、ここから下ろしてくれ……」

「刻限までは下ろさぬ、白状するならそれからにせい！」

光正は残忍にニヤリと笑って、吊るされた大八を下ろす気配は見せない。

「しゅ、朱印状は、ぎ、偽造した。下ろしてくれ……」

「六千両はだまし取ったのだな？」

「そ、そうだ……」

遂に大八が家康の朱印状を偽造したこと、六千両をだまし取ったことを認めた。だが、光正は大八を吊るしたままだ。

「く、苦しい、頼む、お、下ろしてくれ、た、頼む……」

「ずいぶんと元気そうだな。後五日や六日は吊るせそうだ！」

「お、お奉行、と、殿を呼んでくれ、話すことがある……」

「殿とは誰だ、最早おぬしに主人などおらぬわ！」

「ほ、本多さま、まさ、正純さまだ……」

「ふん、いいだろう、明日、吊るす前に呼んで来てやる」

大八が朱印状を偽造、六千両をだまし取ったと白状したことは、その日のうちに家康と正純に報告された。

死を免れない重罪が確定した。

翌日、本多正純が奉行所に現れた。

正純は大八が吊るされる前に異例の面会。牢獄(ろうごく)から出された大八は獄舎の前庭で正純と会った。

「本多さまがわざわざお越しだ。まだ言うことがあるなら丁重に白状いたせッ！」

光正にうながされ大八が腫れ上がった顔を上げた。

「だ、大八、うぬは……」

「殿、晴信は長崎奉行長谷川藤広の暗殺を謀っておりまする……」

「何だと？」

大八の白状は晴信を一蓮托生(いちれんたくしょう)で、引きずり込もうとする最後のあがきだった。

藤広がデウス号を沈めるのに手間取ったことを批判した時、確かに、晴信が次は藤広を沈めると口走った。

それを大八は暗殺と申し立てたのだ。

質の悪い人間はどこまでも救われない。

その大八の長崎奉行暗殺の訴えを、自分の保身のためになると、狡く判断して正純が取り上げた。

既に、晴信の尋問は終わっていたが、再吟味されることになった。

江戸に帰らず駿府にいた長安が家康に呼び出された。

「十兵衛、この度の騒動のこと聞いておろうな?」

「はッ、岡本大八が有馬晴信の旧領を、回復してやると言って六千両をだまし取ったとか?」

「うむ、それに大八は余の朱印状を偽造したのだ。死罪は免れぬが、賄賂を使った晴信をこのまま放免にすることもできぬだろう。町奉行の九兵衛と相談して喧嘩両成敗だな……」

「畏まりました」

長安はたかだか六千両の賄賂で、一国一城の大名を処分するのかと、家康に不満を感じたが、正純を助けたいのだろうと家康の考えを察知した。

「国姫さまの方は、いかがいたしましょうか？」

「うむ、直純は幼い頃から余の近習（きんじゅ）じゃ。あきらめさせる……」

「分かりました」

長安は直純とその継室国姫を引きずり込んで、正純を連座で失脚させたいが、家康が助けたいと考えている以上そうするしかない。

再吟味は幕府の年寄老中である長安に任された。

三月十八日に大久保長安の駿府屋敷で再吟味が行われることになった。その前日、有馬直純が家康に呼ばれた。

「直純、話は聞いているな？」

「はい、大御所さまの処分は全てお受けする覚悟にございまする」

「うむ、よくぞ申した。そなたは幼い頃より余の近習であった。親子の縁が薄かったようだな。晴信は罪に問うがそなたに罪はない。そこのところを分別せい……」

「畏まりました」

直純は継室国姫からキリシタンの父晴信と、早く縁を切るよう迫られていた。

国姫はキリシタン禁止令が出ることを知っていたのだ。直純は家康と国姫の双方から父晴信をあきらめるよう説得された。

「直純、日野江（ひのえ）の所領は一旦晴信から取り上げるが、家督相続を認め所領の安堵（あんど）はするゆえ、よくよく分別するのだぞ。余はこれ以上の騒動は望まぬでな？」

「はい、承知いたしました」

「お国にそう伝えてくれ……」

家康は晴信処分を子の直純に納得させた。

十八日、有馬晴信と岡本大八は大久保長安屋敷の庭に引き出された。

再吟味するのは、家康から特命を受けた老中大久保石見守長安と、町奉行彦坂九兵衛光正の二人だ。

「大御所さまのご命令により石見守長安が肥前（ひぜん）日野江藩主有馬修理大夫（しゅりだいぶ）晴信と岡本大八の言葉を改める。再吟味ゆえ、これ以上、大御所さまのお手を煩わせることのないよう、しかと申し渡しておく。まず、修理大夫の言葉を改める。その方、金六千両の仲介料で旧領の回復を画策したこと間違いないか？」

「間違いありません」

「もう一つ聞くが、その方、長崎奉行長谷川藤広を殺すと口走ったことはないか？」

「それは、それがしを侮辱したゆえ……」

「侮辱されたので口走ったか？」

「それは……」

「修理大夫、今さら、隠し立てするとは武家の覚悟、いずこに？」

長安が晴信を叱った。

「恐れ入りまする」

「身に覚えがあるのだな？」

「はい、確かに……」

有馬晴信が長崎奉行を殺したいと思ったことを認めた。

「では次に岡本大八の言葉を改める。その方、ここにおられる町奉行彦坂九兵衛殿にずいぶん厄介をかけたようだが、ここは再吟味の場である。余の聞くことに正直に答えろ、手荒なことはしたくない。まず、大御所さまの朱印状を偽造したことは誠だな？」

「はい、その通りにございます」

「次に、有馬修理大夫に旧領を回復させてやると持ち掛け、その仲介料として六千両をだまし取ったことは事実か？」

「それは主人に差し出すもので、それがしのものではござらぬ……」

「黙れッ、うぬに主人などない、とぼけたことをぬかすな、六千両、修理大夫からだまし取ったか答えろ！」

「それは主人に……」

「黙れッ、また吊るされたいかッ！」

光正が太刀をドンと突いて怒った。

有馬晴信の次に本多正純をも引きずり込もうとしていた。

卑劣な男だと長安が大八を睨んだ。実は長安もそうしたいのだがそれは家康の望んでいることではない。

「大八、六千両はうぬの家から見つかっておる。余は諸国の金山、銀山奉行だぞ。六千両の内訳を言おうか、大判金が百枚で千両、五両判金が百枚あった。これが五百両、石州丁銀が千両、残りは光次殿の押印のある慶長金であった。金の種類が多く、ずいぶんと苦労して貯められた六千両のようであったな、修理大夫、内訳に違いはあるまい？」

「その通りにて、恐れ入りまする」

「大八、悪あがきしても、うぬの魂胆は見え透いておる。うぬのような卑劣漢は火あぶりにでもなるがよい。大御所さまにそのように申し上げておく、本日の再吟味はこれにて終わる。彦坂殿、大儀でござった……」

「石見守殿にまでお手を煩わせ、痛み入る次第にございまする」

「大御所さまのご命令じゃ、気になさるな。これから登城して復命してまいる、処分の申し渡しはすぐであろうよ」

「承知いたしました」

彦坂光正は罪人二人を連れて奉行所に戻り、長安は駿府城に登城した。広間には家康の他に天海僧正と本多正純がいた。

長安は二人の尋問の様子を報告し、二人が認めた罪を全て披露した。三人が長安の話を聞いている。家康が時々うなずいた。

「よく分かった。二人ともそれぞれの罪を認めたのだな？」

「御意、町奉行彦坂殿が同席、検分しておりまする」

「うむ、処分は二、三日中に町奉行に伝える」

「畏まりました」

家康の言葉通り二人の処分はすぐ決まった。

岡本大八は最も重い罪の朱印状を偽造した罪により、駿府城下を引き回しの上、安倍川の河原で火あぶりにて処刑。

有馬晴信は旧領回復の画策をしたこと、長崎奉行長谷川藤広を暗殺せんとした罪により、甲斐の国に流罪の上、所領四万石は改易没収。

ただ、嫡男直純が幼い頃から家康に近侍しており、晴信とは疎遠であったことを考慮して家督相続を認め、所領の四万石はそのまま直純に与え安堵する。

岡本大八の主人本多正純と長崎奉行長谷川藤広の罪は問わないと決まった。

三日後の三月二十一日に岡本大八は処刑され、同日に幕府は直轄領にキリスト教禁止令を発布した。

翌二十二日に有馬晴信が甲斐に流された。

晴信はこの後、切腹を命じられたがキリシタンであるため切腹を拒み、五月七日に流刑先の配所で家臣に斬首された。

二人のキリシタンが処刑された。

キリスト教禁止令は翌慶長十八年（一六一三）二月十九日に全国へ発布することになる。

長安は体調不良で瀬女の看病を受け駿府屋敷から動かなかった。よほど気分のいい時だけ安倍川を遡（さかのぼ）って梅ケ島金山に向かった。

「瀬女、舟旅も風流だな？」

「はい、何とも川風が涼しく暑さを忘れます」

「このような旅は初めてだ。眼に入るものが新鮮じゃ。緑がこんなに眩しいものだったとは、余はこれまで何を見ておったのかのう？」

「殿さまは兎に角、忙し過ぎました……」

瀬女にそう言われてうなずき長安がニッと笑った。

「これからは、この舟旅のようにのんびり、ゆったりと急がず騒がず、まいりとうございます……」

「そうだな、瀬女の言うとおりだ……」

長安は病臥して少し弱気になっていた。

途中で舟を降りた長安は山駕籠に乗って金山に向かった。こんなことは初めてである。長安は三十人の家臣団に守られていた。

その頃、本多正信の命を狙う猿橋と五郎太は江戸の雑踏の中にいた。

正信は腕利きの家臣十数人に厳重に守られている。その中には猿橋が見て半蔵の配下ではないかと思う家臣が二、三人含まれていた。

「近づけないな、尋常でない警戒だ……」

「うむ、何をあんなに警戒しているのだ？」

猿橋が不思議そうな顔をした。

「大久保忠隣さまの報復じゃないか？」

「そうか、それは考えられる……」

「それにしても厳重だ。やはり、あの厳重さは忠常さまをやったからだな、白状しているようなものだ……」

「そう言う見方もできるな」

猿橋と五郎太がつけ狙って数カ月になる。一向に警戒がゆるまなかった。

その頃、嫡男忠常を失った大久保忠隣は失意のどん底にいた。

三年前に老中になった忠隣は秀忠の有力な側近だったが、意気消沈してその老中の仕事も滞りがちになった。

これを聞いて怒ったのが家康だった。

「相模守は何を考えているのだ。新十郎を亡くした無念は分かるが、幕府の仕事をおろそかにするとは不届き、余が怒っておると伝えろ！」

忠常の死の真相を知らない家康は職務怠慢を叱った。

それを心配した将軍秀忠は忠隣を呼んで、精進落としの宴をやろうと持ち掛けた。

「上さま、ご心配をおかけし恐悦至極に存じまする。新十郎のことは私事ゆえそのような宴はご辞退申し上げまする」

「相模守、大御所さまも心配しておられるのだ、気分を変えて元気のいいところを見せてくれい……」

「ははッ、士道不覚悟、存分なるご処分を賜りたく願いあげまする」

「そのようなことを言うな、余は処分など考えておらぬ……」

衝撃に打ちのめされた忠隣の症状は最悪だった。

秀忠も忠常の死の真相は知らない。

他の老中たちも同情を通り越して忠隣に不興を感じ始めていた。

大久保忠隣の周辺から人が消え、本多正信は門前市をなす隆盛になった。つい先頃までは逆だったのだ。

忠常に期待する人々で大久保屋敷はあふれていた。

関ケ原の戦い以前から家康の大謀略を考えて、実行してきた謀略好きな本多正信の面目躍如である。

小田原まで弔問に行った多くの者が閉門処分になった。この正信の権力に大名も旗本も震え上がった。

将軍の精進落としの宴を断るとは身の程知らずな振る舞いだ。

職務怠慢は譜代として将軍をお支えしなければならぬ立場を忘れた不忠者だ。

宿敵大久保一族を叩き潰す好機と見て、微塵も容赦することなく、正信は徹底した攻撃に出た。

長安は江戸からくる知らせを聞きながらいらついたが、体調はいかんともしがたく駿府から動くことができなかった。

長安は病臥した部屋に権太を呼んだ。枕元に権太と瀬女が座っている。権太は瀬女の父親だ。

「猿橋と五郎太から知らせは？」

「ございません。おそらく警戒が厳重で、探索もままならないものと存じます。それがしも江戸へまいろうかと考えております」

「そなたが行けば、半蔵が黙っておるまい？」

「その時は、半蔵をやりまする」

服部半蔵正就の弟、服部正重は長安の長女と結婚している。長安の仕事を手伝っていて今は佐渡にいる。

長安は亡くなった服部半蔵とは親しく、お稲の産んだ娘を嫁がせたのだ。

半蔵正就も配下に背かれて職を失い、伏見の松平定勝に預けられたとき、復帰に資金を出し、手を貸したのが長安だった。

長安に恩を感じているはずの半蔵正就がどう動くか微妙なのだ。

「江戸が大騒動になるぞ？」

「覚悟しておりまする」

権太こと鬼面丸は自分の手で、本多正信を仕留めようと考えていた。権太の配下である武田家の間者は、既に二十数人が手元にいた。

「これから余の話すことをよく聞け、おそらく、余の命はそう長くないだろう。そなたは配下を全て引き連れて江戸に行け、江戸では伊達さまにご挨拶いたせ。余の書状を持って行けばお会いくださる。用向きは書状に書いておく、仕掛けたら正信を仕留めるまでやれ、いいな！」

「畏まりました」

「このことを知っておけ、伊達さまは関ケ原の直前、大御所さまから百万石を与えるとのお墨付きをもらった。それで、上杉景勝を牽制するため最上義光と協力して、会津の上杉が西に動けぬよう抑え込んだ。だが、関ケ原の恩賞は伊達さまが二万石、最上さまが三十三万石だった。伊達さまは一揆に加担したと難癖をつけられ、百万石を反故にされたのだ。伊達さまの力を大御所さまは恐れたのだ。おそらく、今でも独眼竜伊達政宗が大坂城と手を組むことを恐れているはずだ……」

「はい、肝に銘じまする」

「うむ、軍資金は手持ちの一万両を渡す、足りなければ江戸の屋敷に泥棒に入れ、お稲に黙っていくらでも持って行け、瀬女はここに置いて行け……」

「はい、何年かかろうとも必ず仕留めて帰りまする。なにとぞ、お体を大切に、吉報をお待ちくださるよう。瀬女、殿を頼むぞ？」

「父上、無事のお帰りを……」

遂に長安は決断して刺客を放った。

大久保一族の中で、本多正信を仕留める力を持っているのは、自分しかいないと考えての決断だ。

長安は正信とはこんな日が来るだろうと、ずいぶん前から根拠のない予感を持っていたように思う。

人には理屈ではなく、どうしても肌が合わないと言う人間が、一人や二人はいるもので、どこがどうだからと説明のできるものではない。

長安にとって正信はそんな肌の合わない一人だった。

嫌いな人間かといえば嫌いではない。好きかと言われれば好きでもないのだ。

長安は正信の子正純にも格別な思いはなかった。

父親の権力に守られた四十八歳の平凡な男で、大久保忠常のような期待の持てる男ではなかった。

その正信が大久保一族に仕掛けてきた以上、大久保を名乗る長安も乾坤一擲、戦うしかない。

その頃、本多正信の魔の手は、親藩や譜代以外で、老中にまで上り詰めた長安に伸びて来ていた。

正信も長安にやられると感じていたのだ。

計り知れない黄金を持つだろう長安は、放置できない正信の敵なのだ。その上、長安と独眼竜が近いことも気に入らない。

七月九日、本能寺で天正十年六月二日に亡くなった織田信長の正室、帰蝶姫が七十八歳で亡くなった。

本能寺の生き証人だったが、京の山奥に隠棲して二度と世に出ることがなく、帰蝶姫は数人の侍女に守られ密(ひそ)かに生きていたのだ。

その存在は太閤秀吉も大御所家康も、表向きは知らないことになっていた。

三、駿府城炎上

初秋、江戸の本多正信から大御所家康に一通の密書が届けられた。

その密書は大久保長安の罪状として、家康の黄金を横領したなどと言う内容だった。最早、怖いものなしの本多正信は、大久保一族の本丸を潰しに来たのだ。本丸の一角、大久保一族の希望である忠常を殺し、もう一角の忠隣の権力を失墜させた。残る一角は長安の黄金である。

正信は再起不能になるまで、大久保一族を叩き潰さなければ、嫡男正純や孫の正勝(まさかつ)の先がないと考えていた。

大久保一族の報復を最も恐れていたのが正信本人だ。正信は長安がどんな男か分かっていた。

家康の気に入りの頭脳は徳川家一と言われ、家康と幕府を莫大な黄金で包み、揺るぎない幕府を育てたのは紛れもない長安だ。

今や七千万両とも八千万両とも言われる黄金が家康と幕府を守っている。

その功績は正信を上回るもので、決して下回るものではない。その恐怖を正信は感じている。

家康は正信の密書を読んで不愉快になった。

「弥八郎(やはちろう)の馬鹿が何を血迷っているのだ。十兵衛はうぬが言うような悪人ではないわ！」

ブツブツ言いながら密書を放り投げて爪を嚙(か)んだ。

正純が驚愕して家康を見つめた。

弥八郎と言うのは父親正信の幼名なのだ。正純は家康が正信に怒りを見せたのを見たことがない。

「弥八郎の馬鹿が……」

正純の前で怒ったのだ。

家康が弥八郎と幼名で呼ぶ時は相当に怒っている時だ。

その家康が睨むと正純は震え上がった。

長安が天下の総代官と呼ばれていることも、女好きで数十人の遊女を引き連れて歩くことも家康は全て知っていた。

そんな豪放磊落な長安の性質を家康は愛したのだ。大酒をして舞う時の嬉しそうな振る舞いを家康は愛した。

武骨な三河武士にない長安の途方もない大きさに、家康は信玄の存在を感じ、信玄の影を見るのだ。

あの楽しそうな長安の舞を、信玄はどんな気持ちで見ただろうと考える。長安の舞を見ると、家康は三方ケ原で、信玄の風林火山の大軍に、木っ端微塵にされた日を思い出す。

あの九死に一生の戦いが、家康を今の家康にしたのだと思う。

「天海、見るか？」

「はい、差し支えなければ拝見いたしまする」

家康が密書を天海に渡すのを見て、正純は家康に頭を下げて座を立った。それをジロッと見ただけで家康は何も言わなかった。

家康がつぶやいた「弥八郎の馬鹿が……」という言葉は重大だった。父本多正信より大久保長安を支持した言葉なのだ。

天海と正純しかいなかったからいいものの、多くの家臣が聞いたらとんでもないことになる。

正純は部屋の廊下に出て座った。そこに中の話し声は聞こえない。

「どう思う、天海？」

「これは迂闊には扱えないことかと存じまする」

「十兵衛に不審でもあると言うのか？」

「いいえ、大久保殿はあのような人柄ゆえ、ここに書いてあるようなことはないと存じます。むしろ、これを書いた佐渡守さまに、何か思惑があるのではございませんか？」

「佐渡の思惑だと？」

「お心当たりはございませんか？」

「ない、佐渡が謀略をする時は必ず先に余に話す。謀略か？」

　家康が天海をジロリと睨んで嫌な顔をした。

「ここだけの話にございますが、大御所さまは小田原の大久保忠常さまの死をどのように見ておられますするか？」

「新十郎の死は急な病だと聞いたが違うのか？」

「もし、毒を食ったのであれば、どのようにお考えになられますするか？」

「何だとッ、新十郎が毒を食わされたと言うのかッ？」

「あのように聡明で人望もあり、将来を嘱望される若者は同時に妬みやっかみ、嫉妬する者が多いことも事実にございます」

「だが、毒を食わせるなど容易にできることではないぞ？」

「それができる地位と権力を持っている者と読めませんか？」

「誰だ、まさか将軍……」

そう言って天海を睨んだ。

「将軍さまと忠常さまは年も近く、仲が宜しかったと聞いておりまする」

「将軍でないとすれば、まさか天海ッ！」

「恐れながら、恐れながら……」

「なぜだッ！」

家康が握った扇子を天海の眼の前に叩きつけた。

「大御所さま、どんなに偉い人間でも、一人になれば孤独で寂しいものにございます。ましてや、年老いて子や孫、一族の将来を考えた時、隣がキラキラ輝いておりましたら、自分の力のあるうちに、眼の黒いうちに、なんとかしようと考えるのが、あさましい人情にございます」

「天海ッ、うるさいッ！」

「失礼をいたしました……」

「くそッ、余が手出しできぬと思ってかッ？」

家康の顔が異常に赤い。いつも冷静な家康が興奮している。

天海はあまり興奮すると家康が倒れる、まずいと思いながら家康を見た。その家康がフラッと主座を立つと部屋から出て行った。

天海が追うように近習に顎で命じた。

江戸で将軍の次と言えば正信しかいない。

家康は本多家と大久保家の確執は知っていた。

ことに正信と忠隣の不仲は見て見ぬふりをして来たのだ。その結果が忠常暗殺かと激怒したのだ。

その上、正信の密書には金銀の不正蓄財とあった。家康に納めるべき金銀を私曲したと言うことだ。

家康には信じられない。

多くの金山銀山を支配し、金の抽出効率を高める新技術の導入など、長安らしい努力で金を取り出して来た。そのことは家康も知っている。

当然、長安の実入りも多くなることは分かっていた。

それを咎めようとは思っていない。

江戸城の金蔵も駿府城の金蔵も、崩れ落ちそうなほど、ぎっしりと黄金が積み込まれている。

それは長安の功績以外のなにものでもない。実際に長安以外の奉行で、金銀の増産に成功した者はいない。

「佐渡は十兵衛を殺せと言うのか、馬鹿な……」

家康は眠れず褥に起き上がった。

「向こうに行っておれ……」

抱いていた十六歳の側室お六の方に八つ当たりして追いやった。

「誰かッ、天海を呼んでまいれッ！」

深夜のことで近習たちは大騒ぎになった。だが、天海はそんな呼び出しのあることを予想して、本丸から下がらずに仏間で経文を唱えていた。

「僧正さまッ、大御所さまがお呼びにございますッ！」

「うむ、寝所か？」

近習と天海が家康の寝所に走った。

家康は若いお六を抱いても荒れた気持ちが治まらなかったのだ。こんないらつきは関ケ原以来で珍しかった。

「みな下がれッ、天海、寄れ……」

天海が家康の褥の傍まで這って行った。

「何かいい手はあるか？」

「いいえ、このような権力争いに、いい手などございません。古来より、権力争いは勝った方が正義にございます。天下の権を争う戦いから、百姓の水争いまで、この世には数えきれない大小の争いがございます。全て、勝った方が正義にございます。大御所さまのお腹立ちは分かりますが、両家の不仲は大御所さまもお分かりだったはず、しばらく、様子を見られてはいかがかと存じまする」

「見殺しにするのか？」

「いいえ、反撃するかも知れません？」

「江戸がぐらつくのではないか、それは困るぞ」

「その程度で足元がふらつくような幕府であれば、将軍と重臣の全てを挿げ替えれば宜しいのではございませんか？」

「何だとッ！」

「大御所さま、秀忠さまは思いのほか踏ん張るお方ですぞ。この程度のことで幕府の屋台骨はぐらつきません。それこそが石見守殿の大きな功績にございます」

「余はその石見を疑う気になれぬ……」

「拙僧もあの書状にある通りとは考えておりません。石見守殿のことゆえ、既に気づいて手を打っておりましょう。グズグズしている男ではありません。だが、果たして、権力闘争に勝てますかどうか、近頃、体調が優れぬと聞いておりますので……」

「余が知らぬふりをすればどうなる？」

「あの書状を認めたことになりましょう」

「それで？」

「おそらく仕掛けた方が勝ちましょう。長引くようであれば、両者を潰してしまえば済むことにございます。この程度のことはどこにでもあることにて、遠からず、新しく力あるものが芽吹いてまいりまする。ご心配には及びません……」

「新しい力か？」

「はい、三代将軍竹千代（たけちよ）さまをお支えする新しい力にございまする」

家康は天海の言葉を聞いて、ほっと肩から力が抜けたように前屈（かが）みになった。

「竹千代か、あれは信康（のぶやす）の幼い頃とそっくりじゃ……」

そう言った家康を見て気持ちが少し落ち着いたようだと天海が判断した。家康が眠れないことなど、このところなかったのだ。

「大御所さま、もし、ご心配でしたら拙僧が江戸に入り、それとなく調べてまいりますが？」

「うむ、そうだな……」

「では、暮れになりましたら、ぼちぼちと……」

天海はゆっくりと事の真相を見極めようとしていた。騒げば、正信の思うつぼなのだ。老獪な天海僧正は家康の意を体して事態収拾に乗り出した。

その頃、いち早く、正純は大御所さま不快の様子を、書状にして江戸に使者を出していた。

大久保石見守長安の病臥を見据えて仕掛けた謀略で、この程度の大御所不快で本多正信の決意が萎えることはない。

正信は本多か大久保かいずれが生き残るのか、仕掛けた以上、もはや止められない状況になっていた。

攻め潰さなければ逆襲される恐怖を感じていたのだ。

長安の病は七月頃から悪化して、改善する様子が見えなかった。

気分のいい時に瀬女と庭を歩くぐらいだった。暮れが近くなって寒さが富士山から降りて来ると、長安は庭を歩くこともなくなった。なんとか船で海を渡り、土肥金山に行きたいと思うのだがそれもできないでいた。

晩秋の寒い日、駿府城の家康から使いが来て長安は登城した。

「十兵衛、少し痩せたようだな?」

「はッ、恐れ入りまする。痛風の病にて少々難儀しておりますが、だいぶ良くなってまいりました。役目に遅滞のないよう相努めまする……」

「うむ、痛風は余も持病じゃ、大切にいたせ、酒は駄目だぞ。いいか……」

「はッ、ご心配をおかけし恐悦至極に存じ上げまする」

「代官所からの金の納入だが、少々遅れておるが問題はない。早く体を治して金山回りを再開せい!」

「はッ、畏まってございまする」

天海と臨済宗の秀才金地院崇伝が家康と長安を見ている。

この時、長安は心配していることがあった。

それは三年ほど前から各地の金山銀山の産出量が減少しつつあったのだ。

これは長安しか知らないことで、長安は各地の山を回って、自分の眼で確かめたいと考えていたのだ。

　代官所からの金の納入が遅れがちなのは、金銀の量目を整えて納めようとするからだと考えていた。

　それも長安は確かめたい。

「十兵衛、やるか？」

「はい、有り難く頂戴いたしまする」

「少しだぞ。舐めるだけにせい！」

　長安は家康の酒を頂戴し、いつものように家康に舞を披露した。

　天海は長安を睨んで何か探ろうとしている。長安は知らぬふりで舞い終わると、家康に挨拶して城を下がった。

「どうだ天海？」

「見当が付きません。相変わらず懐の深い天下の総代官にございます」

「反撃を仕掛けていると思うか？」

「おそらくは。あの眼光の鋭さは体を病にむしばまれながらも、まだまだ死んでいないと語っておりました」

「やはり仕掛けたか？」

「大御所さま、そろそろ江戸にまいろうかと思いまする」

「よく見てまいれ……」

十二月に入って天海僧正が一人、駿府城を出て東に向かった。

その頃、江戸の権太は伊達政宗との会見も済んで、政宗から伊達家の支援を取り付けていた。

家康にだまされたと思っている政宗は、百万石のことで恨んでいた。政宗は密かに幕府転覆の野望を育てている。

それを長安だけは知っていた。

権太の配下は江戸の市井に身を潜め、バラバラに暮らしながら、必要な時だけ連絡を取り合っていた。

権太は金吾を一の組、猿橋を二の組、五郎太を三の組に編成して、それぞれの組には数人ずつ配下を分けた。

半蔵に知れても一気に全滅しない方法である。

唯一、半蔵に顔を知られている権太は江戸の外れ、本郷(ほんごう)と駒込村(こまごめ)の間に忍び、百姓家を設けて、若い女芽々(めめ)と老婆お杉(すぎ)と三人で暮らしていた。

夜に百姓家を出て各組の忍び小屋を回った。

　本多正信の警戒は厳しくなる一方で、屋敷の周辺に近づくことさえ困難だった。それでも各組の配下は活発に動いている。

　塵（ちり）一つ見逃さない緻密（ちみつ）な探索だ。わずかな隙も見逃さない。一瞬の勝負で正信の命を絶つ構えだ。

　そんな暮れが押し詰まった十二月二十二日、家康の駿府城が燃え上がった。

「殿ッ、城が燃えておりますッ！」

　近習の叫び声に長安が飛び起きた。

　傍に寝ていた瀬女も飛び起きて、大急ぎで長安に着替えをさせると、太刀を握って玄関に走った。

　既に玄関には馬が引き出されていた。家臣団百二十人ばかりが火消しの支度で長安を待っている。

　長安と瀬女が馬に飛び乗ると、家臣団を引き連れて屋敷を飛び出し、北の草深門から赤々と燃える駿府城に飛び込んだ。

　暮れの乾燥で火の回りは異常に速かった。

「大御所さまッ！」

　長安は家康の無事を確かめようと、瀬女と城内を探し回った。消火ができるような火の勢いではない。

もう手遅れだ。

「大御所さまッ、いずこにッ！」

馬が猛火を恐れて尻込みする。

その馬に鞭を入れて場内を回ったが家康の姿はなかった。

逃げ遅れたかと思ったが、大勢の近習が警護しているはずで、滅多なことで逃げ遅れるとは考えられない。

「大御所さまッ！」

「おう、石見守さまッ！」

「おッ、お奉行ッ、大御所さまはいずこッ？」

「本多屋敷に向かっておられますッ！」

「おう、御免ッ、金蔵を燃やすなッ！」

長安は馬首を返すと瀬女と本多正純屋敷に向かった。

大手門を出た家康と義直、頼房は駕籠に乗って逃げていた。家康の側室や侍女たちは徒歩で逃げた。

「大御所さまッ！」

長安は本多屋敷の玄関で家康に追いつき、駕籠の傍に馬から飛び降りた。

「十兵衛ッ、蠟燭（ろうそく）の火だ。不審火ではないぞ！」

「はッ、火のまわりが早く、消せそうにございませんッ！」

「構わぬッ、燃えるものは、燃やしておけッ！」

そう言い残すと駕籠から下り、燃える城を見ていたが、家康は頼房の手を引いて奥に消えた。

長安は馬に乗ると燃えている城に引き返した。

長安の家臣団が金蔵を包囲して警備している。

城の火の粉は飛んで来るが金蔵が燃える心配はない。何人かが屋根に上がって飛んで来る火の粉を払っている。

その時、長安の体がグラッと傾いて落馬しそうになった。

「殿ッ！」

瀬女の叫び声に家臣が長安の馬に群がって、痩せた体を鞍（くら）から下ろして金蔵の軒下（のきした）に運んだ。長安を目まいが襲ったのだ。

「殿さまッ……」

「心配ない。瀬女、手を貸せ……」

長安が起きようとした。

「もうしばらくそのままで……」

瀬女は長安の頭を抱いて首を振った。

「軽い目まいだけじゃ、心配はない。城はどうなっておる？」

「間もなく、天守が焼け落ちるものと思いまする！」

長安の近習が答えた。

「小兵衛、屋敷に戻って、炊き出しを持ってまいれ、二、三日は屋敷に帰れぬ、まずは腹拵えだ！」

「畏まりました」

「万太郎、町奉行を呼んでまいれ！」

駿府城で指揮を取れる重臣は長安だけだ。

「伊兵衛、間もなく天守が焼け落ちる、後を片付ける本陣を二の丸の庭に置く、急ぎ陣幕を張れ、金蔵の警備は五十人でよい！」

「畏まって候ッ！」

田中伊兵衛が七十人ばかりを連れて馬場先門から二の丸に走った。

長安は瀬女の肩につかまって起き上がると床几に座って、瀬女が差し出す水をゴクゴクと美味(うま)そうに飲んだ。

そこに町奉行の彦坂光正が万太郎と走って来た。

「奉行殿、このような時には城下の警備が重要じゃ。盗賊が出没する恐れがある。城下の者が不安にならぬよう警備を厳重にしてもらいたい。流言飛語(りゅうげんひご)も取り締まってもらいたい。出火原因は蠟燭じゃ、不審火ではないぞ！」

「承知いたしました」

「城下から大御所さまの兵や、諸大名が兵を連れて到着する頃じゃ、各ご門の警備を厳重に、二の丸で余が指揮を執る。連絡はそこへ！」

「承知ッ！」

光正が長安に頭を下げて走って行った。

本丸はまだ盛んに燃えている。長安は風向きを確認すると、床几から立って本丸に向かった。

腰から鞘(さや)ごと太刀を抜くと瀬女に渡した。

「刀が重いわ……」

子どもっぽくニッと笑った。

長安が二の丸を本陣と定め床几に座っていると、続々と城下から諸大名が火消し姿で現れた。みな百人、百五十人の兵を率いている。

馳せ参じた者は名前を届け出る。

そこに十二歳の義直と十一歳の頼宣が二百人ほどの家臣団と兵を引き連れて現れた。勇ましく鎧を着て武装している。

義直は六歳で元服し、三年前に天下普請で名古屋城を完成させた城主だ。家康が最も可愛がっている九男である。

頼宣は駿府城の幼い城主なのだ。

「これは若君、頼もしいお姿で？」

「うむ、石見、間もなく焼け落ちるな？」

「はい、それで大御所さまのご様子はいかに？」

「余が出てくる時は寝ておられた。少々、お疲れのようであったな……」

義直と長安が話していると、轟音とともに駿府城の天守が焼け落ち、凄まじい火の粉が飛び散った。

「火の粉を消せッ、延焼させるなッ！」

長安が大声で叫んだ。

義直は長安の傍で崩れる天守を驚いて見ている。集まった諸大名と兵が火消しに殺気立った。

「水だッ！」

「火の粉を叩き潰せッ！」

「風は北からだッ！」

　本丸周辺が騒然となった。だが、火の粉を消すぐらいで打つ手がない。

「石見、今日中に消えるか？」

「はい、雨が降ればたちまちに消えますが、この空模様では雨は降りません。間もなく、夜が明けますので兵を入れて消しまする」

「うむ、金蔵はどうなっておる？」

「それがしの家臣五十人に、厳重に警備させております。城下は町奉行が警備しておりまする」

「そうか、空がだいぶ明るくなってきたぞ……」

　幼い大将の義直が床几に座った。

　その後ろの床几に長安が控えた。

　駿府城下にいる大名たちが、総出で火消しに当たっている。夜が明けきると各大名に続々と兵糧が運び込まれて来た。

小兵衛が運んで来た炊き出しを長安が義直に差し出した。

「これは何だ？」

「非常時の兵糧にございまする」

義直は握り飯を睨んで手を出さない。

すると近習が三人、義直の前に出て毒見をした。口に入れるものは全て毒見をしてからでなければ手にしない。

近習が差し出した握り飯を頬張ると、ムシャムシャ食ってニッと笑う。

「石見、これは美味いぞ、城では食えないのか？」

「そのようなことはございません。握り飯が食いたいとお命じになれば、いつでもどこでも出てまいりまする」

「握り飯だな？」

そう言って義直はよほど気に入ったのか五個もたいらげた。腹がいっぱいになると義直が居眠りを始めた。

暢気なもので焼け落ちた天守と本丸はまだ燃えていた。

昼近くになって家康が本多正純と兵二百人ほどを引き連れて現れた。

本丸は鎮火していたが煙がまだあちこちから上がっている。早々と兵たちが跡片付けにかかっていた。

大名たちが緊張した顔で家康の前に出る。

「みな、大儀である。怪我はしていないか？」

「怪我人は一人もございません」

長安が答えて家康に頭を下げた。

「石見守、延焼はしていないようだな？」

「はッ、延焼を避けられた御殿もございますが、焼け跡が片付くまで大御所さまがここにお住まいになられるのは不都合かと存じます。早速、築城できるよう燃え残りを片付けまする」

「そうだな……」

家康は燃え落ちた本丸天守や焼け残った建物など、城内を検分して本多屋敷に戻って行った。

駿府城は隠居した家康の住まいだが、名目上、駿府五十万石は家康の十男頼宣のものなのだ。

天下普請によって改修築城された三重の水堀を持つ大きな城だ。

長安は五日ばかり屋敷に戻らず、駿府城火災の後始末をした。それが良くなかった。

瀬女に何度も注意されたが、長安は屋敷に戻らず不眠不休で無理をした。仮眠だけでは疲労は解消しない。

正月を迎える頃には病臥して起き上がれなくなった。

なんとか気力で家康に正月の挨拶はしたが、本多屋敷から戻るとそのまま寝込んでしまった。

「瀬女、江戸から知らせはないか?」

「ございません……」

「難儀しておるようだな?」

「はい、ですが、父と兄は必ずやり遂げまする」

「うむ、仕留めてもらいたい……」

長安が江戸の風景を思い出しているように天井を睨んでいる。

その頃、慶長十八年(一六一三)正月六日に江戸で事件が起きた。

大久保忠隣の養女が山口但馬守重政(やまぐちたじまのかみしげまさ)の嫡男重信(しげのぶ)に嫁いだ件で、無届の婚姻だと言われ、常陸牛久(ひたちうしく)の領主山口重政と重信が改易になった。

断固、大久保攻撃を止めない本多正信の言いがかりだった。

忠隣の養女の祖父で家康の母方の従兄、石川数正の叔父にあたる大垣城主石川家成は、孫娘の婚姻を伝え許可を取って忠隣の養女にしたのだ。

石川家成も大久保忠隣も山口重政も、二度の許可はいらないものと考えていた。

ところが正信は嫁がせる許可は取ったが、嫁にもらう側の許可は取っていないと難癖をつけた。

正信の言い分を受け入れた将軍秀忠は山口重政を改易にしたのだ。

山口親子は武蔵入間の龍穏寺に蟄居させられた。

石川家成は後に徳川十六神将に数えられる大実力者なのだ。高齢でなければ老中になろうと言う大物だ。

忠隣と手を組まれては正信が困る。

そこで家成に言いがかりはつけられないが、山口重政ならと露骨に正信は介入した。忠隣の正室は家成の娘だった。

激怒した大久保忠隣は十六日に息子と登城して、将軍に訴えたが秀忠は聞く耳を持たなかった。

四、長安の死

権太は本郷の百姓家からあまり出ることがない。

忍び小屋を回る時は若い芽々と猿橋の息子長次郎(ちょうじろう)が従った。時々、老婆のお杉も供をすることがある。

本郷の百姓家から半里あまり離れた湯島(ゆしま)神社の崖下(がけした)に、五郎太の三の組忍び小屋があった。

湯島神社は古くから菅原道真(すがわらのみちざね)を合祀(ごうし)して湯島天神(てんじん)とも呼ばれている。

権太が芽々を連れて百姓家を出て坂を下り、不忍池(しのばずのいけ)のほとりを南に歩いていた。江戸は相変わらず繁栄して拡大を続けている。

その混乱は家康の入府当時と何も変わっていない。江戸城の周辺には大名屋敷がひしめいていた。

「灯りも持たずにどこに行く?」

誰何(すいか)した黒装束が三人、闇の中に立った。星明りで三人だとすぐ分かった。

「どこに行こうがそなたらの知ったことではない……」

「何だと！」

誰何した黒装束が腰の太刀を握った。

「穏やかに話した方がいいぞ、鬼面丸……」

「三代目か？」

「おおう……」

三代目服部半蔵正就は四十九歳になる。徳川家の伊賀者二百人を束ねる頭領だった。だが、今はその頭領ではない。

「何の疑いだ？」

「疑いなどない。なぜ駒込に百姓家など構えた？」

「ほう、ずいぶん鼻が利くな？」

「伊賀者を甘く見るな。石見守さまは駿府だ。側近のお主がなぜ駒込の百姓家にいる。鬼面丸、答えろ……」

半蔵が頭巾を取って顔をさらした。

「隠居した……」

「笑わせるな。武田の三ツ者の頭領が隠居とは笑止！」

「三代目、人は年を取るものだ。静かに暮らしたいと思っても不思議はなかろう?」

「そうだな、だが、駿府の石見守さまは病だ。それなのに鬼面丸の配下と思える者が全て姿を消した。それを見逃すほど伊賀者は甘くないぞ!」

「なるほど、二代目とは三度戦ったが決着がつかなかった。三代目が決着を望むなら受けて立つ、二、三十人の犠牲は覚悟してまいれ!」

暗闇の中で二人の気迫が衝突する。

「その覚悟なら話すことがある。近いうちに百姓家を訪ねて行く……」

「承知した」

二人の黒装束が闇に消えた。半蔵が振り返って立ち止まった。

「鬼面丸、駿府城が炎上した。その時、石見守さまは相当に無理をしたようだ。病はかなり悪いぞ!」

そう言い残して半蔵が闇に溶けて行った。

「お頭……」

「うむ、殿の病が重いか、だが、駿府には帰れないのだ……」

それは権太が最も心配していたことだ。だが、何があってもこのまま計画は続けなければならない。

必ず成し遂げると長安と約束した密命なのだ。

不忍池は真っ黒でその湖面に灯りは一つもない。

権太と芽々は北風の中に立っていた。

半蔵が会いに来ると言うのは何か知っているからだ。全ては、半蔵と会ってからだと腹を決めて二人は百姓家に引き返した。

三日後、半蔵正就が一人で権太の百姓家に現れた。お杉は白湯(さゆ)を出すと芽々と百姓家を出た。

二人は王子稲荷(おうじいなり)に向かった。

「忠常さまをやったのは風魔(ふうま)の小丸(こまる)だ……」

「命じたのは誰だ？」

「分からん、噂では佐渡守だ……」

「小丸はどこにいる？」

「分からんが、江戸にいると言うことだ……」

「ここにいるのがなぜ分かった？」

「伊達屋敷を見張っていた。そこにお主が現れた……」

「伊達さまだと！　そなた忠輝さまのところにいるのではないか？」

半蔵正就は長安の口利きで松平忠輝のところにいた。伊達政宗の娘五郎八姫は忠輝の正室だ。

「誰の命令で伊達屋敷を見張っている、将軍か、佐渡守か？」

「それは聞かないでくれ、佐渡守は拙者を罷免した男だ。頼まれてもやらぬ……」

「そなた、まだ配下を動かしているのか？」

「背いた配下もいるが、ついてくる配下もいる……」

この後、半蔵正就は大坂の陣で死ぬが、弟正重が半蔵を名乗ることになる。

「正重さまは佐渡で達者にしておられる」

「聞いている……」

「駿府の殿さまの容態が悪いと言ったな？」

「うむ、相当に悪いようだ、なぜ駿府に戻らぬ、狙いは何だ？」

「狙いなどない」

「本多佐渡の命？」

権太が半蔵正就を睨んだ。

「図星のようだな。だが、あれは難しいぞ……」

権太は黙っている。

「佐渡守には拙者も恨みがある。だが、警戒が厳しく狙うのは難しい。隙が無い……」

囲炉裏の火箸を握って、権太が燃え残りの小枝を火に入れた。パチパチと炎が蘇った。

「駿府から天海僧正が来て江戸城に入った。何か嫌なことが起きそうだ。あの坊主は何を考えているか分からない……」

そう言って半蔵正就が腕を組んだ。

「大久保さまに嫌なことが起きそうな気がする？」

「嫌なこと？」

「よく分からないが、本多佐渡を生かすため大久保忠隣さまを潰してしまう……」

「そんなことがあるか……」

「本多と大久保の権力争いならそうなっても不思議はない、だとすると石見守さまが巻き込まれる？」

半蔵正就が正確に事態の動きを読んだ。

権太は忠常が亡くなり大久保忠隣が不利だとは考えていた。

そのためにも本多正信を殺したいのだが、半蔵正就が言うように全く仕掛ける隙がないのだ。

「手がいる時は言ってくれ、配下は六人だが力になる……」

「その時は忠輝さまの屋敷に伺う」

半蔵正就が協力を申し出ると、権太がそれを受け入れた。だが、事態は急激に悪化した。長安は二月頃にはまだ元気が良かった。

「瀬女、余が死んだら黄金の棺に入れて甲斐に葬ってくれ……」

「殿さま、そのようなこと瀬女は嫌にございます。早く良くなって馬で甲斐にまいりましょう……」

「馬でか？」

「はい、身延山から塩山に行き、黒川金山にまいりましょう、善兵衛殿、赤牛殿、海老屋の女将さん、多くの金掘たちが、殿さまのお帰りを待っておられます」

「そうだな、黒川金山には行きたい。あそこにはお館さまがおられるのじゃ、十兵衛、間歩を増やせ、そうおっしゃっておられる……」

「殿さま……」

「あの山は天下一いい山だ。まだまだ金が掘れる……」

だが、三月になると長安はほとんど喋らなくなった。天井を睨んで何か考えているこ とが多くなった。

「江戸の権太から知らせはないか?」

ぽつりと瀬女に聞くぐらいなのだ。

長安の痛風は若い頃からの大酒が祟ったもので回復の見込みは全くない。お医師は口にこそ出さないがあきらめていた。

そんな三月の終わりに、江戸から天海が戻って来た。

天海は大坂の秀頼を片付けるまで、幕府内の混乱は困ると将軍秀忠を説得した。権力争いは構わないが時期が悪いと言うことなのだ。

秀忠も期待していた忠常が亡くなり気落ちしていた。もちろん秀忠は忠常の死を病死だと信じている。

天海は忠常の死には触れなかった。

大坂の秀頼を滅ぼすには謀略家の本多正信が必要だと力説した。

秀忠も大坂の秀頼は我が娘千姫の婿だが、征夷大将軍の目の上のたん瘤だと考えている。この世から消えてもらえば有り難い。

天海の考えは家康の考えでもあると、秀忠は従順に天海の話を聞き同意した。家康にとっても秀忠にとっても最大の関心事は大坂の秀頼なのだ。

二条城での会見以来、家康と秀忠は秀頼を取り除くことだけを考えてきた。

秀頼はあまりにも偉丈夫に育っていた。

早く取り除かないことには、幕府が難儀することが考えられ、家康がいなくなると大坂に豊臣恩顧の大名が集結しかねない。

高齢の家康が急に倒れることも考えられた。その前に江戸と大坂の戦いに持って行くことが考えられる。

そう言う状況から謀略のできる本多正信を失うことはできない、と言うのが天海の考えなのだ。

大久保忠隣を犠牲にすることはやむを得ないと、暗黙裏に秀忠の了解を取り付けて駿府に戻ったのだ。

ここに大久保長安の運命も決まった。

家康は早急に長安を取り除くことに強く反対した。長安の病状はもう助からないと見ていたのだ。

そんな家康に天海は強引だった。

長安の持つ黄金が動くと混乱の原因になると説得した。

それは本多正信も同じ考えだった。

長安の存在も問題だが、それ以上に、数千貫と噂される、長安が持っている黄金が問題なのだ。

諸大名に貸し出されたり、伊達政宗の手に渡ったり、大久保忠隣が手にすれば危険だという考えだ。その可能性は充分にある。

大坂の秀頼と戦うことになれば、攻める徳川方の軍資金は、いくらあっても足りないぐらいだ。正信は長安の黄金を百万両と読んでいた。

四月に入ると長安の病臥を見透かしたように、江戸の正信から家康に二度目の密書が届いた。

「天海、本当に十兵衛は正信が言うほど金を持っているのか?」

「分かりませんが、噂では四、五千貫とのことにございます。小判に直せばほぼ百万両、その黄金が動けば厄介なことになります」

「だが、それは余と十兵衛が取り決めた四分六の取り分からのことだ。余が八千万両、十兵衛が百万両なら、正信が言う不正蓄財とは言えまい。十兵衛は銀流し法など精錬方法を変えて増産したのだ……」

「大御所さま、その百万両の行方が問題なのです。今のところ、その黄金は大久保一族にしか貸し出されていませんが、諸大名などに貸し出されては、取り返しのつかないことになります」

「独眼竜か？」

「それもございますが、西国の諸大名などは危険にございます。大坂を叩き潰すまでは油断はできません。佐渡守さまの言い分には大袈裟な言いようもございまするが、大御所さまが取り上げるに充分な内容かと存じます」

確かに、百万両を長安が持って、その黄金が西国や伊達に動くようなら、見過ごせないと家康は思った。

今、家康が気になっているのは、各地の金山や銀山の奉行所や代官所から納められる金銀が遅れていることだった。

「大御所さま、大坂と事を構える前に、百万両があるなら取り上げておく必要がございます。取り上げる理由は佐渡守さまの言う通り、不正に蓄財したと言うことで宜しいかと存じまする。他にも、各金銀山の代官が不正をしない見せしめにもなります」

それでも家康は首を縦に振らない。

長安の功績を最も認めているのが家康なのだ。

江戸に入府した時、家康が最も頼ったのが長安だった。猿楽の名人、大酒飲みで女好き、家康もかなわない算術の天才で小太刀の名手だった。

手始めに家康は長安に甲斐の再建を任せた。それをわずか二、三年でやってのけたのには驚いた。

江戸に入府して関東奉行、直轄百万石の代官頭、八王子に実高九万石を与え、関ケ原後は大和代官、石見銀山検分役、佐渡金山接収役、甲斐奉行、石見奉行、美濃代官、佐渡奉行、幕府勘定奉行、年寄老中、伊豆奉行、関東の交通整備、幕府直轄領百五十万石の代官など全て兼務させた。

家康と幕府のために長安ほど働いた家臣はいない。

それも長安は武田信玄の家臣で家康の譜代ではないのだ。

その外様の長安を老中にまで取り立てて家康は頼った。幕府二百六十年の中で外様の老中は長安一人だ。

その長安を斬り捨てることはさすがの家康にもできなかった。

そんな慶長十八年四月二十五日、武田信玄に寵愛され、家康に寵愛された天才大久保十兵衛長安が、痛風のために駿府城下の大久保屋敷で静かに死去した。六十九歳だった。

「瀬女、先に行くぞ、釜無川(かまなしがわ)で会おう……」

それが長安の最期の言葉だった。

黄金のことも子どもたちのことも言わなかった。

長安の遺言通り、黄金の棺に入れて甲斐に運ぶため、大急ぎで葬儀の支度がはじめられた。そこに本多正純が現れた。

「その葬儀に疑惑あり、大御所さまの調べが済むまで葬儀はまかりならぬ！」

長安が亡くなって家康は重い腰を上げた。

天海と本多正信に説得され、家康は百万両などどうでもよかったが、長安の財産を放置できなくなったのだ。

大久保長安が亡くなると、翌日からいきなり、不正蓄財だと本多正信と正純親子が騒ぎ立てたのだから、何らかの目的と謀略が秘められていた。

それは一つに、これから大坂城の秀頼と戦うにあたって戦費が必要だったことだ。

金山の金産出が渋くなって来ていて、正信と天海は金五千貫、百万両以上といわれる長安の金銀がどうしても欲しかった。

不正蓄財だと言って没収すれば、百万両以上の軍資金が手に入る。百二十万両以上とも言われていた。

家康はこの軍資金欲しさに、正信と天海の謀略を認めてしまった。

もう一つは、政敵大久保忠隣を失脚させるために、大久保長安の死を使うことだった。

葬儀中止の理由は、各代官所からの黄金納入勘定が滞っていることで、長安の死とは全く関係のないことだった。

五月六日、長安の腹心の勘定方や手代、戸田藤左衛門、原孫次郎、山田藤右衛門、雨宮忠長などが、町奉行所と駿府城に呼び出されて捕縛され、彦坂光正と本多正純の取り調べを受けた。

彦坂光正と本多正純の強引な取り調べは拷問に近く、その拷問に耐えられず長安に私曲があったと認める者が出た。

結局、長安が不正蓄財をしたことにされ、報告を聞いた家康は長安の財産を調べるように命じた。

同時に家康は長安の息子たちに、代官所の勘定を確かめるよう命じた。

この息子たちは残念ながら長安のような能力はなく、五月十七日に能力不足でお役目を果たせないと答弁した。

家康は自分の命令が行われないのでは、問題が広がると考え、佐渡金山や石見銀山の長安の権利相続を認めず、八王子の知行地の相続も認めず、長男藤十郎（とうじゅうろう）を始め七人の兄弟全てが家康に勘当された。

家康は長安の財産を没収するだけで、息子たちの処分までは考えていなかった。だが、本多正信はここぞとばかりに厳しく追及した。

五月十九日に長安の勘定方や手代、家臣などが大名預かりとなった。正信の追及は猛烈に過酷だった。

長安の不正蓄財には息子たちが加担したと断じて、家康と秀忠に処分するよう求めたのである。

大久保忠隣は不正蓄財と言われては手も足も出ない。

お稲が大久保一族に回した金まで追及されては眼も当てられなくなる。沈黙するしかなかった。

粛清を始めた以上、中途半端にはできない。

家康の断が下って、七月九日に長安の息子七人全員に切腹が命じられることとなる。

埋葬された長安の遺体も掘り起こされて安倍川の河原で晒し首になった。ここに長安の家系が断絶する。

長安の長女が嫁いだ服部正重には追及の手が及ばなかった。

この粛清の嵐を権太と服部半蔵正就は歯ぎしりしながら見ていた。本多正信、正純、彦坂光正の追及は厳しかった。

長安の江戸屋敷、駿府屋敷、八王子陣屋、各金銀山の奉行所や代官所などが徹底的に調べられた。

そこから見つかった黄金は五千五百貫を超えた。一貫目は千匁、一両は四・五匁である。五千五百貫目は百二十万両を超える。

他にも高価な茶道具や金銀製品が見つかり家康に没収された。

家康はわかっていた。

あの長安が百二十万両しか、持っていなかったのかと思うと、家康は長安にすまないと思う。

山が枯れて、次の山を開発しようと思えば何万両と開発費がかかる。百二十万両では三つ四つの山を開き、間歩を二十本も掘ったら消えてしまうのだ。

山から金が出ればいいが、そんな保証はない、慎重にやっても失敗することがある。どこの山からでも金が出るわけではない。

試掘するだけでも莫大な費用が掛かる。

その費用を長安と山師が全て賄うのだ。それを考えれば、百二十万両など何ら問題がないと家康はわかっていた。

だが、粛清が始まった。

この事件は長安の一族だけにとどまらなかった。

執念深い正信は徹底追及した。

長安の三男権之助は青山成重の娘を正室にして、青山成国と名乗り養子になっていた。

その成国は、切腹し青山成重は八月に減封のうえ蟄居を命じられた。さらに成重は下総飯田一万石から七千石を取り上げられ、幕府年寄を解任され閉門となる。

十月には長安の長男藤十郎に正室として娘を嫁がせていた石川康長が、領地を隠匿したと正信から言いがかりをつけられた。弟の康勝、康次とともに信濃松本を改易され豊後佐伯に流罪となった。

明らかに正信の外様大名つぶしだった。

大坂の陣では康長、康勝が大坂城に入って徳川軍と戦うことになる。

正信のやり方は露骨で、次男藤二郎は、備前播磨の姫路宰相こと池田輝政の娘を正室にしていた。その藤二郎は切腹させられたが、輝政には何の咎めもなかった。

輝政は家康の次女督姫を継室にしていて、一族で百万石と言われる家康気に入りの大名なのだ。正信といえども手は出せない。

四男達十郎、五男藤五郎、六男権六郎、七男藤七郎ら兄弟全員が切腹させられた。藤七郎はまだ十五歳だった。罪のあろうはずがない。

次々に処刑された。勘定方の戸田藤左衛門と山田藤右衛門も処刑、米津正勝は阿波に流罪の後、翌年に処刑。

伊予宇和島藩主富田信高は改易され奥州岩城に流罪。

富田信高と坂崎直盛の対立に巻き込まれて、高橋元種も改易され陸奥棚倉藩に流罪にされた。富田は秀吉の家臣、坂崎は宇喜多秀家の家臣だった。

佐野信吉も兄富田信高に連座し、改易され信濃松本に流罪、松平忠輝の家老花井吉成は自害した。佐野も秀吉の家臣だった。

花井の娘は長安の六男権六郎の正室だ。信玄の次男竜芳（りゅうほう）の子武田信道（のぶみち）と子の信正（のぶまさ）は、長安との関係を疑われ伊豆大島に流罪となった。

さらに本多正信の粛清の嵐は続いた。

無謀な粛清は恐怖の病に取りつかれる。

一旦始めたからには、必要以上に粛清しないと、恐怖と心配で枕を高くして寝られなくなるのだ。乱か謀反でも起きたような大騒ぎになった。

「鬼面丸、このまま黙っているのか？」

「三代目、今は手も足も出ない。下手に騒ぐと忠輝さまや伊達さまに迷惑が及ぶ。正信はそこまで狙っているかも知れぬからな……」

「正信め、隙を見せたら殺す！」

「機会は必ず来る。迂闊に動いて捕まるな……」

権太の百姓家を半蔵正就は時々訪ねて来るようになった。

誰の命令で動いているかは決して言わない。権太は松平忠輝あたりの命令だと睨んでいる。

伊達政宗を見張っていたのではなく、誰が出入りしているのか、幕府に見張られていないか監視していたのだ。

本多正信が幕閣にいるかぎり油断も隙も無いと言うことだ。その権力は絶大で老中の中でも特別の地位にいて、大老のような役割を担っていた。

長安一族が切腹させられ、長安と関係のあった大名まで罪に問われたが、騒ぎが一段落した十一月家康が鷹狩の名目で江戸に現れた。

だが、鷹狩には出ず江戸城内にいた。

その家康が十二月になると駿府への帰途についた。ところが、十二月六日に相模中原（なかはら）に入ったきり、何かを待つように動かなくなった。

すると突然、下総東金（とうがね）で鷹狩をするためといい、十三日になって江戸へ引き返した。この前日、十二日に将軍秀忠の使者として土井利勝（どいとしかつ）が密かに相模中原に入った。

その土井利勝は穴山信君（のぶただ）の家臣だった馬場八左衛門（ばばはちざえもん）から、大久保忠隣が謀反を企（たくら）んでいると訴えがあったと、家康に知らせに来たのだ。

実は七日に板倉重宗（いたくらしげむね）が相模中原の家康に異変を知らせに来ていた。それで家康は動けなくなった。

次の使者を家康はじっと待っていた。

大久保忠隣に謀反の企（くわだ）てなど影も形もなかった。

反撃を恐れる本多正信が政敵大久保忠隣に止めを刺す謀略に出たのだ。家康はそんな正信の動きを見透かしていた。

遂に大久保忠隣の最後の時が来た。

家康はキリシタン追放のため忠隣に京に赴くよう命じた。家康と本多正信は忠隣に小田原城に籠城されないように仕かけてきたのだ。

翌慶長十九年（一六一四）一月十八日に京では南蛮寺の破却、キリシタンの改宗強制、改宗拒否者の追放などが行われた。忠隣はそれを指揮した。

翌十九日、大久保忠隣は京の藤堂高虎屋敷で将棋を指していた。そこに前触れもなく京都所司代板倉勝重が現れた。

それを聞いて全てを悟った忠隣は「流人になっては将棋も楽しめまい、この一局が終わるまで所司代殿にはお待ち願いたい。そのようにお伝えくだされ……」と高虎の近習に頼んだ。

忠隣に処罰を申し渡しに来た板倉勝重は返す言葉がなく受け入れた。

将棋が終わると板倉勝重は忠隣に改易と近江に流罪、井伊直孝にお預けになることを宣告した。

「大御所さまのご命令、謹んでお受けいたしまする」

「いずれかに、お伝えすることは？」

「所司代殿、忝く存ずる。格別にはありません」

大久保忠隣は罪を受ける覚えはなかったが、主人の命令には従うとして、いっさい言い訳をしなかった。

家康の死後、井伊直孝は大久保忠隣が冤罪（えんざい）であると、将軍秀忠に嘆願しようとしたが忠隣は必要ないと断った。

関ケ原の後に、家康が重臣たちに、後継者について相談した。

秀忠の兄、結城秀康や弟松平忠吉（ただよし）を推す重臣の多い中で、大久保忠隣一人が関ケ原で大失敗をした秀忠を推挙したのだ。

そのことを直孝は知っていたのだ。

忠隣はそのような嘆願は、亡き大御所さまに対して不忠となると言って断ったのだ。

忠隣は清廉潔白、家康に対してやましいことは何一つなかった。

家康が忠隣を処分する決断をしたのは、忠隣が西国大名と親しく、大坂城を滅ぼす覚悟の家康に、和平を唱えるのではと危惧したのだ。

もし、忠隣に大坂城との和平を唱えられては幕府の足並みが乱れ、大きな戦いなどできなくなる。だが、これも本多正信の謀略だった。

大久保忠隣の突然の改易に京は大騒ぎになった。たちまち騒乱になるとの流言が飛んだ。だが、忠隣は不満も言わず、騒がず静かに家康の命令に従い近江に向かった。

一月二十四日に家康が小田原城に入り、翌二十五日に将軍秀忠が入り、本丸だけを残して全て破却した。

二月二日には前年に死去した大久保忠佐の三枚橋城が破却された。本多正信は大久保一族を一掃することに成功した。

大久保忠隣は正信の死後、寛永五年（一六二八）まで十二年間生きて七十五歳で死去する。家康の命令を守り復活を願わなかった。

七月二十六日、大坂の秀頼は方広寺の鐘銘問題で、家康と正信と天海から言いがかりをつけられ、十一月十五日に大坂冬の陣が勃発する。

一旦和睦するが大坂城自慢の外堀、内堀を埋められ、翌年に再び難癖をつけられて大坂夏の陣が勃発するが、秀頼は秀吉の遺産金を、わずか二万両だけを残して滅亡する。

大坂城は秀吉の黄金を使い果たしていたのだ。

この大坂の陣に服部半蔵正就は、松平忠輝軍に加わって戦ったが討死した。

五、尊躰寺卵塔

大坂城の秀頼を滅ばした翌元和二年（一六一六）、正月二十一日に家康は駿府城から、三千余りの兵を引き連れて鷹狩に出かけた。

真冬の富士山が美しい日だった。

冬の獲物の多い駿河の田中、藤枝方面に向かった。冬は鶴や鴨など獲物が豊富な時期なのだ。冬の獲物は脂がのって味が格別によい。

家康は鷹狩が大好きで体調がよく気分の良い時は、兵と勢子の足軽や人足を大量に引き連れて出かける。

大坂の秀頼を追い詰めて殺し、憂いの消えた家康は最高の気分で城を出た。七十五歳の家康に正月の富士山からの寒風は厳しい。

それでも家康は鷹狩を中止する気はない。

安倍川を渡河して家康一行は西に向かった。鞠子を通り過ぎ宇津ノ谷峠を越えて岡部を通過し、田中城下の藤枝に入った。

藤枝から島田（しまだ）、大井川（おおいがわ）にかけては平坦で冬の鳥を狩る格好の狩場なのだ。

家康の指揮で全軍が配置に散って行った。鷹狩は獲物を狩る遊びではない、軍事訓練の一部なのだ。

驚いて飛び立つ鶴や鴨、藪（やぶ）から飛び出す野兎（のうさぎ）などに、家康自慢の鷹が一斉に飛び立って襲い掛かる。家康や鷹匠の手から十数羽のオオタカやハヤブサ、クマタカやイヌワシが飛び立って獲物を抑え込む。その獲物を餌と交換して鷹から取り上げる。

「大御所さまッ、兎があの藪から飛び出しましたッ！」

眼の良い近習が叫ぶと家康がオオタカを飛ばす、一直線に飛翔したオオタカが兎を襲って抑え込む。

そこに鷹匠や近習が走って行く、馬で駆け寄る近習もいる。オオタカに餌をやって抑えている兎を取り上げる。

猛禽（もうきん）のオオタカやイヌワシは子鹿や子狸（こだぬき）などにも襲い掛かる。一刻半もすると家康の本陣に続々と獲（と）れた獲物が運ばれて来た。

その時、鶴を掲げて駆けて来る騎馬がいた。

「大御所さま、鶴にございます」

「おう、鶴がいたとはな、一羽だけか？」

「はッ、そのようでございます」

鶴は吸い物にすると美味なのだ。家康の好物だった。時には早馬で京まで運ばせて天子に献上する。

家康は本陣の床几から立って鶴の到着を待った。その鶴を持った騎馬は家康の前で下馬をせず、輪乗りをして家康の足元に鶴を投げた。

「おのれッ、うぬはッ！」

「家康ッ、覚悟ッ！」

「下郎ッ！」

家康が睨んだが、そこに槍が飛んで来た。槍は急所を外れて家康の左肩に突き刺さった。

「しまったッ！」

馬から飛び降りて太刀を抜き、仰(あお)のけに倒れた家康に走り寄った。

ターンッ！

乾いた銃声がして太刀を振り上げたまま、刺客は前のめりに、転がるように倒れて起き上がらなかった。

近習が一瞬の出来事に驚いて家康の傍に駆け寄った。

銃声を聞いた重臣たちが続々と本陣に駆けて来た。

「どうしたッ！」

「大御所さまがッ！」

「何ッ！」

本多正純が馬から飛び降りると家康の傍に駆け寄った。

「大御所さまッ！」

「騒ぐな。不埒者は死んだか？」

「はい、鉄砲にて仕留めました……」

家康は肩の肉をえぐられ血まみれになっている。

「駕籠だッ！」

天下の大御所を戸板で運ぶことはできない。応急の血止めが施され重傷の家康は田中城に向かった。

駕籠の傍には本多正純が付き添い、家康は狩場から急ぎに急いで東に引き返した。

鷹狩は中止になり家康を襲った男の調べが始まった。鉄砲に打ち抜かれて即死した男を知る者はいない。その死に顔は金吾のものだった。

　田中城に運ばれた家康は重傷だったが命に別状はなかった。家康の医師団が本格的な治療を開始した。

「余を襲った男が誰か分かったか？」

「それが恐れながら全く分かりません。誰も心当たりがないとのことにございます。街道に晒そうかとかんがえております」

「その必要はない。余には心当たりがある」

「何とッ、それは誰にございまするか？」

　家康が正純にニッと笑った。

「幽霊じゃ。余を恨んでいる幽霊だ。いくら調べても分かるまいよ」

「誰の幽霊にございますか？」

　正純が聞いても家康は答えなかった。

　誰の幽霊か家康は分かっていた。以前、大久保長安の傍に金吾がいたのを見たことがあった。一度きりだが金吾の顔を家康は見覚えていた。

「もう二度と出ぬ幽霊じゃ。詮索無用だ。警備の罪を問うてはならぬ。いいな！」

「はッ、仰せの如くにいたしまする」

「佐渡にも無用な詮索はするなと伝えておけ……」

口には出さないが、家康は長安の七人の息子を皆殺しにしたのは、やり過ぎたと思っている。だが、生かしておくのも難しいと思う。

長安が死んでいたために、家康と正信の追及が、生きている長安の息子たちに向かうことになった。外様大名への見せしめにもなる。

後に長安の娘たちも追及され、長女が嫁いだ服部正重は、四代目半蔵を名乗っていたが失脚する。

服部正重は各地を転々とするが、一千石で桑名藩主松平定綱に召し抱えられる。

家康は大坂城の秀頼を滅ぼすために、禍根となりそうな大久保忠隣の処分と、長安の莫大な黄金を処分したのだ。

大坂の陣は長安の百二十万両で賄われたのだ。長安は死んでもなお家康に黄金を提供したことになる。

田中城から駿府城に戻っても家康の槍傷は痛んだ。

二月、三月になっても傷はなかなか癒えず、高齢のため家康は痩せていった。

家康は十数年前から持病の腹痛を抱えていた。

家康は腹の中にサナダ虫が湧いていると信じていた。金吾が刺した槍傷が急速に家康の体力を奪った。

三月半ばには吐血した。黒い便は以前からだったが、吐血するようになると家康は一気に衰えた。

三月二十一日に朝廷から太政大臣（だいじょうだいじん）に任じられ、武家としては平清盛（たいらのきよもり）、足利義満（あしかがよしみつ）、秀吉に次ぐ四人目だった。だが、家康は病臥したままで、手で腹を触ると大きな腫れものが腹の中にあった。

四月十六日夜、家康は突然病床に立ち上がると太刀を抜き放ち、末代まで子孫を守り抜くと叫んで卒倒した。

意識を失った家康は翌十七日朝、駿府城で息を引き取った。七十五歳の生涯だった。

その頃、江戸の本多正信も病臥していた。

前年の大坂夏の陣で秀頼が切腹して豊臣家が滅ぶと、正信は安堵からか呆（ほう）けたようになって急に病臥したのだ。

家康が死んだと聞いた本多正信は、息子正純を江戸に呼んで家督を譲って隠居した。すべての政務から離れ隠居した正信の警護がゆるんだ。

幕府内で本多正信の評判は最悪だった。

本多一族の中でも本多重次(しげつぐ)は正信を奸臣(かんしん)と評した。

本多忠勝は佐渡の腰抜け、余は同じ本多でもあやつとは無関係だと嫌い、榊原康政(やすまさ)は腸(はらわた)の腐った匂いのする奴(やつ)だと散々な評価をした。

ただ一人正信を評価したのは東大寺大仏殿を焼いた梟雄(きょうゆう)松永久秀(まつながひさひで)だった。

正信は三河の一向一揆で家康に反抗し敗北すると、松永久秀のもとに逃げて家臣になった。

「徳川の侍は武勇一辺倒だが正信は剛にあらず、柔にあらず、卑にあらず、非常の器であるな……」

松永久秀の評価は高かった。

確かに、徳川家では正信や長安は異端に見られた。

その正信と長安を家康は幕府の中核として重く用いたのだ。その長安の能力を恐れ、正信は大久保一族として長安を攻撃した。

江戸の権太と猿橋と五郎太は正信の命を狙い続けている。

「お頭、今夜行ってまいります」

「うむ、気をつけて行け……」

「配下は全て甲斐に向かわせました。五郎太と二人で必ず仕留めてまいります。お頭も甲斐へ……」

「承知した。すぐここを引き払い、お杉と芽々を連れて江戸を出る。八王子の信松院で会おう」

「はい、必ず参ります」

　猿橋と五郎太は夕刻、権太の百姓家を出て江戸の市域に入った。

　本多屋敷は全くの無警戒で、猿橋と五郎太は易々と塀を乗り越え、庭の植え込みの中に姿を消した。

　薄気味悪いほど静かだ。

　隠居し幕府の政務から退くと言うことはこう言うことなのだと、二人は植え込みの中で屋敷内に入るときを待っていた。

　庭に人一人出て来ない。無人ではないかと思うほど静かだ。

「よし、行こう……」

　夜半になって二人は雨戸を外して屋敷内に侵入した。

　五郎太は天井裏に上り、猿橋は廊下を奥に向かった。

ごく薄い明りの部屋に本多正信は痩せた体で寝ていた。室内には近習も見張りも寝ずの番もいない。

天井から五郎太が下りて来た。二人は太刀を抜いて構えると、猿橋が正信の枕を蹴飛ばす。

正信が目を覚まし驚いて猿橋を睨んだ。

「石見守さまの恨みだッ、死ねッ！」

二人の太刀が正信の心の臓を貫いた。

「石見……」

本多正信が虚空をつかんで息絶えた。

猿橋は正信の寝衣の袖で太刀を拭い庭に飛び出した。

五郎太も続いた。

「急ごう！」

二人は甲州道に出て八王子に急いだ。

元和二年、四月に死んだ家康を追うように、二か月後の六月七日、本多正信が死んだ。七十九歳だった。

その頃、権太たちは信松院の松姫（まつひめ）の墓前にいた。

信玄の娘、松姫こと信松尼は四月十六日、家康が死ぬ前日に信松院で静かに息を引き取った。五十六歳だった。

小高い山の上に松姫の墓はあった。傍に松の木が一本植えられている。

同じ頃、瀬女と佐左衛門は甲府の尊躰寺（そんたいじ）にいた。

そこには塩山の田辺家が建てた大久保長安の供養卵塔（らんとう）があった。

その卵塔の下、一間半には長安の二十万両が眠っている。

それを知っているのは佐左衛門だけだ。

瀬女と並んで合掌している佐左衛門は、この黄金が二度と世に出ることはないだろうと思った。

「瀬女さまはこれからどちらへ……」

「殿さまと釜無川でお会いすることになっております」

「それは、それは、結構なことで……」

「釜無川の傍でまた百姓をします。甲斐にはお館さまと殿さまがおられますので？」

「まことに、その通りでございます」

そう言って佐左衛門が笑った。白髪の老人は長安の卵塔に合掌してから寺を出た。

瀬女には小者として小兵衛が従っている。

一〇〇字書評

家康の黄金

切り取り線

購買動機（新聞、雑誌名を記入するか、あるいは○をつけてください）

□（　　　　　　　　　　）の広告を見て	
□（　　　　　　　　　　）の書評を見て	
□ 知人のすすめで	□ タイトルに惹かれて
□ カバーが良かったから	□ 内容が面白そうだから
□ 好きな作家だから	□ 好きな分野の本だから

・最近、最も感銘を受けた作品名をお書き下さい

・あなたのお好きな作家名をお書き下さい

・その他、ご要望がありましたらお書き下さい

住所	〒				
氏名		職業		年齢	
Eメール	※携帯には配信できません	新刊情報等のメール配信を 希望する・しない			

この本の感想を、編集部までお寄せいただけたらありがたく存じます。今後の企画の参考にさせていただきます。Eメールでも結構です。

いただいた「一〇〇字書評」は、新聞・雑誌等に紹介させていただくことがあります。その場合はお礼として特製図書カードを差し上げます。

前ページの原稿用紙に書評をお書きの上、切り取り、左記までお送り下さい。宛先の住所は不要です。

なお、ご記入いただいたお名前、ご住所等は、書評紹介の事前了解、謝礼のお届けのためだけに利用し、そのほかの目的のために利用することはありません。

〒一〇一‐八七〇一
祥伝社文庫編集長　坂口芳和
電話　〇三（三二六五）二〇八〇

祥伝社ホームページの「ブックレビュー」からも、書き込めます。
www.shodensha.co.jp/
bookreview

祥伝社文庫

信長の軍師外伝　家康の黄金

令和2年6月20日　初版第1刷発行
令和2年7月15日　　　　第2刷発行

著　者　岩室忍
発行者　辻　浩明
発行所　祥伝社
東京都千代田区神田神保町3-3
〒101-8701
電話　03（3265）2081（販売部）
電話　03（3265）2080（編集部）
電話　03（3265）3622（業務部）
www.shodensha.co.jp

印刷所　堀内印刷
製本所　ナショナル製本
カバーフォーマットデザイン　中原達治

Printed in Japan ©2020, Shinobu Iwamuro　ISBN978-4-396-34643-0 C0193

祥伝社文庫の好評既刊

岩室　忍
信長の軍師　巻の一　立志編
誰が信長をつくったのか。信長とは、いったい何者なのか。歴史の見方が変わる衝撃の書、全四巻で登場！

岩室　忍
信長の軍師　巻の二　風雲編
吉法師は元服して織田三郎信長となる。さらに斎藤利政の娘帰蝶を正室に迎え、尾張統一の足場を固めていく……。

岩室　忍
信長の軍師　巻の三　怒濤編
今川義元を破り上洛の機会を得た信長。だが、足利義昭、朝廷との微妙な均衡に信長は最大の失敗を犯してしまう…。

岩室　忍
信長の軍師　巻の四　大悟編
武田討伐を断行した信長に新たな遺恨が……。志半ばで本能寺に散った信長が、戦国の世に描いた未来地図とは？

岩室　忍
天狼　明智光秀　信長の軍師外伝㊤
光秀と信長、同床異夢のふたりを分けた天の采配とは？　その心には狼が眠っている——明智光秀衝撃の生涯！

岩室　忍
天狼　明智光秀　信長の軍師外伝㊦
なぜ光秀は信長に弓を引いたのか。臨済宗の思惑と朝廷の真意は？　誤算ある結末に、光秀が託した〈夢〉とは！

祥伝社文庫の好評既刊

宮本昌孝 **ふたり道三（上）**

戦国時代の定説に気高く挑んだ傑作誕生！　国盗りにすべてを懸けた、ふたりの斎藤道三。壮大稀有な大河巨編。

宮本昌孝 **ふたり道三（中）**

乱世の梟雄と呼ばれる誇り――止むことのない戦の世こそが己の勝機。いかに欺き、踏みつぶすかが漢の器量！

宮本昌孝 **ふたり道三（下）**

下剋上の末に美濃の覇者が摑んだ夢とは？　信長を、光秀を見出した男が見た未来や如何に――。堂々完結！

宮本昌孝 **風魔（上）**

箱根山塊に「風神の子」ありと恐れられた英傑がいた――。稀代の忍びの生涯を描く歴史巨編！

宮本昌孝 **風魔（中）**

秀吉麾下の忍び、曾呂利新左衛門が助力を請うたのは、古河公方氏姫と静かに暮らす小太郎だった。

宮本昌孝 **風魔（下）**

天下を取った家康から下された風魔狩りの命――。乱世を締め括る影の英雄たちが、箱根山塊で激突する！

祥伝社文庫の好評既刊

火坂雅志　臥竜の天 (下)

秀吉没後、家康の天下となるも、みちのくから、虎視眈々と好機を待ち続けていた。猛将の生き様がここに！

火坂雅志　覇商の門 (上) 戦国立志編

千利休と並ぶ、戦国の茶人にして豪商・今井宗久の覇商への道。宗久はいち早く火縄銃の威力に着目した。

火坂雅志　覇商の門 (下) 天下士商編

時には自ら兵を従え、士商として戦場へ向かった今井宗久。その波瀾と野望の生涯を描く歴史巨編、完結！

火坂雅志　虎の城 (上) 乱世疾風編

文芸評論家・菊池仁氏絶賛！　戦国動乱の最中、青年・藤堂高虎は、立身出世の夢を抱いていた……。

火坂雅志　虎の城 (下) 智将咆哮編

大名に出世を遂げた藤堂高虎は家康に見込まれ、徳川幕閣に参加する。武勇と智略を兼ね備えた高虎は関ヶ原へ！

火坂雅志　武者の習

尾張柳生家の嫡男・新左衛門清厳。主君に刃を向けた辻斬りを逃した汚名を濯ぐため、剣の極意を求め山へ……。